FOLIO JUNIOR

Titre original : *The Ruby in the Smoke*
© Philip Pullman, 1985
© Éditions Gallimard Jeunesse, 2003, pour la traduction française

Philip Pullman

Sally Lockhart
La malédiction du rubis

Traduit de l'anglais par Jean Esch

FOLIO JUNIOR/**GALLIMARD** JEUNESSE

Pour Marina et Sonia

I

Les Sept Bénédictions

Par une froide et maussade après-midi d'octobre 1872, un fiacre s'arrêta devant les bureaux de Lockhart & Selby, agents maritimes installés au cœur du quartier financier de Londres. Une jeune fille en descendit et paya le cocher.

C'était une personne d'environ seize ans, seule et d'une beauté rare. Mince et pâle, elle portait un costume de deuil, avec un bonnet noir, sous lequel elle coinça une mèche blonde que le vent avait détachée de sa chevelure. Elle avait des yeux marron, étonnamment foncés pour quelqu'un d'aussi blond. Elle s'appelait Sally Lockhart, et dans moins d'un quart d'heure, elle allait tuer un homme.

Elle demeura un instant immobile devant le bâtiment, puis gravit les trois marches du perron et entra. Un couloir sombre s'ouvrait devant elle, et sur la droite se trouvait le bureau du concierge, où un vieil homme assis devant un feu de cheminée lisait un magazine à sensation. Lorsque Sally frappa au carreau, le vieil homme se redressa, l'air coupable, et laissa tomber le magazine à côté de son fauteuil.

– J'vous demande pardon, miss. J'vous avais pas vue entrer.

– Je viens voir M. Selby. Mais il n'est pas prévenu de ma visite.

– Votre nom, s'il vous plaît, miss ?

– Je m'appelle Lockhart. Mon père était... M. Lockhart.

Le concierge se montra aussitôt plus chaleureux.

– Miss Sally, c'est ça ? Vous êtes déjà venue ici !

– Ah bon ? Désolée, je ne m'en souviens pas...

– Oh, ça remonte à au moins dix ans. Vous vous étiez assise devant ma cheminée, avec un biscuit au gingembre, et vous m'avez parlé de votre poney. Vous avez déjà oublié ? Oh, mon Dieu... j'étais bien triste en apprenant ce qui est arrivé à votre père, miss. Quel drame affreux, ce bateau qui coule, comme ça. Votre père était un vrai gentleman, miss.

– Oui... merci. C'est en partie au sujet de mon père que je suis venue. M. Selby est ici ? Pourrais-je le voir ?

– Ah, j'ai peur qu'il soye pas là, miss. Il est parti sur le quai des Antilles, pour ses affaires. Mais

M. Higgs est ici, c'est le secrétaire-comptable de la société, miss. Il sera ravi de vous recevoir.

– Merci. Je vais aller le voir, dans ce cas.

Le concierge appuya sur une sonnette et un jeune garçon apparut, semblable à la matérialisation soudaine de toute la crasse qui flottait dans l'air de Cheapside. Sa veste était déchirée à trois endroits, son col s'était détaché de sa chemise et l'on aurait dit que ses cheveux avaient servi à une expérience sur les pouvoirs de l'électricité.

– Ouais, c'est pourquoi ? demanda cette apparition qui se prénommait Jim.

– Sois donc un peu plus poli, dit le concierge. Conduis cette jeune personne chez M. Higgs, et vite fait ! C'est Miss Lockhart !

Les yeux perçants du garçon se posèrent brièvement sur Sally, avant de revenir rapidement se fixer sur le concierge avec une expression soupçonneuse.

– Vous m'avez piqué mon magazine, dit-il. J'vous ai vu le planquer quand le vieux Higgsy est arrivé.

– C'est faux, répondit le concierge sans grande conviction. Allez, dépêche-toi de faire ce qu'on te demande.

– Je le récupérerai, déclara le garçon. Vous pouvez en être sûr. J'vous laisserai pas me piquer mes affaires. Suivez-moi, ajouta-t-il à l'adresse de Sally.

Et il s'éloigna.

9

– Faut l'excuser, Miss Lockhart, dit le concierge. Il a pas été capturé assez jeune pour être dressé, celui-ci.

– Ce n'est pas grave, dit Sally. Merci. Je repasserai vous dire au revoir avant de partir.

Le garçon l'attendait au pied de l'escalier.

– Le patron, c'était votre père ? lui demanda-t-il alors qu'ils gravissaient les marches.

– Oui.

Elle aurait voulu en dire plus, mais elle ne trouvait pas les mots.

– C'était un chic type.

Cette réflexion était une marque de sympathie, se dit-elle, et elle en fut reconnaissante à Jim.

– Connais-tu quelqu'un qui s'appelle Marchbanks ? lui demanda-t-elle. Y a-t-il un M. Marchbanks qui travaille ici ?

– Non. Jamais entendu ce nom-là.

– Alors, as-tu entendu parler de…

Ils avaient presque atteint le haut de l'escalier et Sally s'arrêta :

– As-tu déjà entendu parler des Sept Bénédictions ?

– Hein ?

– Réfléchis, c'est très important.

– Non, ça ne me dit rien, répondit Jim. On dirait un nom de pub ou un truc comme ça. Qu'est-ce que c'est ?

– Une chose que j'ai entendue. Ce n'est rien. N'y pense plus. Où puis-je trouver ce M. Higgs ?

– Juste là, dit Jim en frappant furieusement à une porte à panneaux.

Sans attendre de réponse, il poussa le battant et lança :

– Y a une dame qui vient voir M. Higgs. Elle s'appelle Miss Lockhart.

Sally entra et la porte se referma derrière elle. La pièce était envahie par la fumée de cigare et il y régnait une atmosphère faite de cuir ciré, d'acajou, d'encriers en argent, de tiroirs aux poignées de cuivre et de presse-papiers en verre. Un homme corpulent, à l'autre bout de la pièce, essayait de rouler une grande carte murale ; l'effort le faisait transpirer. Son crâne luisait, ses chaussures luisaient, sa lourde montre de gousset en or, posée sur sa panse et frappée d'un sceau maçonnique, luisait ; son visage luisant de sueur était rougi par l'abus du vin et de la bonne chère.

Ayant achevé sa besogne, il tourna la tête. Son expression se fit solennelle et pieuse.

– Miss Lockhart ? Fille du regretté Matthew Lockhart ?

– Oui, répondit Sally.

Il écarta les bras.

– Ma chère Miss Lockhart, je ne peux vous dire à quel point je suis désolé, sincèrement désolé, et combien nous l'étions tous en apprenant la nouvelle de la perte qui vous frappe. Monsieur votre père était un homme bien, un employeur généreux, un gentleman fort chrétien, un vaillant soldat, un... euh, c'est une grande perte, oui, une triste et tragique perte.

Sally baissa la tête.

– Vous êtes très aimable, dit-elle. Mais pourrais-je vous poser une question ?

– Évidemment, ma chère !

Higgs était devenu soudain beaucoup plus expansif et affable. Il avança une chaise pour Sally et planta sa large carrure devant la cheminée, avec un grand sourire d'oncle bienveillant.

– Je ferai tout ce qui est en mon pouvoir, je peux vous l'assurer ! dit-il.

– En fait, je ne viens pas réclamer quoi que ce soit... c'est plus simple que ça. C'est juste que... Mon père vous avait-il parlé d'un certain M. Marchbanks ? Connaissez-vous quelqu'un portant ce nom ?

Higgs sembla réfléchir intensément.

– Marchbanks... Marchbanks... Il y a un shipchandler à Rotherhithe qui s'appelle comme ça, mais ça s'écrit Mar-jo-ri-banks. Est-ce que ça pourrait être lui ? En tout cas, je ne me souviens pas que votre pauvre père ait jamais traité des affaires avec cet homme.

– C'est possible, dit Sally. Connaissez-vous son adresse ?

– Quai de Tasmanie, je crois.

– Merci. Juste une dernière chose. Ça va sans doute vous paraître idiot… Je ne devrais pas vous ennuyer avec ça, mais…

– Ma chère Miss Lockhart, tout ce qui peut être fait, sera fait. Dites-moi seulement comment je peux vous aider.

– Eh bien… avez-vous déjà entendu parler des *Sept Bénédictions* ?

C'est alors qu'une chose extraordinaire se produisit.

M. Higgs était un homme corpulent et bien nourri, comme nous l'avons remarqué, et peut-être fut-ce l'abus de porto et de cigares cubains accompagnant de copieux dîners, plus que les paroles prononcées par Sally, qui le fit suffoquer. Il fit un pas en avant, son visage vira au violet, ses mains agrippèrent son gilet et il s'écroula avec fracas sur le tapis turc. Son pied fut pris de soubresauts horribles. Son œil ouvert était collé contre la griffe sculptée dans le pied de la chaise sur laquelle Sally était assise.

Elle ne bougea pas. Elle ne hurla pas et ne s'évanouit pas davantage ; elle se contenta de soulever le bas de sa robe qui frottait contre le crâne lisse et brillant et elle respira profondément, plusieurs

13

fois, en gardant les yeux fermés. C'était son père qui lui avait enseigné ce remède contre la panique. Et c'était efficace.

Ayant retrouvé son calme, Sally se leva lentement et s'écarta du corps. Son esprit était troublé, mais ses mains ne tremblaient pas du tout. « Tant mieux, se dit-elle. Même quand j'ai peur, je peux compter sur mes mains. » Cette découverte lui procura un plaisir absurde. Mais soudain, une voix puissante résonna dans le couloir :

– Samuel Selby, agent maritime. Vous avez compris ?

– Pas de M. Lockhart ? demanda une autre voix, timide.

– Il n'y a plus de M. Lockhart. M. Lockhart repose au fond de l'eau en mer de Chine ! Maudit soit-il ! Euh, je veux dire, paix à son âme. Effacez son nom, vous avez compris ? Effacez-le ! Et je n'aime pas le vert. Je veux un joli jaune plein de gaieté, avec des fioritures partout. Quelque chose qui a de la classe, quoi ! C'est compris ?

– Bien, monsieur Selby.

La porte du bureau s'ouvrit et l'individu à qui appartenait cette voix tonitruante entra. C'était un homme court sur pattes, trapu, avec une touffe de cheveux couleur paille et des moustaches rousses qui contrastaient de manière désagréable avec ses joues enflammées. Il balaya la pièce du regard sans voir le corps de M. Higgs, caché par le grand bureau en acajou. En revanche, ses petits yeux féroces se posèrent sur Sally.

– Qui êtes-vous ? demanda-t-il. Et qui vous a laissée entrer ?

– Le concierge.

– Comment vous appelez-vous ? Que voulez-vous ?

– Je suis Sally Lockhart. Mais…

– Lockhart ?

Selby laissa échapper un petit sifflement.

– Monsieur Selby, je…

– Où est Higgs ? Il va s'occuper de vous. Higgs ! Venez donc ici !

– Monsieur Selby…. *il est mort…*

Selby se tut et regarda l'endroit que lui montrait Sally. Il contourna le bureau.

– Que se passe-t-il ici ? Quand est-ce arrivé ?

– À l'instant. Nous bavardions et soudain… il est tombé. C'est peut-être son cœur… Monsieur Selby, puis-je m'asseoir ?

– Oui, faites. Quel imbécile. Pas vous, lui. Pourquoi n'a-t-il pas eu la décence de mourir sur *son* plancher ? Car je suppose qu'il est bien mort ? Avez-vous vérifié ?

– Je ne pense pas qu'il puisse être encore vivant.

M. Selby fit rouler le corps sur le côté et examina les yeux du mort, qui regardaient fixement

15

le plafond de manière déplaisante. Sally resta silencieuse.

– Mort et bien mort, déclara M. Selby. Je vais devoir appeler la police, je suppose. Zut ! Que vouliez-vous, au fait ? Ils ont emballé toutes les affaires de votre père et ils les ont envoyées à son avocat. Il n'y a plus rien pour vous ici.

Une intuition incita Sally à la prudence. Elle sortit un mouchoir et se tamponna les yeux.

– Je… je voulais juste voir le bureau de mon père.

M. Selby émit un grognement soupçonneux et ouvrit la porte pour crier au concierge de prévenir la police. Un employé qui passait dans le couloir, les bras chargés de classeurs, jeta un regard à l'intérieur de la pièce en se dévissant le cou. Sally se leva.

– Puis-je m'en aller ? demanda-t-elle.

– Ça m'étonnerait, répondit M. Selby. Vous êtes témoin. Il va falloir donner votre nom et votre adresse à la police et répondre à leurs questions. Pourquoi vouliez-vous voir le bureau de votre père, d'ailleurs ?

Sally renifla bruyamment et continua à sécher ses larmes, de manière exagérée. Elle se demandait si elle devait risquer un sanglot. Elle avait envie de quitter cet endroit pour réfléchir, et elle commençait à redouter la curiosité de ce petit homme féroce. Si le simple fait de mentionner les Sept Bénédictions avait terrassé M. Higgs, elle craignait d'assister à la réaction de M. Selby.

Mais le coup des larmes, c'était une bonne idée. M. Selby n'était pas assez malin pour la soupçonner de jouer la comédie et il la renvoya d'un geste méprisant.

– Allez donc vous installer dans la loge du concierge. Les policiers voudront sûrement vous interroger, mais vous n'avez aucune raison de rester ici à pleurnicher. Descendez !

Sally quitta la pièce. Deux ou trois employés s'étaient rassemblés sur le palier ; ils la regardèrent passer avec une intense curiosité.

Dans la loge du concierge, Sally retrouva Jim le commis, en train de récupérer son magazine caché derrière la boîte aux lettres.

– T'inquiète pas, lui dit-il. J'te dénoncerai pas. C'est toi qui as tué le vieux Higgsy, mais j'leur dirai rien.

– C'est faux ! protesta Sally.

– Allez, j'sais bien que c'est toi. J'ai tout entendu à travers la porte.

– Tu écoutes aux portes ? C'est affreux !

– J'ai pas fait exprès. J'me suis senti fatigué tout à coup, alors j'me suis appuyé contre la porte, et c'est comme ça que j'ai tout entendu, dit-il avec un large sourire. Le vieux Higgsy, il est mort de peur ! J'sais pas ce que c'est, ces Sept Bénédictions, mais lui, il avait l'air de le savoir. Fais gaffe à qui tu poses la question.

Sally se laissa tomber dans le fauteuil du concierge.

– Je ne sais pas quoi faire, dit-elle.

– À quel sujet ?

Elle regarda les yeux pétillants et le visage déterminé du jeune garçon et décida de lui faire confiance.

– C'est à cause de ça, dit-elle. C'est arrivé ce matin. (Elle ouvrit son sac et en sortit une lettre froissée.) Elle a été postée de Singapour. C'est le dernier endroit où est allé mon père, avant que le bateau coule… Mais ce n'est pas son écriture. Je ne sais pas qui m'a envoyé ça.

Jim ouvrit l'enveloppe. La lettre disait :

SALI. ATTENTION AUX SEPT BÉNÉDICTIONS
MARCHBANKS T'AIDERA
CHATTUM
ATTENTION MA CHÉRIE

– Purée ! s'exclama Jim. J'peux te dire un truc… il sait pas écrire.

– Tu parles de mon prénom ?

– C'est quoi, ton prénom ?

– Sally.

– Non. J'parle de ça.

Il montra le mot « Chattum ».

– Ça s'écrit comment ? demanda-t-elle.

– C-H-A-T-H-A-M, évidemment. Chatham, dans le Kent.

– Ah oui, sans doute.

– Et ce Marchbanks, c'est là-bas qu'il vit. J'te parie ce que tu veux. C'est pour ça qu'il a écrit ça. Hé, tu sais quoi ? dit-il en voyant Sally lever les yeux vers le plafond. C'est pas la peine de t'en faire au sujet du vieux Higgsy. Même si tu lui avais pas parlé de ça, quelqu'un d'autre l'aurait fait, tôt ou tard. Ce bonhomme-là, il avait pas la conscience tranquille. À cent contre un. Même chose pour le vieux Selby. Tu lui as rien dit, hein ?

Sally secoua la tête.

– Non, tu es le seul à qui j'en ai parlé. Mais je ne connais même pas ton nom.

– Jim Taylor. Si tu me cherches, je vis au 13, Fortune Buildings, à Clerkenwell. J'vais t'aider.

– C'est vrai ?

– Parole !

– Eh bien... si jamais tu apprends quelque chose, écris-moi aux bons soins de M. Temple, à Lincoln's Inn.

La porte de la loge s'ouvrit et le concierge entra.

19

– Tout va bien, miss ? demanda-t-il. Ah, quel drame affreux ! (Il se tourna vers Jim.) Cesse donc de rôder par ici, toi ! Le policier a réclamé un médecin, pour confirmer le décès. Dépêche-toi d'aller en chercher un.

Jim adressa un clin d'œil à Sally et s'en alla. Le concierge se dirigea directement vers la boîte aux lettres et, voyant qu'il n'y avait plus rien derrière, il laissa échapper un juron.

– Ah, le jeune vaurien ! J'aurais dû m'en douter. Voulez-vous une tasse de thé, miss ? Je suppose que M. Selby n'a pas pensé à vous en proposer, n'est-ce pas ?

– Non merci. Il faut que je rentre. Ma tante va s'inquiéter. Est-ce que... le policier a dit qu'il voulait me voir ?

– Il va pas tarder, je pense. Quand il voudra vous parler, il descendra. Dites... comment... qu'est-ce qui s'est passé avec M. Higgs ?

– On parlait de mon père. Et soudain...

– Le cœur, déclara le concierge. Mon pauvre frère nous a quittés de la même façon, à Noël dernier. Après un bon dîner, il a allumé un cigare et il est tombé la tête la première dans son assiette. Oh, j'vous prie de m'excuser, miss. Je ne devrais parler de ça.

C'est alors que le policier entra ; il nota le nom et l'adresse de Sally, puis s'en alla. Elle resta encore une ou deux minutes avec le concierge mais, se souvenant de l'avertissement de Jim, elle ne lui parla pas de la lettre en provenance des Indes orientales. Et ce fut bien dommage, car le concierge aurait peut-être pu lui apprendre quelque chose.

Sally n'avait donc pas l'intention de tuer qui que ce soit... même si elle dissimulait un pistolet dans son sac. La véritable cause de la mort de M. Higgs, la lettre, n'était arrivée que le matin même, transmise par l'avocat à Sally, à l'adresse de Peveril Square, dans Islington, où elle vivait maintenant. Cette maison appartenait à une lointaine parente de son père, une veuve acariâtre nommée Mme Rees; Sally y habitait depuis le mois d'août, et cela ne lui plaisait pas. Mais elle n'avait pas le choix. Mme Rees était sa seule parente encore de ce monde.

Son père était mort trois mois plus tôt, quand le schooner *Lavinia* avait coulé en mer de Chine. Il s'était rendu là-bas pour enquêter sur d'étranges irrégularités dans les rapports envoyés par les agents de sa compagnie en Extrême-Orient; il fallait éclaircir cette question au plus vite, et cela ne pouvait se faire de Londres. Avant de partir, il avait prévenu Sally que ce voyage pouvait se révéler dangereux.

– Je vais aller interroger notre homme à Singapour, lui avait-il dit. C'est un Hollandais nommé Van Eeden. Je sais qu'il est digne de confiance. Si par malheur je ne revenais pas, il pourra t'expliquer pourquoi.

– Tu ne peux pas envoyer quelqu'un d'autre ?

– Non. C'est ma société ; je dois me déplacer en personne.

– Il *faut* que tu reviennes, papa !

– Évidemment que je reviendrai, ma chérie. Mais tu dois te préparer à… n'importe quoi. Et je sais que tu le feras avec courage. Tiens ta poudre au sec, fillette, et pense à ta mère…

La mère de Sally était morte durant la Mutinerie indienne, quinze ans plus tôt, tuée d'une balle tirée par le fusil d'un cipaye au moment même où elle l'abattait d'un coup de pistolet. Sally n'avait que quelques mois ; c'était l'enfant unique du couple. Sa mère était une jeune femme fougueuse, sauvage et romantique, qui montait à cheval comme un Cosaque, tirait comme une championne et fumait de tout petits cigares noirs dans un fume-cigarette en ivoire, ce qui scandalisait et fascinait tout le régiment. Elle était gauchère ; c'était pourquoi elle tenait son pistolet dans la main gauche, et pourquoi elle serrait Sally contre elle avec son bras droit, et pourquoi la balle qui l'avait atteinte en plein cœur avait manqué le bébé, frôlant simplement son petit bras, où elle avait laissé une cicatrice. Sally ne se souvenait pas de sa mère, évidemment, mais elle l'aimait. Et depuis ce jour, elle avait été élevée par son père, de manière excentrique selon l'avis de plusieurs fouineurs, mais le fait que le capitaine Matthew Lockhart ait quitté l'armée pour se lancer dans une hasardeuse carrière d'agent maritime constituait déjà une bizarrerie en soi. M. Lockhart s'occupait lui-même de l'éducation de sa fille, le soir ; dans la journée, il la laissait faire ce qu'elle voulait. Résultat, ses connaissances en littérature, en français, en histoire, en art et en musique étaient quasiment nulles, mais en revanche, elle possédait une parfaite maîtrise des principes de tactique militaire et de la comptabilité ; elle connaissait bien le fonctionnement de la bourse et elle savait parler l'hindoustani. Par ailleurs, c'était une très bonne cavalière (bien que son poney refusât de se plier aux pratiques des Cosaques), et, pour ses quatorze ans, son père lui avait acheté un petit pistolet belge, celui qui ne la quittait jamais, et il lui avait appris à s'en servir. Maintenant, elle était presque aussi bonne tireuse que sa mère. C'était une jeune fille solitaire, mais parfaitement heureuse ; le seul fléau de son enfance, c'était le Cauchemar.

Cela lui arrivait une ou deux fois par an. Elle avait alors l'impression de suffoquer sous une chaleur insupportable ; les ténèbres étaient insondables, et quelque part tout près d'elle, une voix d'homme hurlait sa souffrance. Soudain, une lumière tremblotante apparaissait dans l'obscurité, comme si quelqu'un se précipitait vers elle en tenant une bougie, et une autre voix s'écriait : « Regarde ! Regarde-le ! Mon Dieu… Regarde… » Mais Sally ne voulait pas regarder. C'était même la dernière chose au monde qu'elle avait envie de faire, et c'était généralement à ce moment-là qu'elle se réveillait, inondée de sueur, le souffle coupé et sanglotant de frayeur. Son père accourait alors pour la calmer et, au bout d'un moment, elle se rendormait, mais il lui fallait ensuite un jour ou deux pour être débarrassée de ce souvenir.

Puis ce fut le voyage de son père, les semaines de séparation, et pour finir, le télégramme annonçant sa mort. L'avocat de son père, M. Temple, avait aussitôt pris les choses en main. La maison de Norwood fut fermée, les domestiques payés et congédiés, le poney vendu. Apparemment, il y avait une irrégularité dans le testament de son père, ou dans le fonds de pension qu'il avait instauré et, par conséquent, Sally serait beaucoup moins riche que tout le monde ne le supposait. Elle fut confiée à la cousine germaine de son père, Mme Rees, et c'était chez elle que vivait la jeune fille jusqu'à ce matin, jusqu'à l'arrivée de cette lettre.

Avant d'ouvrir l'enveloppe, elle avait cru que la missive provenait de cet agent hollandais dont lui avait parlé son père, M. Van Eeden. Mais la feuille était déchirée et l'écriture maladroite, enfantine ; aucun homme d'affaires européen n'écrivait de cette façon. De plus, la lettre n'était pas signée. Sally s'était donc rendue au bureau de son père, avec l'espoir que quelqu'un saurait ce que signifiait ce message.

Et elle avait trouvé quelqu'un qui savait.

Elle rentra à Peveril Square (elle ne disait pas « chez elle », car elle ne considérait pas cet endroit comme sa maison) en prenant l'omnibus et se prépara à affronter Mme Rees.

On ne lui avait pas donné les clés de la maison. C'était une manière, une parmi bien d'autres, de lui faire comprendre qu'elle n'était pas la bienvenue. Sally était donc obligée de sonner chaque fois qu'elle voulait rentrer, et la domestique qui venait lui ouvrir semblait toujours avoir été dérangée dans une tâche plus importante.

– Mme Rees est dans le salon, miss, déclara-t-elle d'un ton pincé. Elle a exigé que vous alliez la voir à l'instant même de votre retour.

Sally trouva la maîtresse de maison assise près d'un petit feu, en train de lire un ouvrage regroupant tous les sermons de feu son mari. Elle ne leva pas la tête quand Sally entra, et la jeune fille eut le temps d'observer ses cheveux d'un roux terne et sa peau blanche fripée ; elle haïssait cette femme. Mme Rees n'avait pas encore atteint la cinquantaine, mais elle avait découvert très tôt que le rôle de vieillard tyrannique lui convenait à merveille, et elle l'interprétait de son mieux. Elle se comportait comme une femme de soixante-dix ans, de santé fragile ; jamais au cours de sa vie elle n'avait levé le petit doigt, pas plus qu'elle n'avait nourri la moindre pensée aimable envers les autres, et si elle accueillait avec plaisir la présence de Sally, c'était uniquement parce qu'elle pouvait la tourmenter tout à loisir. Debout devant la cheminée, la jeune fille attendit encore un moment, puis elle dit :

— Je suis désolée d'être en retard, madame Rees, mais je...

— Appelle-moi tante Caroline, je te l'ai déjà dit ! Mon avocat m'a appris que j'étais ta tante, paraît-il. Je ne m'y attendais pas, et je n'ai rien demandé à personne, mais je ne fuirai pas mes responsabilités.

Sa voix était geignarde et grinçante, et elle parlait avec une lenteur exaspérante.

— La bonne m'a dit que vous souhaitiez me voir, tante Caroline.

— Je me suis attaquée, sans grand succès, à la question de ton avenir. As-tu l'intention de rester

26

éternellement sous mon aile protectrice ? Ou cinq années suffiront-elles ? Ou dix ? J'essaye simplement d'évaluer l'étendue du problème. Il est évident que tu n'as aucune perspective d'avenir, Veronica. Je me demande même si cette pensée t'a traversé l'esprit. Que sais-tu faire ?

Sally détestait ce prénom, Veronica, mais Mme Rees avait décrété que Sally était un nom de domestique, et elle refusait de l'employer. Incapable de trouver une réponse polie, la jeune fille demeura muette et s'aperçut que ses mains commençaient à trembler.

– Voyez, Ellen, dit Mme Rees en s'adressant à la domestique qui se tenait respectueusement sur le seuil du salon, les mains croisées et les yeux écarquillés avec une feinte innocence. Miss Lockhart s'efforce de communiquer avec moi par la pensée. Je suis censée la comprendre sans l'intervention du langage. Hélas, mon éducation ne m'a pas préparée à un tel défi. À mon époque, nous utilisions fréquemment des mots entre nous. Quand on nous posait une question, par exemple, nous répondions.

– Je crains que... je n'aie aucun talent, tante Caroline, répondit finalement Sally d'une toute petite voix.

– À part la modestie, je suppose ? Ou bien la modestie est-elle simplement la première qualité d'une longue liste ? Assurément, un brillant gentleman tel que feu ton père ne t'a pas laissée sans défense face à la vie.

Sally secoua tristement la tête. D'abord la mort de M. Higgs et maintenant ce…

– C'est bien ce que je pensais, reprit Mme Rees, avec une pâle lueur de triomphe sur le visage. Autrement dit, même une modeste place de gouvernante est hors de ta portée. Nous allons devoir nous tourner vers quelque chose de plus modeste encore. Peut-être qu'une de mes amies – Miss Tullet éventuellement, ou Mme Ringwood – pourra te trouver par charité une place de dame de compagnie. Je me renseignerai auprès d'elles. Ellen, vous pouvez servir le thé.

La domestique s'inclina et sortit. Sally s'assit à table, le cœur gros ; une nouvelle soirée de sarcasmes et de méchanceté l'attendait, et elle savait, de plus, que le mystère et le danger la guettaient au-dehors.

2
La toile

Plusieurs jours s'écoulèrent. Il y eut une enquête, et Sally fut convoquée au tribunal. Mme Rees avait justement organisé ce matin-là (par le plus grand des hasards) une visite chez sa grande amie Miss Tullett, et elle fut fort contrariée par ce contretemps. Sally répondit aux questions du coroner en toute franchise : elle parlait de son père avec M. Higgs, lorsque soudain il était tombé raide mort, expliqua-t-elle. Personne n'insista. Elle commençait à comprendre qu'en jouant les jeunes filles fragiles et apeurées, et en se tamponnant les yeux avec un mouchoir en dentelle, elle pouvait esquiver toutes les questions embarrassantes. Elle détestait jouer cette comédie, mais elle n'avait pas d'autre arme, à part son pistolet. Et celui-ci était inutile face à un ennemi qu'elle ne voyait pas.

De fait, nul ne paraissait surpris par la mort de M. Higgs. Un verdict de mort naturelle fut rendu, l'examen médical ayant fait apparaître une faiblesse cardiaque, et l'affaire fut expédiée en moins d'une demi-heure. Sally retourna à Islington, et la vie retrouva son rythme normal.

Néanmoins, il y avait quelque chose de différent. Sans le savoir, Sally avait ébranlé le bord d'une toile d'araignée et l'animal qui se trouvait en son centre s'était réveillé. Et alors que la jeune fille ne se doutait de rien (alors qu'elle était assise dans le salon inconfortable de Miss Tullett et qu'elle écoutait celle-ci discuter avec Mme Rees de ses défauts), trois événements eurent lieu qui tous allaient ébranler un peu plus la toile et braquer les yeux froids de l'araignée sur Londres, et sur Sally.

Premièrement, un monsieur lut un journal dans une maison glaciale.

Deuxièmement, une vieille…. Comment l'appeler ? En attendant d'en savoir plus, accordons-lui le bénéfice du doute et appelons-la une « lady »… une vieille lady, donc, offrit le thé à un avocat.

Troisièmement, un marin débarqua dans des circonstances malheureuses sur le quai des Indes-Orientales et se mit en quête d'un meublé.

Le monsieur en question (à l'époque où il entretenait des domestiques, ceux-ci l'appelaient

« le major ») vivait sur la côte, dans une demeure qui surplombait une sinistre étendue de terre submergée à marée haute, marécageuse à marée basse et toujours morne. La maison était totalement vide, à l'exception des objets de première nécessité, car la richesse du major avait été frappée d'une maladie grave et était maintenant à l'agonie.

Cet après-midi-là, le major était assis devant la fenêtre en saillie de son salon glacial. La pièce était orientée au nord, face à la sauvagerie funèbre de la mer, grise et froide, et pourtant, quelque chose l'attirait dans cette pièce : il aimait regarder la mer et les bateaux qui passaient au loin. Mais à cet instant, il ne contemplait pas le large, il lisait un journal que lui avait prêté la seule domestique restée à son service, une cuisinière-gouvernante à ce point rongée par la boisson et la malhonnêteté que personne d'autre ne voulait l'employer.

Le major tournait les pages d'un air las, en levant le journal dans la lumière déclinante, afin de retarder au maximum le moment où il devrait allumer les lampes, si coûteuses. Ses yeux parcouraient les colonnes de caractères sans montrer le moindre signe d'intérêt ni d'espoir, jusqu'à ce qu'il tombe sur un article qui le fit se redresser sur sa chaise.

Le paragraphe qui l'intéressait tant disait ceci :

L'unique témoin de ce triste événement est Miss Veronica Lockhart, fille de feu M. Matthew Lockhart, un ancien associé de la société. La mort de M. Lockhart, lors du naufrage du schooner Lavinia, *a été rapportée dans ces colonnes en août dernier.*

Le major lut le passage deux fois, en se frottant les yeux. Puis il se leva et alla écrire une lettre.

Derrière la tour de Londres, entre les quais Sainte-Catherine et le nouveau bassin de Shadwell, se trouve un secteur connu sous le nom de Wapping : un quartier de docks et d'entrepôts, de taudis et de ruelles envahies par les rats, de rues étroites où les seules portes qui existent se situent au niveau du premier étage, surmontées de poutres saillantes auxquelles pendent des cordes et des poulies. Ces installations à l'aspect barbare, ainsi que les murs de brique borgnes au niveau du sol confèrent à cet endroit l'apparence d'un horrible donjon, tel qu'on peut en voir dans ses pires cauchemars ; la lumière, atténuée et filtrée par la crasse qui flotte dans l'air, semble venir de très loin, à travers une fenêtre haute munie de barreaux.

De tous les recoins sinistres de Wapping, aucun ne l'était davantage que le quai du Pendu. Il y avait bien longtemps qu'aucun bateau n'y accostait plus mais le nom était resté. C'était désormais un alignement de maisons et d'ateliers ressemblant à des terriers, dont l'arrière s'avançait au-dessus du fleuve : un shipchandler, un prêteur sur gages, un boulanger, un pub baptisé *Le Marquis de Granby* et une pension.

Dans l'East End de Londres, le terme « pension » recouvre une multitude d'horreurs. Dans le pire des cas, il désigne une pièce dégoulinante d'humidité où règne une puanteur toxique, avec une corde tendue en travers. En échange d'un penny, ceux qui se sont enfoncés dans l'alcool ou la pauvreté ont le privilège de s'affaler sur cette corde qui leur évite d'être en contact avec le sol pendant leur sommeil. Dans le meilleur des cas, ce terme désigne un endroit à peu près correct, plus ou moins propre, où l'on change les draps quand on y pense. Et quelque part entre les deux, il y a la Pension Holland. Là, un lit pour la nuit vous coûtera trois pence, un lit pour vous tout seul quatre pence, une chambre pour vous tout seul six pence, et le petit déjeuner un penny. Mais vous n'êtes jamais vraiment seul à la Pension Holland. Si les puces dédaignent votre peau, les punaises, elles, ne sont pas aussi snobs : elles mordent n'importe qui.

C'est dans cet endroit que débarqua M. Jeremiah Blyth, un robuste et étrange avocat de Hoxton. Ses précédentes transactions avec la propriétaire des lieux avaient été menées en d'autres lieux ; c'était la première fois qu'il venait au quai du Pendu.

Il frappa à la porte et une enfant vint lui ouvrir. C'était une fillette dont le seul trait distinctif, en cet après-midi sombre, semblait être deux énormes yeux noirs. Elle entrouvrit la porte et demanda à voix basse :

– Oui, monsieur ?

– M. Jeremiah Blyth, déclara le visiteur. Mme Holland m'attend.

L'enfant ouvrit la porte, juste assez pour le laisser entrer, et sembla aussitôt se volatiliser dans l'obscurité du vestibule.

M. Blyth entra. Et il attendit, en pianotant sur son chapeau haut de forme, pendant qu'il observait une gravure poussiéreuse représentant la mort de Nelson, tout en essayant de ne pas songer à l'origine des taches au plafond.

La propriétaire des lieux fit son entrée, précédée par une odeur de chou bouilli et de vieux chat. C'était une vieille femme desséchée aux joues creusées et aux lèvres pincées, avec des yeux brillants. Elle tendit à son visiteur une main semblable à une griffe et s'adressa à lui, mais elle aurait pu tout aussi bien parler en turc, car M. Blyth ne comprenait rien à ce qu'elle disait.

– Je vous demande pardon, madame. Je n'ai pas très bien saisi…

Elle émit une sorte de croassement et le fit entrer dans un petit salon où l'odeur de vieux chat avait eu le temps de gagner en intensité et en maturité. Dès que la porte fut refermée, elle ouvrit une petite boîte en fer-blanc qui se trouvait sur la cheminée et en sortit un dentier qu'elle introduisit dans sa bouche ridée, avant de faire claquer ses lèvres dessus. Le dentier, trop grand pour elle, déformait son visage de manière horrible.

– C'est mieux comme ça, dit-elle. J'oublie toujours mes dents quand je suis à l'intérieur. C'étaient celles de mon pauvre mari défunt. En ivoire véritable. Faites exprès pour lui en Orient, il y a vingt-cinq ans. Admirez un peu le travail !

Elle montra ses crocs jaunis et ses gencives grises dans un rictus carnassier. M. Blyth recula d'un pas.

– Quand il est mort, le pauvre homme, reprit-elle, ils voulaient mettre son dentier dans la tombe avec lui, vu qu'il a disparu brutalement. À cause du choléra. Il est mort en une semaine, le pauvre vieux. Heureusement, j'ai eu le temps de le lui arracher de la bouche avant qu'ils referment le cercueil. Je me suis dit que ces dents-là, elles pouvaient encore tenir des années.

M. Blyth déglutit.

– Asseyez-vous donc ! dit la vieille femme. Faites comme chez vous. Adélaïde !

La fillette se matérialisa. Elle ne devait pas avoir plus de neuf ans, se dit M. Blyth. Et d'après la loi, elle aurait dû être à l'école. Mais la moralité de l'avocat était aussi fantomatique que la fillette elle-même, beaucoup trop insaisissable pour l'inciter à poser la question, et encore moins à protester. C'est pourquoi sa conscience et la fillette demeurèrent muettes l'une et l'autre pendant que Mme Holland donnait ses instructions concernant le thé, et elles disparurent toutes les deux en même temps.

Mme Holland se retourna vers son visiteur, en se penchant en avant, et elle lui tapota le genou.

– Alors ? demanda-t-elle. Vous *les* avez apportés ? Soyez pas timide, monsieur Blyth. Ouvrez votre valise et confiez donc ce secret à une vieille femme.

– Certainement, certainement, répondit l'avocat. Même si, évidemment, il n'y a pas de secret à proprement parler. Notre arrangement a été conclu dans des termes parfaitement légaux...

La voix de M. Blyth s'éteignait peu à peu à la fin de chaque phase, au lieu de s'arrêter net, comme s'il voulait signifier qu'il restait ouvert à toute autre proposition qui pourrait survenir au dernier moment. C'était, chez lui, une habitude. Mme Holland hochait vigoureusement la tête.

– C'est exact, dit-elle. Tout est réglo et honnête. Pas d'entourloupettes ! Je ne le tolérerais pas. Alors, allez-y, monsieur Blyth.

L'avocat ouvrit sa mallette en cuir pour en sortir des documents.

– Je suis allé à Swaleness mercredi dernier, dit-il, et j'ai obtenu l'assentiment du gentleman selon les termes évoqués lors de notre précédente rencontre...

Il s'interrompit lorsque Adélaïde entra dans la pièce avec le plateau du thé. Elle le posa sur une table basse poussiéreuse, s'inclina devant Mme Holland et repartit sans mot dire. Pendant que la maîtresse de maison servait le thé, M. Blyth reprit :

– Pour ce qui est des termes... L'objet en question doit être déposé chez Hammond & Whitgrove, banquiers de leur état, dans Winchester Street...

– « L'objet en question » ? Ne soyez pas timide, monsieur Blyth. Crachez le morceau !

Devoir appeler les choses par leur nom semblait être une souffrance pour l'avocat. Il baissa la voix, se pencha en avant sur sa chaise et regarda autour de lui avant de parler :

37

– Le... rubis sera déposé à la banque Hammond & Whitgrove, où il restera jusqu'à la mort du gentleman. Après quoi, conformément aux termes de son testament, dûment authentifié par moi-même et... une certaine... Mme Thorpe...

– Qui est-ce ? Une voisine ?

– Une domestique, madame. Une personne peu digne de confiance, car elle boit, si j'ai bien compris, mais sa signature est valide, bien entendu. Et l'objet... euh, le rubis restera, comme je le disais, chez Hammond & Whitgrove jusqu'à la mort du gentleman, après quoi il deviendra votre propriété...

– Et c'est légal, n'est-ce pas ?

– Totalement, madame Holland...

– Il n'y a pas de hic quelque part ? Pas de mauvaise surprise de dernière minute ?

– Rien de tel, madame. J'ai ici un double du document, signé par le gentleman lui-même. Comme vous le voyez, il pare à toutes les... éventualités et...

Elle lui arracha le document des mains et le parcourut d'un œil avide.

– Ça m'a l'air d'aller, dit-elle. Très bien, monsieur Blyth. Je suis une femme de parole. Vous avez fait du bon travail, je vous paierai vos honoraires. À combien se montent les dégâts ?

– Les dégâts ? Oh, oui, je comprends. Mon clerc prépare la facture, madame Holland. Je veillerai à ce qu'elle vous soit envoyée sans délai...

M. Blyth resta encore une quinzaine de minutes avant de repartir. Après qu'Adélaïde, toujours aussi silencieuse qu'une ombre, eut reconduit le visiteur jusqu'à la porte, Mme Holland demeura assise dans le salon quelques instants pour relire le document que lui avait apporté l'avocat. Puis elle rangea son dentier après l'avoir rincé dans la théière ; elle enfila son manteau et partit examiner les locaux de Hammond & Whitgrove, banquiers de leur état, dans Winchester Street.

La troisième de nos nouvelles connaissances se nommait Matthew Bedwell. Il avait été second sur un tramp à vapeur en Extrême-Orient, mais c'était un peu plus d'un an auparavant. Pour l'heure, il était dans un triste état.

Il errait dans le dédale des rues sombres derrière le quai des Indes-Orientales, un sac de toile sur l'épaule, sa veste légère boutonnée jusqu'au col pour se protéger du froid qui l'assaillait, mais il n'avait pas le courage de chercher un vêtement plus chaud dans son sac.

Il avait dans sa poche un morceau de papier sur lequel figurait une adresse. De temps en temps, il le sortait et comparait cette adresse avec le nom de la rue où il se trouvait, avant de le remettre dans sa poche et de poursuivre son chemin. Quiconque l'aurait observé en aurait conclu qu'il était ivre, mais aucune odeur d'alcool ne flottait autour de lui, sa diction était nette et ses mouvements assurés. Un observateur plus charitable aurait supposé qu'il était malade ou qu'il souffrait, et cela aurait été plus proche de la vérité. Mais si quiconque avait pu pénétrer dans son esprit et découvrir le chaos qui régnait dans cet endroit obscur, il aurait trouvé remarquable que cet homme puisse continuer à avancer. Deux idées l'habitaient : la première l'avait poussé à parcourir quelque vingt mille kilomètres jusqu'à Londres, et la seconde n'avait cessé de lutter contre la première à chaque instant de ce voyage.

Et la deuxième idée avait bien failli terrasser la première.

Bedwell avançait dans une ruelle de Limehouse, pavée et étroite, dont les murs en brique étaient noircis par la suie et rongés par l'humidité qui les effritait, lorsqu'il découvrit une porte ouverte, devant laquelle un vieil homme était accroupi, immobile. C'était un Chinois. Il observait Bedwell, et quand celui-ci passa à sa hauteur, le Chinois releva légèrement la tête et demanda :

– Vous vouloir fumer ?

Le marin sentit chaque parcelle de son corps se tendre vers cette porte. Il chancela et ferma les yeux, puis il répondit :

– Non. Pas vouloir.

– Bonne qualité premier choix, dit le Chinois.

– Non. Non, répéta Bedwell et il s'obligea à poursuivre son chemin vers le bout de la ruelle.

Une fois de plus, il consulta son bout de papier, et une fois de plus, il parcourut une centaine de mètres avant de recommencer. Lentement mais sûrement, il progressa ainsi vers l'ouest, traversant Limehouse et Shadwell, jusqu'à ce qu'il atteignît le quartier de Wapping. Nouveau coup d'œil au morceau de papier, suivi d'une pause. La lumière déclinait ; il n'avait presque plus de forces. Il y avait un pub non loin de là ; sa lumière jaune égayait les pavés mouillés et attirait le marin comme un papillon de nuit.

Il entra et se paya un verre de gin, qu'il but comme s'il avalait un médicament : une chose désagréable mais nécessaire. Non, décida-t-il, il ne pouvait pas aller plus loin ce soir.

– Je cherche une pension, dit-il à la serveuse. J'ai une chance d'en trouver une dans le coin ?

– À deux portes d'ici, répondit-elle. Chez Mme Holland. Mais…

– Ça ira, dit Bedwell. Holland. Mme Holland. Je m'en souviendrai.

Il hissa le sac de toile sur son épaule.

– Tu es sûr que ça va, mon joli ? demanda la serveuse. T'as pas l'air dans ton assiette. Bois donc un autre gin.

Il secoua la tête vivement et sortit du pub.

Adélaïde vint lui ouvrir la porte et le conduisit sans un mot dans une pièce située au fond de la maison, au-dessus du fleuve. Les murs étaient gorgés d'humidité, le lit était sale, mais il s'en moquait. Après lui avoir donné un morceau de bougie, Adélaïde le laissa seul, et dès que la porte se fut refermée, il se laissa tomber à genoux et ouvrit brutalement son sac. Pendant presque une minute, ses mains tremblantes s'affairèrent, puis il s'allongea sur le lit, inspira profondément et sentit que tout se dissolvait et plongeait dans l'oubli. Très vite, il s'égara dans un profond sommeil. Rien ne pourrait le réveiller pendant environ vingt-quatre heures. Il était à l'abri.

Mais il avait bien failli renoncer en traversant Limehouse. Le Chinois... Une fumerie d'opium, évidemment. Et Bedwell était esclave de cette drogue puissante.

Il s'endormit – et une chose capitale pour Sally s'endormit avec lui.

3
Le gentleman du Kent

Trois nuits plus tard, Sally fit de nouveau le Cauchemar.

Et pourtant, ça ne ressemblait pas à un cauchemar, se disait-elle. C'était bien trop réel...

La chaleur insupportable.

Elle ne pouvait pas bouger ; elle était pieds et poings liés dans l'obscurité...

Des bruits de pas.

Et ce hurlement, si soudain, et si près d'elle ! Un hurlement qui n'en finissait pas...

La lumière qui avançait vers elle en vacillant. Un visage... Non, deux visages... des surfaces blanches avec des bouches ouvertes, horrifiées, rien d'autre...

Des voix dans les ténèbres : « Regarde ! Regarde-le ! Mon Dieu... »

Puis elle se réveilla.

Ou plutôt, elle refit surface, comme une nageuse qui craint de se noyer. Elle s'entendit sangloter et suffoquer, et elle se souvint : « Ton père n'est plus là. Tu es seule. Tu dois te débrouiller sans lui. Tu dois être forte. »

Au prix d'un terrible effort, elle s'obligea à ne plus pleurer. Elle repoussa les couvertures qui l'étouffaient et laissa l'air glacé de la nuit la submerger. C'est seulement lorsqu'elle se mit à trembler de froid, une fois que la chaleur du cauchemar eut disparu, qu'elle se couvrit de nouveau, mais elle mit longtemps à se rendormir.

Le lendemain matin, une autre lettre arriva. Dès que le petit déjeuner fut terminé, Sally faussa compagnie à Mme Rees et alla ouvrir la lettre dans sa chambre. Comme la précédente, elle avait été transmise par l'avocat, mais le timbre était anglais et, cette fois, l'écriture était celle d'une personne cultivée. Sally sortit l'unique feuille de papier, de mauvaise qualité, et sursauta :

Foreland House
Swaleness
Kent
Le 10 octobre 1872

Chère Miss Lockhart,

Nous ne nous sommes jamais rencontrés, vous n'avez jamais entendu mon nom, et si je me permets de vous écrire, c'est uniquement parce que j'ai bien connu votre père, il y a des années. J'ai lu dans le journal le récit de la malheureuse histoire survenue à Cheapside, et je me suis souvenu que M. Temple, de Lincoln's Inn, était l'avocat de votre père. J'espère que cette lettre vous parviendra. Je crois savoir que M. Lockhart nous a quittés ; je vous prie donc d'accepter mes plus sincères condoléances.

Mais son décès et certains faits liés à mes propres activités récentes m'obligent à m'adresser à vous de manière urgente. Dans l'immédiat, je ne peux vous révéler que trois choses : la première concerne le siège de Lucknow ; la deuxième, un objet d'une valeur inestimable ; et enfin, il me faut vous avertir que votre propre sécurité est menacée par un danger mortel.

Je vous en conjure, Miss Lockhart, soyez prudente et écoutez cet avertissement. Au nom de mon amitié pour votre père, et dans l'intérêt de votre propre vie, venez me voir dès que possible pour écouter ce que j'ai à vous dire. Certaines raisons m'empêchent de venir jusqu'à vous. Permettez-moi de signer en me présentant tel que j'ai été durant toute votre vie, sans que vous le sachiez :

Votre fidèle ami,
George Marchbanks.

Sally, en proie à une vive confusion, lut la lettre deux fois. Si son père et ce M. Marchbanks avaient été amis, pourquoi n'avait-elle jamais entendu parler de lui avant de recevoir cette lettre en provenance d'Extrême-Orient ? Et quel était ce danger ?

Les Sept Bénédictions...

Évidemment ! Cet homme devait savoir ce que son père avait découvert.

Sally avait un peu d'argent dans son porte-monnaie. Après avoir enfilé son manteau, elle descendit sans faire de bruit et quitta la maison.

Assise dans le train, elle avait le sentiment d'être à l'aube d'une campagne militaire. À sa place, son père aurait tout planifié à tête reposée, elle en était certaine ; il aurait installé des lignes de communication et des forteresses, forgé des alliances. Elle devait faire de même.

M. Marchbanks affirmait être un allié. Il pourrait au moins lui révéler certaines choses ; il n'y avait rien de plus terrible que de ne pas savoir quelle menace pesait sur vous.

Sally regarda les abords gris de la ville céder la place à la grisaille de la campagne et contempla la mer sur sa gauche. Il n'y avait jamais moins de cinq ou six navires qui remontaient l'estuaire de la Tamise à vive allure, poussés par le vent d'est, ou peinant en sens inverse.

La ville de Swaleness n'était pas très grande. Arrivée à la gare, Sally décida de marcher au lieu de prendre un fiacre, pour économiser son argent. Le porteur l'avait assurée que Foreland House se trouvait tout près, à moins de deux kilomètres ; il suffisait de longer le rivage et de remonter ensuite le cours de la rivière, expliqua-t-il. Elle se mit en marche aussitôt. Swaleness était une cité triste et froide, et la rivière un cours d'eau boueux qui serpentait au milieu des marais salants, avant de franchir la ligne grise et lointaine de la mer. La marée était basse, le paysage morne, et il n'y avait qu'un seul être humain en vue.

C'était un photographe. Il avait installé son appareil – ainsi que la petite chambre noire portative qu'utilisaient tous les photographes à cette époque – au milieu du sentier qui longeait la rivière. C'était un jeune homme à l'air aimable, et comme Sally n'apercevait aucune habitation dans les parages, elle décida de lui demander son chemin.

– Vous êtes la deuxième personne qui se rend à cet endroit, dit-il. Foreland House est là-bas ; c'est une grande maison basse.

Il désigna un bosquet d'arbres rabougris, distant d'environ un kilomètre.

– Qui était cette autre personne ? demanda Sally.

– Une vieille femme qui ressemblait à une des sorcières de *Macbeth*.

Cette référence n'évoquait rien pour Sally. Voyant son air dubitatif, le jeune homme précisa :

– Une vieille femme toute ridée et laide…

– Oh, je vois.

– Prenez ma carte.

Il sortit de nulle part un bristol blanc, avec une dextérité digne d'un prestidigitateur. Dessus, on pouvait lire : *Frederick Garland, Artiste photographe,* et une adresse à Londres. Sally observa le jeune homme. Il lui plaisait : son visage était amusant, ses cheveux jaune paille ébouriffés, et surtout, il avait un air vif et intelligent.

– Pardonnez cette question, dit-elle, mais que photographiez-vous, au juste ?

– Le paysage, répondit-il. Il n'y a pas grand-chose à photographier ici, n'est-ce pas ? Mais je cherchais un décor mélancolique. Car voyez-vous, j'expérimente un nouveau mélange chimique. J'ai dans l'idée qu'il sera plus sensible pour capter ce genre de lumière.

– Le collodion, dit-elle.

– Exact. Êtes-vous photographe ?

– Non, mais mon père s'intéressait à la photo. Bon, il faut que je poursuive ma route. Merci, monsieur Garland.

Il lui sourit gaiement et reporta son attention sur son appareil photo.

Le chemin s'incurva pour suivre le tracé de la

rive boueuse et il conduisit finalement Sally jusqu'au bosquet. La maison était là, comme l'avait indiqué le photographe : les murs en stuc s'écaillaient et plusieurs tuiles étaient tombées du toit ; le jardin laissé à l'abandon était envahi par les mauvaises herbes. Jamais elle n'avait vu un endroit aussi sinistre. Un petit frisson la parcourut.

Elle s'avança sous le porche et s'apprêtait à actionner la clochette quand la porte s'ouvrit et un homme sortit de la maison.

Il mit son index sur ses lèvres et referma la porte derrière lui en prenant soin de ne faire aucun bruit.

– Chut, murmura-t-il. Pas un mot. Par ici, vite...

Abasourdie, Sally le suivit. L'homme la conduisit rapidement sur le côté de la maison, dans une petite véranda. Il referma la porte dès qu'elle fut entrée, dressa l'oreille, puis lui tendit la main.

– Miss Lockhart, je suis le major Marchbanks.

Elle lui serra la main. C'était un homme âgé, la soixantaine, estima-t-elle, au teint cireux. Ses vêtements pendaient sur son corps frêle. Il avait des yeux à la fois sombres et vifs, profondément enfoncés dans leurs orbites. Curieusement, sa voix avait quelque chose de familier, et il y avait dans son expression une intensité qui effrayait la jeune fille, jusqu'à ce qu'elle prenne conscience que lui-même était effrayé. Beaucoup plus qu'elle.

– Votre lettre est arrivée ce matin, dit-elle. Est-ce mon père qui vous a demandé de me rencontrer ?

– Non…

Il semblait surpris.

– Alors… est-ce que l'expression « les Sept Bénédictions » vous dit quelque chose ?

Cela n'eut aucun effet. Le major Marchbanks la regarda d'un air absent.

– Je suis désolé, dit-il. Vous êtes venue jusqu'ici pour me poser cette question ? Je suis vraiment navré. Est-ce qu'il… votre père…

Elle lui parla rapidement du dernier voyage de son père, de la lettre venue d'Extrême-Orient et de la mort de M. Higgs. Le major porta la main à son front ; il paraissait totalement effondré et stupéfait.

Il y avait une petite table et une chaise en bois sous la véranda. Il proposa la chaise à Sally et lui dit à voix basse :

– J'ai un ennemi, Miss Lockhart. Une ennemie, plus précisément, car il s'agit d'une femme. Une femme absolument diabolique. Elle se trouve dans la maison actuellement, c'est pourquoi nous devons nous cacher ici… c'est pourquoi aussi vous devez repartir très vite. Votre père…

– Mais pourquoi ? Qu'ai-je fait à cette femme ? Et d'abord, qui est-ce ?

– Je vous en prie… Je ne peux pas vous l'expliquer pour l'instant. Mais je le ferai, croyez-moi. J'ignore ce qui a provoqué la mort de votre père, je ne sais rien de ces Sept Bénédictions, je ne sais rien de la mer de Chine, ni du commerce maritime. Votre père ne pouvait rien savoir du mal qui s'est abattu sur moi et qui maintenant… Je ne peux pas vous aider. Je ne peux rien faire. Il a mal placé sa confiance, une fois de plus.

– Une fois de plus ?

Sally vit une expression d'intolérable tristesse traverser le visage du major. C'était l'expression d'un homme qui n'a plus aucun espoir, et cela l'effraya.

Elle ne pensait qu'à la lettre venue d'Extrême-Orient.

– Avez-vous vécu à Chatham ? demanda-t-elle.

– Oui, il y a longtemps. Mais je vous en supplie… le temps presse. Prenez ceci…

Il ouvrit le tiroir de la table en bois et en sortit un objet enveloppé de papier brun. Le paquet mesurait une quinzaine de centimètres de long et il était fermé avec de la ficelle et un cachet de cire.

– Cela vous expliquera tout. Puisqu'il ne vous a rien dit, peut-être que je ne devrais pas vous en parler, moi non plus… Vous aurez un choc en lisant. Préparez-vous. Mais votre vie est menacée et, au moins, vous saurez pourquoi.

Sally prit le paquet ; ses mains tremblaient violemment. Le major s'en aperçut et, l'espace d'un instant, il les prit entre les siennes et pencha la tête.

C'est alors qu'une porte s'ouvrit.

Il fit un bond en arrière ; son visage était livide. Une femme d'un certain âge glissa la tête à l'intérieur de la véranda.

– Major... elle est sortie dans le jardin.

La femme semblait aussi nerveuse que lui et elle dégageait une forte odeur d'alcool. Le major fit un signe à Sally.

– Fuyons par ici, dit-il. Merci, madame Thorpe. Dépêchons-nous...

La femme s'écarta de manière pataude et essaya de sourire lorsque Sally la frôla pour sortir. Le major entraîna rapidement la jeune fille dans la maison. Elle eut une impression fugitive de pièces vides, de planchers nus, d'échos, d'humidité et de misère. La peur du major était contagieuse.

– Je vous en prie, dit-elle alors qu'ils atteignaient la porte d'entrée, qui est cette ennemie ? Je ne sais rien ! Vous devez me dire son nom, au moins !

– Elle s'appelle Mme Holland, murmura le major en entrouvrant la porte. (Il jeta un regard au-dehors.) Je vous en conjure, partez, mainte-

52

nant. Vous êtes venue à pied ? Vous êtes jeune, robuste, vive... n'attendez pas. Retournez directement en ville. Oh, je suis navré... Pardonnez-moi. Pardonnez-moi.

Il avait prononcé ces mots d'un ton pénétré, avec des sanglots dans la voix.

Sally se retrouva dehors et il referma la porte. Elle n'était là que depuis dix minutes, et elle repartait déjà. Levant les yeux vers la façade écaillée de la maison, elle se demanda : « Est-ce que cette ennemie m'observe ? »

Elle repartit dans l'allée envahie de ronces, passa devant le bosquet d'arbres noircis et retrouva le chemin qui longeait la rivière. La marée montait ; un courant paresseux agitait les bords de la rive boueuse. Aucun signe du photographe, malheureusement. Le paysage était totalement désert.

Sally pressa le pas en sentant le poids du paquet dans son sac. À mi-chemin, elle s'arrêta pour regarder en arrière. Elle ignorait pourquoi elle s'était retournée, mais elle aperçut une petite silhouette ronde qui débouchait derrière les arbres : une femme vêtue de noir. Une vieille femme. Elle était trop loin pour qu'elle pût la distinguer nettement, mais elle se précipitait vers Sally. Sa petite silhouette noire était l'unique élément mobile dans cette immensité sauvage et grise.

Sally repartit à grandes enjambées et atteignit

enfin la grand-route. Là, elle se retourna de nouveau. C'était comme si la petite silhouette noire
avançait avec la marée ; elle semblait gagner du
terrain. Où Sally pouvait-elle se cacher ?

La route conduisant à la ville s'incurvait légèrement en s'éloignant de la mer, et Sally se dit que si
elle pouvait emprunter un chemin de traverse
pendant qu'elle était dissimulée aux regards,
peut-être que...

C'est alors qu'elle avisa une meilleure solution. Le photographe se tenait sur le rivage, à
côté de sa petite tente noire, en train de consulter un instrument quelconque. Sally se retourna :
la petite silhouette noire était cachée derrière
l'extrémité de l'alignement des maisons en bord
de mer. La jeune fille se précipita vers le photographe, qui leva la tête, étonné, avant de sourire
d'un air ravi.

– Ah, c'est vous ! dit-il.

– Je vous en supplie, pouvez-vous m'aider ?

– Bien sûr. Avec joie. Que puis-je faire ?

– On me suit. Cette veille femme, là-bas... elle
me poursuit. Elle est dangereuse. Je ne sais pas
quoi faire.

Les yeux du jeune homme pétillèrent de plaisir.

– Entrez sous la tente, dit-il en soulevant le
drap noir. Mais ne bougez pas, ou vous allez tout
faire tomber. Ne faites pas attention à l'odeur.

Sally s'exécuta et le photographe laissa retomber sur elle le rabat qu'il laça ensuite. L'odeur était forte, on aurait dit des sels. Sous la tente, il faisait complètement noir.

– Ne parlez pas, murmura-t-il. Je vous dirai quand elle sera partie. La voilà ! Elle traverse la route. Elle vient vers nous...

Sally demeura immobile ; elle entendait les cris des mouettes, les sabots des chevaux et le grincement des roues d'une charrette qui passait sur la route, puis le cliquetis rapide et vif d'une paire de chaussures cloutées. Le bruit s'arrêta à moins d'un mètre de la tente.

– Excusez-moi, monsieur, dit une voix âgée qui sifflait d'une étrange façon.

– Oui ? Qu'y a-t-il ? (La voix de Garland était étouffée.) Attendez un instant. Je compose une image. Je ne peux pas sortir de sous ce drap pour l'instant... Voilà, dit-il d'une voix plus nette. Eh bien, madame, qu'y a-t-il ?

– Avez-vous vu passer une jeune fille, monsieur ? Vêtue de noir ?

– Oui, je l'ai vue. Elle était sacrément pressée. Une très jolie jeune fille... blonde... est-ce bien elle ?

– On peut faire confiance à un beau monsieur comme vous pour remarquer ce genre de chose ! Oui, c'est bien cette personne, bénie soit-elle. Avez-vous vu par où elle est partie ?

– Il se trouve qu'elle m'a demandé le chemin du Swan. Elle voulait prendre le coche de Ramsgate. Je lui ai dit qu'il lui restait dix minutes pour l'attraper.

– Le Swan, monsieur ? Où est-ce donc ?

Le photographe lui donna des indications ; la vieille femme le remercia et repartit.

– Ne bougez pas, murmura-t-il à Sally. Elle n'a pas encore tourné au coin. J'ai peur que vous soyez obligée de supporter la mauvaise odeur encore un peu.

– Merci, dit-elle d'un ton solennel. Mais vous n'étiez pas obligé d'essayer de me flatter.

– Oh ! Très bien. Je retire ce que j'ai dit. Vous êtes presque aussi laide qu'elle. Alors, racontez-moi ce qui se passe.

– Je n'en sais rien. Je me retrouve mêlée à une histoire horrible. Mais je ne peux pas vous dire de quoi...

– Chut !

Des bruits de pas approchèrent lentement ; ils dépassèrent la tente puis disparurent.

– Un gros bonhomme avec son chien. Il est passé.

– La vieille femme a disparu ?

– Oui, elle est partie. À Ramsgate, avec un peu de chance.

– Puis-je sortir ?

Il délaça la tente et souleva le rabat.

– Merci, dit Sally. Puis-je vous payer pour avoir utilisé votre tente ?

Le jeune homme ouvrit de grands yeux. L'espace d'un instant, Sally crut qu'il allait éclater de rire, mais il déclina poliment son offre. Elle se sentit rougir ; elle n'aurait pas dû lui proposer de l'argent. Elle pivota sur ses talons avec raideur.

– Ne partez pas, dit-il. Je ne connais même pas votre nom. Voilà le paiement que je réclame.

– Je m'appelle Sally Lockhart, répondit-elle en regardant la mer. Je suis désolée, je ne voulais pas vous vexer. Mais…

– Je ne suis pas du tout vexé. Mais tout ne s'achète pas, vous savez. Qu'allez-vous faire maintenant ?

Sally avait l'impression d'être une enfant. C'était un sentiment qu'elle n'aimait pas.

– Je vais rentrer à Londres. J'espère que je réussirai à échapper à cette femme. Adieu.

– Voulez-vous que je vous accompagne ? J'ai presque fini de toute façon, et si cette vieille bique est dangereuse…

– Non, merci. Il faut que je m'en aille.

Elle s'éloigna. Elle aurait bien aimé avoir la compagnie du photographe, mais jamais elle ne l'aurait avoué. Elle avait l'impression que son numéro de pauvre jeune fille sans défense, qui marchait si bien avec d'autres hommes, ne prendrait pas avec lui. Voilà pourquoi elle avait proposé de le payer : elle voulait traiter avec lui d'égal à égal. Mais ça non plus, ça n'avait pas marché. Elle avait l'impression de ne rien connaître et de tout faire de travers. Et, surtout, elle se sentait très seule.

4
La Mutinerie

Aucune trace de la vieille femme à la gare. Les seuls autres passagers étaient un pasteur et son épouse, trois ou quatre soldats et une mère avec ses deux enfants. Sally n'eut aucun mal à trouver un compartiment inoccupé.

Elle attendit que le train eût quitté la gare dans un nuage de fumée pour ouvrir le paquet. Les nœuds de la ficelle étaient profondément incrustés dans la cire et Sally se brisa un ongle en essayant de tirer dessus. Mais enfin, elle réussit à l'ouvrir et, à l'intérieur, elle découvrit un livre.

On aurait dit une sorte de journal intime. Il était assez épais et les pages étaient couvertes d'une écriture serrée. Il avait été grossièrement relié avec du carton gris, et si mal cousu que toute une partie du recueil glissa dans sa main. Après avoir soigneusement remis en place la petite liasse de feuilles, elle commença à lire.

La première page portait l'inscription suivante :

Récit des événements survenus à Lucknow et Aghrapur en 1856 et 1857, comportant l'épisode de la disparition du Rubis d'Aghrapur et la description du rôle joué par l'enfant appelée Sally Lockhart.

Sally relut ce passage. Ce texte parlait d'elle ! Et d'un rubis…

Mille questions surgirent brusquement, comme des mouches dérangées en plein festin, et emplirent son esprit de confusion. Elle ferma les yeux en attendant de retrouver son calme puis, au bout d'un moment, reprit sa lecture.

En 1856, moi, George Arthur Marchbanks, je servais dans le 32e régiment d'infanterie légère du duc de Cornouailles, à Aghrapur dans le royaume d'Oudh. Quelques mois avant que la Mutinerie éclate, j'eus l'occasion de rendre visite au Maharadjah d'Aghrapur en compagnie de trois de mes collègues officiers : j'ai nommé le colonel Brandon, le major Park et le capitaine Lockhart.

Officiellement, il s'agissait d'une visite privée à des fins sportives. En réalité, notre objectif principal était de mener quelques discussions politiques secrètes avec notre hôte. Le contenu de ces discussions ne concerne pas ce récit, si ce n'est qu'elles contribuèrent à faire naître, chez certains sujets du

Maharadjah, des soupçons à son sujet. Des soupçons qui, comme je le montrerai, scellèrent son destin au cours des terribles événements de l'année suivante.

Le deuxième soir de notre visite à Aghrapur, le Maharadjah donna un banquet en notre honneur. J'ignore s'il avait l'intention de nous impressionner par sa richesse, mais tel fut l'effet obtenu, car jamais je n'avais vu pareil étalage de splendeurs.

La salle de banquet s'ornait de piliers de marbre sculptés de manière exquise, aux chapiteaux ornés de fleurs de lotus dorées à la feuille. Le sol sur lequel nous marchions était incrusté de lapis-lazuli et d'onyx. Dans un coin, une fontaine dispensait un filet d'eau parfumé à la rose, et les musiciens de la cour jouaient leurs étranges et langoureuses mélodies derrière un paravent d'acajou ajouré. La vaisselle était en or massif, mais l'élément central de tout cet étalage était incontestablement le Rubis, d'une taille et d'un éclat incomparables, qui scintillait sur la poitrine du Maharadjah.

Il s'agissait du célèbre Rubis d'Aghrapur, dont j'avais beaucoup entendu parler. Je ne pouvais m'empêcher de le regarder ; j'avoue que quelque chose dans sa beauté intense, dans le feu rouge et liquide qu'il semblait contenir me fascinait et retenait mon attention, au point sans doute de me faire oublier les règles de la politesse. Le Maharadjah dut remarquer ma curiosité, car il nous conta l'histoire de cette pierre.

Elle avait été découverte à Burma six siècles plus tôt, puis offerte en tribut à Balban, roi de Delhi, pour finalement revenir à la maison princière d'Aghrapur. Au cours des siècles, le Rubis avait été perdu, vendu, offert en guise de rançon d'innombrables fois, mais toujours il était revenu entre les mains de ses royaux propriétaires ; il avait été responsable de morts si nombreuses qu'on ne pouvait en dresser la liste : meurtres, suicides, exécutions ; il avait même déclenché une guerre au cours de laquelle la population de toute une province avait été passée au fil de l'épée. Moins de cinquante ans plus tôt, il avait été volé par un aventurier français. Ce pauvre diable pensait tromper son monde en l'avalant, mais en vain : il fut éventré vivant et la pierre, encore chaude, fut sortie de son estomac.

Le regard du Maharadjah croisa le mien, alors qu'il racontait ces histoires.

— Vous voulez l'examiner, major ? me demanda-t-il. Approchez-le de la lumière et regardez à l'intérieur. Mais prenez garde de ne pas tomber !

Il me tendit le Rubis et je fis ce qu'il me conseillait. Lorsque la lumière de la lampe frappa la pierre, un étrange phénomène se produisit : la

62

lueur rouge, au cœur du Rubis, sembla tourbillonner et s'écarter comme un rideau de fumée, pour laisser apparaître une succession de corniches rocheuses et d'abîmes : un paysage fantastique fait de gorges, de pics et de gouffres terrifiants dont on ne pouvait sonder la profondeur. Une seule fois j'avais entendu parler d'un tel paysage, dans un ouvrage consacré aux illusions trompeuses et aux horreurs provoquées par l'accoutumance à l'opium.

L'effet produit sur moi par cette vision extraordinaire fut tel que l'avait prédit le Maharadjah. Je vacillai, victime soudain du plus étourdissant des vertiges. Le capitaine Lockhart me prit le bras, le Maharadjah reprit le Rubis en riant, et l'incident finit dans un éclat de rire général.

Notre visite prit fin peu de temps après. Je ne revis pas le Maharadjah pendant environ un an, jusqu'à cet événement horrible qui constitue le point culminant de ce récit, un événement qui me causa plus de honte et de désespoir que je l'aurais cru possible. Puisse Dieu (s'il existe un Dieu, et non une infinité de démons moqueurs) m'accorder l'oubli, et puisse-t-il venir vite !

L'année qui s'écoula après que j'eus contemplé la pierre pour la première fois fut une époque de malédictions et de mauvais présages, signes avant-coureurs de la terrible tempête qui devait s'abattre *sur nous, sous la forme de la Mutinerie ; des signes que nous n'avons pas su interpréter. Je n'ai pas l'intention de m'attarder ici sur les horreurs et la sauvagerie de la Mutinerie. D'autres que moi, plus éloquents, ont retracé cette époque, avec ses actes de bravoure qui brillent comme des balises au milieu des scènes d'effroyable carnage ; qu'il me suffise de préciser que, contrairement à des centaines d'autres, j'ai survécu, tout comme ces trois personnes dont le destin continue à être déterminé par le Rubis.*

J'en viens maintenant à l'époque du siège de Lucknow, peu de temps avant la libération menée par Havelock et Outram.

Mon régiment était stationné en ville et...

Sally leva la tête. Le train venait d'entrer en gare ; un panneau indiquait CHATHAM. Elle referma le livre, la tête emplie d'images étranges : un banquet somptueux, des morts atroces et une pierre qui avait sur les êtres humains le même effet que l'opium. Trois personnes avaient survécu, écrivait le major. Mon père et moi, pensa-t-elle aussitôt. Et la troisième ?

Elle rouvrit le livre, mais le referma précipitamment lorsque la porte du compartiment s'ouvrit pour laisser entrer un homme.

Il était vêtu de manière voyante, d'un costume

en tweed de couleur vive, avec une grosse épingle de cravate. Avant de s'asseoir, il salua Sally en soulevant son chapeau melon.

– Bonjour, miss.

– Bonjour.

Elle détourna la tête vers la vitre opposée. Elle ne voulait pas engager la conversation et il y avait quelque chose qui lui déplaisait dans le sourire familier de cet homme. Les jeunes filles du milieu social de Sally ne voyageaient pas seules ; cela paraissait bizarre et provoquait une attention inopportune.

Le train repartit. L'homme sortit un paquet de petits sandwichs et se mit à manger. Il ne faisait plus attention à elle. Sally, immobile sur son siège, contemplait les marais et la ville au loin, les mâts des bateaux le long des quais et les chantiers navals, plus loin sur la droite.

Le temps passa. Finalement, le train entra dans la gare de London Bridge, sous la voûte de verre fumé, et le bruit de la locomotive laissa place au sifflement de la vapeur qui résonnait au milieu des cris des porteurs et du fracas des chariots. Sally se redressa en se frottant les yeux. Elle s'était endormie.

La porte du compartiment était grande ouverte.

L'homme avait disparu, et le livre aussi.

5
La cérémonie de la fumée

Sally se leva d'un bond, affolée, et se précipita vers la porte. Mais le quai était bondé, et le seul souvenir qu'elle avait conservé de l'homme, c'était sa veste en tweed et son chapeau melon ; or, des dizaines de personnes correspondaient à ce signalement...

Dépitée, elle retourna dans le compartiment. Son sac était toujours dans le coin où elle l'avait posé. Elle se pencha pour le ramasser ; c'est alors qu'elle remarqua, par terre, sous le siège, quelques feuilles de papier. Le livre était mal relié, les feuilles avaient dû glisser pendant qu'elle dormait. Le voleur ne les avait pas vues !

La plupart de ces feuilles étaient blanches, mais sur l'une d'elles étaient écrites quelques phrases qui faisaient manifestement suite à une page précédente :

...un lieu de ténèbres, sous une corde à nœuds. Trois lumières rouges brillent avec éclat à cet endroit quand la lune apparaît au-dessus de l'eau. Prends-le. Il t'appartient, car je t'en fais cadeau, de par les lois de l'Angleterre. Antequam haec legis, mortuus ero; utinam ex animo hominum tam celeriter memoria mea discedat.

Sally, qui ne parlait pas le latin, plia la feuille et la mit dans son sac. Puis, malade de tristesse, elle prit la direction de la maison de Mme Rees.

Pendant ce temps, à Wapping, une sinistre petite cérémonie se déroulait.

Une fois par jour, sur ordre de Mme Holland, Adélaïde portait un bol de soupe au monsieur du deuxième étage. Mme Holland avait découvert très tôt le besoin irrépressible dont souffrait Matthew Bedwell et, toujours prompte à sauter sur la moindre occasion, elle avait trouvé là de quoi exciter sa curiosité malveillante.

Car son hôte racontait des fragments d'une histoire très intéressante. Plongé dans le délire, il transpirait à grosses gouttes sous l'effet de la douleur, ou bien tentait de repousser les visions qui sortaient des murs crasseux pour l'assaillir. Mme Holland l'écoutait patiemment; elle lui donnait un peu de drogue, puis elle écoutait de nouveau, et elle lui redonnait un peu d'opium en échange de quelques détails concernant ces choses qu'il racontait dans sa folie. Peu à peu, l'histoire prenait forme, et Mme Holland comprit qu'elle était assise sur une fortune.

Le récit de Bedwell concernait les affaires de Lockhart & Selby, les agents maritimes. Les oreilles de Mme Holland se dressèrent quand elles entendirent prononcer le nom de Lockhart, car elle aussi s'intéressait à cette famille et elle fut frappée par cette coïncidence. Mais, peu à peu, elle s'aperçut qu'il s'agissait de tout autre chose : la disparition du schooner *Lavinia,* la mort du propriétaire, les bénéfices étonnamment élevés qu'avait réalisés la société grâce à son commerce avec la Chine, et mille autres choses encore. Bien que n'étant pas superstitieuse, Mme Holland bénit la main de la Providence.

Quant à Bedwell, il n'était pas en état de bouger. Mme Holland n'était pas certaine d'avoir extrait toutes les informations qui bouillonnaient dans son cerveau ; voilà pourquoi elle le maintenait en vie, si on peut encore appeler ça être en vie. Dès qu'elle déciderait qu'elle avait besoin de la chambre pour un autre usage, la Mort et Bedwell, qui s'étaient manqués en mer de Chine, se retrouveraient enfin dans la Tamise. Très pratique, cette adresse : le quai du Pendu.

Ayant versé quelques louches de potage tiède et gras dans un bol, Adélaïde trancha maladroitement une tranche de pain et monta l'escalier conduisant à la chambre du fond. À l'intérieur, le silence régnait ; elle espérait que l'homme dormait. Elle ouvrit la porte avec sa clé et retint son souffle, car elle détestait l'odeur de renfermé et l'humidité glacée de la pièce

L'homme était allongé sur le matelas, sous une couverture rugueuse remontée sur sa poitrine, mais il ne dormait pas. Il suivit Adélaïde des yeux pendant qu'elle déposait le bol sur une chaise.

– Adélaïde, murmura-t-il.

– Oui, m'sieur ?

– Qu'est-ce que tu m'apportes ?

– De la soupe, m'sieur. Mme Holland dit que vous devez manger, ça vous fera du bien.

– Tu as une pipe pour moi ?

– Après la soupe, m'sieur.

Elle ne le regardait pas. Tous les deux parlaient à voix basse. L'homme prit appui sur un coude et fit un douloureux effort pour se redresser. Adélaïde était plaquée contre le mur, telle une ombre sans substance. Seuls ses grands yeux semblaient vivants.

– Apporte-moi ça, dit-il.

Elle prit le bol et émietta dedans la tranche de pain, puis elle retourna contre le mur du fond pendant que l'homme mangeait. Mais il n'avait pas d'appétit ; après quelques cuillerées, il repoussa le bol.

– J'en veux pas, dit-il. Cette soupe ne m'apporte rien. Où est la pipe ?

– Vous devez manger, m'sieur. Mme Holland va me tuer, sinon. S'il vous plaît…

– Mange-la, toi. Tu en as bien besoin. Allez, Adélaïde. La pipe.

À contrecœur, la fillette ouvrit le placard qui, outre la chaise et le matelas, constituait tout l'ameublement de la pièce. Elle en sortit une longue et lourde pipe composée de trois parties. Bedwell ne la quittait pas des yeux. Elle déposa la pipe sur le lit à côté de lui, avant de prendre un petit bloc de gomme brunâtre dans lequel elle découpa un morceau.

– Allongez-vous, dit-elle. L'effet sur vous est immédiat maintenant. Si vous ne vous couchez pas, vous allez tomber.

Il obéit et s'allongea sur le flanc. La lumière grise et glaciale de cet après-midi finissant qui se débattait pour franchir la crasse de la minuscule fenêtre conférait à la scène la couleur terne d'une gravure sur acier. Un insecte traversa en rampant lentement l'oreiller gras, pendant que la fillette approchait une allumette enflammée de la boule d'opium. Elle fit aller et venir la drogue, plantée sur une épingle, à travers la flamme jusqu'à ce que la boule se mette à grésiller et à fumer. Bedwell, qui tenait le tuyau de la pipe entre ses lèvres, prit une longue aspiration pendant qu'Adélaïde tenait la boule d'opium au-dessus du petit fourneau. La fumée douceâtre et entêtante fut attirée à l'intérieur de la pipe.

Quand la boule d'opium eut cessé de fumer, Adélaïde gratta une autre allumette et répéta le processus. Elle détestait cela. Elle détestait l'effet produit par la drogue sur cet homme car, en le regardant, elle avait le sentiment que sous le masque de chaque être humain se cachait le visage d'un pauvre idiot au regard halluciné, à moitié paralysé, la bave aux lèvres.

– Encore, marmonna-t-il.

– Il n'y en a plus.

– Allez, Adélaïde, gémit-il. Encore…

– Juste une fois, alors.

De nouveau, elle gratta une allumette, et de nouveau l'opium se mit à grésiller. La fumée se déversa dans le fourneau de la pipe comme une rivière qui disparaît sous terre. La fillette secoua l'allumette pour l'éteindre et la laissa tomber sur le plancher avec les autres.

Bedwell poussa un long soupir. L'épaisse fumée qui flottait maintenant dans la pièce donnait des vertiges à Adélaïde.

– Sais-tu que je n'ai pas la force de me lever pour m'en aller d'ici ? dit-il.

– Non, m'sieur.

Quand il était dans les transes de l'opium, sa voix perdait ses accents rocailleux de marin pour devenir raffinée, presque aristocratique.

– J'y pense, pourtant. Jour et nuit. Oh, Adélaïde... Les Sept Bénédictions ! Non, non ! Arrière, monstres ! Démons ! Laissez-moi !...

Il recommençait à délirer. Adélaïde s'était assise aussi loin que possible ; elle n'osait pas partir, de peur que Mme Holland lui demande ce qu'avait dit le gentleman, et en même temps, elle avait peur de rester, car les paroles qu'il prononçait lui donnaient des cauchemars. « Les Sept Bénédictions »... Cette expression, dernièrement, était apparue à deux reprises dans la bouche de l'homme, et toujours accompagnée d'un gémissement de terreur.

Il n'acheva pas sa phrase. Soudain, son expression se modifia ; elle devint plus lucide, plus confiante.

– Lockhart, dit-il. Je m'en souviens maintenant. Adélaïde, tu es là ?

– Oui, m'sieur, murmura-t-elle.

– Essaye de te souvenir d'une chose pour moi... tu veux bien ?

– Oui, m'sieur.

– Un homme nommé Lockhart... il m'a demandé de retrouver sa fille. Elle s'appelle Sally. J'ai un message pour elle. Très important... Peux-tu essayer de la retrouver pour moi ?

– Je sais pas, m'sieur.

– Londres est une grande ville. Peut-être que tu n'y arriveras pas.

– Je peux essayer, m'sieur.

– Tu es bien brave. Oh, Seigneur, que suis-je en train de devenir, se lamenta-t-il. Regarde-moi ! Aussi faible qu'un nouveau-né... Que dirait mon frère ?

– Vous avez un frère, m'sieur ?

Dehors, la lumière avait presque disparu ; Adélaïde ressemblait à une mère au chevet de son enfant malade, vue à travers la brume déformante de l'opium. Elle s'avança vers le lit pour tamponner le visage de l'homme avec le drap sale ; il lui prit la main avec gratitude.

– C'est un homme bien, murmura-t-il. Mon jumeau. Identique. Nous avons le même corps, mais tout son esprit est lumière, Adélaïde, alors que le mien n'est que pourriture et ténèbres. C'est un homme d'Église. Nicholas. Le révérend Nicholas Bedwell... As-tu des frères ou des sœurs ?

– Non, m'sieur. Ni l'un ni l'autre.

– Ta mère est vivante ? Et ton père ?

– J'ai pas de mère. Mais j'ai un père. Il est sergent recruteur.

C'était un mensonge. L'identité de son père était inconnue même de sa mère, qui elle-même avait disparu sans laisser de traces quinze jours après la naissance, mais Adélaïde s'était inventé un père, en le façonnant à l'image des hommes les plus beaux et les plus vaillants qu'elle avait vus au cours de sa misérable existence. Un jour, un de ces personnages bravaches, son petit chapeau posé de travers sur la tête, un verre à la main, lui avait fait un clin d'œil alors qu'il se trouvait devant un pub avec ses amis, et il s'était esclaffé à la suite de quelque plaisanterie vulgaire. La fillette n'avait pas entendu la remarque. Elle n'avait retenu que l'image de cette splendeur virile et héroïque qui avait fait irruption dans sa petite vie sombre, comme un rayon de lumière. Ce clin d'œil avait engendré un père imaginaire.

– Ce sont des hommes bien, murmura Bedwell.

Il ferma les yeux.

– Dormez, m'sieur.

– Ne lui dis rien à *elle*, Adélaïde. Ne lui parle pas de... ce que je t'ai dit. C'est une mauvaise femme.

– Oui, m'sieur...

Il se remit à délirer et la chambre se remplit de fantômes et de démons chinois, de visions de torture et d'extase empoisonnée, au-dessus d'abîmes béants, à vous donner la nausée. Assise dans l'obscurité, Adélaïde lui tenait la main, et elle réfléchissait.

6

Messages

Depuis la mort de M. Higgs, la vie, au bureau des agents maritimes, était devenue morose. La querelle entre le concierge et Jim, le garçon de courses, avait fait long feu ; le concierge était à court de cachettes et Jim à court de magazines à scandale. Cet après-midi-là, il n'avait rien de mieux à faire que de tirer des boulettes de papier, à l'aide d'un élastique, sur le portrait de la reine Victoria accroché au-dessus de la cheminée du concierge.

Quand Adélaïde vint frapper au carreau de la loge, Jim n'y prêta pas attention tout d'abord. Il était trop occupé à améliorer son tir. Le vieil homme alla ouvrir la vitre et demanda :

– Ouais ? Qu'est-ce tu veux, toi ?

– Miss Lockhart, murmura la fillette.

En entendant ce nom, Jim leva la tête.

– Miss Lockhart ? répéta le concierge. Tu es sûre ?

Adélaïde hocha la tête.

77

– Qu'est-ce que tu lui veux ? demanda Jim.

– Occupe-toi de tes affaires, toi, espèce de brigand, répondit le vieil homme.

Le garçon décocha une boulette de papier sur la tête du concierge et esquiva sans peine la faible taloche qui lui était destinée en retour.

– Si tu as un message pour Miss Lockhart, je le prends, dit-il. Viens par ici une minute.

Il la conduisit au pied de l'escalier, à l'abri des oreilles du concierge.

– Comment que tu t'appelles ?

– Adélaïde.

– Qu'est-ce que tu lui veux, à Miss Lockhart ?

– J'en sais rien.

– Qui t'envoie, alors ?

– Un gentleman.

Jim se pencha vers elle pour entendre ce qu'elle disait, et il respira l'odeur de la Pension Holland qui imprégnait les vêtements d'Adélaïde, qui de surcroît ne s'était pas lavée depuis longtemps. Mais Jim n'était pas très regardant sur ce sujet, et il venait de se souvenir d'une chose importante.

– As-tu déjà entendu parler d'un machin nommé « les Sept Bénédictions » ?

Au cours des quinze derniers jours, il avait posé cette question à toutes sortes de gens, excepté M. Selby, et il avait toujours obtenu la même réponse : non, ils n'en avaient jamais entendu parler.

Mais Adélaïde, si. Et elle était terrorisée. Elle sembla se ratatiner à l'intérieur de son manteau et ses yeux s'assombrirent davantage.

– Eh bien, quoi? murmura-t-elle.

– Tu as déjà entendu ces mots, hein?

Elle hocha la tête.

– Alors, ça veut dire quoi? demanda Jim. C'est important.

– J'en sais rien.

– Où l'as-tu entendu?

Adélaïde grimaça et détourna le regard. À cet instant, deux employés sortirent du bureau situé en haut de l'escalier.

– Hé! s'exclama l'un des deux en apercevant les deux enfants. Regarde un peu, Jim fait la cour!

– Qui est ta fiancée, Jim? lança l'autre.

Jim leva la tête et lâcha une bordée d'injures qui aurait fait rougir un régiment. Il n'avait aucun respect pour les employés; à ses yeux, c'étaient de misérables créatures.

– Écoute-moi ça, dit le premier employé, alors que Jim s'arrêtait pour reprendre son souffle. Quelle éloquence!

– C'est surtout le phrasé que j'admire le plus, dit l'autre. C'est cette passion barbare qu'il y met.

– « Barbare », c'est le mot, dit le premier.

– Ferme ton clapet, Skidmore, ça fera du bien à ta sale face de rat! répliqua Jim. J'ai pas de temps à perdre à t'écouter. Viens, dit-il à Adélaïde, allons ailleurs.

Sous les sifflets et les quolibets des deux employés, il prit la fillette par la main et l'entraîna sans ménagement au-dehors.

– Fais pas attention à eux, dit-il. Écoute... Faut que tu me dises tout ce que tu sais sur les Sept Bénédictions. Un homme est mort ici à cause de ça.

Il lui raconta ce qui s'était passé. Adélaïde garda la tête baissée, mais ses yeux s'écarquillèrent.

– Faut que je trouve Miss Lockhart, parce que ce monsieur me l'a demandé, dit-elle quand Jim eut terminé son récit. Mais je dois pas en parler à Mme Holland, ou sinon, elle va me tuer.

– Explique-moi donc c'qui se passe, nom d'un chien !

Adélaïde lui expliqua, d'une voix hésitante, petit à petit, car elle ne possédait pas l'aisance de Jim et n'avait pas l'habitude d'être écoutée ; elle parlait si bas que Jim devait lui faire répéter presque chaque phrase.

– Très bien, dit-il finalement. J'irai chercher Miss Lockhart et tu pourras lui parler. D'accord ?

– Je peux pas. J'ai pas le droit de sortir, sauf quand Mme Holland m'envoie faire une course. Elle me tuerait !

– Bien sûr que non, elle va pas te tuer ! Il faut que tu sortes, sinon...

80

– Je peux pas ! Elle a tué la fille qu'était là avant. Elle lui a arraché tous les os, même ! C'est elle qui me l'a dit.

– Comment tu penses faire pour retrouver Miss Lockhart, alors ?

– J'en sais rien.

– Oh, bon sang ! Bon, écoute... Je passerai par Wapping tous les soirs en rentrant chez moi et on se retrouvera quelque part pour que tu me racontes ce qui s'est passé. Où c'est que tu peux me retrouver ?

Adélaïde baissa la tête en grimaçant de plus belle ; elle réfléchissait.

– Près des Vieux Escaliers, dit-elle.

– D'accord. Près des Vieux Escaliers, tous les soirs à six heures et demie.

– Faut que j'y aille maintenant, dit-elle.

– N'oublie pas ! lui lança Jim. Six heures et demie.

Mais Adélaïde avait déjà disparu.

13, Fortune Buildings
Chandler's Row Clerckenwell
Vendredi 25 octobre 1872

Miss S. Lockhart
9, Peveril Square
Islington

Chère Miss Lockhart,
Je souhaite vous informer que j'ai découvert quelque chose concernant Les Sept (7) Bénédictions. Un gentleman appelé M. Bedwell se trouve actuellement à la Pension Holland, quai du Pendu, à Wapping. Il fume de l'opium et il parle de vous. Il a aussi parlé des Sept Bénédictions, mais je sais pas ce que ça veut dire. La logeuse s'appelle Mme Holland, il faut se méfier d'elle. Si vous venez au kiosque à musique de Clerkenwell Gardens demain à deux heures et demie, je pourrai vous en dire plus.
Je reste votre humble et dévoué serviteur
M. J. Taylor (Jim).

Ainsi écrivit Jim, en s'inspirant des plus beaux modèles de correspondance des employés de la compagnie. Il posta la lettre le vendredi, avec l'espoir et la conviction (on était au XIXe siècle, que diable !) qu'elle serait remise à sa destinataire avant la fin de la journée, et que Sally serait au rendez-vous le lendemain.

Pension Holland
Quai du Pendu
Wapping
25 octobre 1872

M. Samuel Selby
Lockhart & Selby
Cheapside
Londres

Cher M. Selby,
J'ai l'honneur de représenter un gentleman qui possède certaines informations concernant vos affaires en Orient, et ce gentleman souhaite faire savoir qu'il sera contraint de faire publier dans les journaux tout ce qu'il sait, à moins que certaines conditions soient acceptées. Pour vous donner un échantillon de ses connaissances, il m'a chargée de mentionner le schooner Lavinia *et un marin nommé* Ah Ling. *En espérant que cette proposition vous agrée, je demeure*

Votre dévouée,
M. Holland (Mme)

P.S. Une réponse rapide serait très appréciée de tous.

Ainsi écrivit Mme Holland à son retour (les mains vides, mais pas mécontente) de Swaleness.

Abritée tant bien que mal sous les branches d'un tilleul presque nu, dans Clerkenwell Gardens, Sally attendait Jim. La pluie avait déjà trempé son manteau et son chapeau ; les gouttes s'insinuaient maintenant dans son cou. Pour pouvoir sortir, elle avait dû désobéir à Mme Rees, et elle redoutait l'accueil qui lui serait réservé à son retour.

Heureusement, elle n'eut pas à attendre longtemps. Jim arriva en courant, encore plus mouillé qu'elle, et il l'entraîna vers le kiosque à musique vide qui se dressait sur une étendue d'herbe détrempée.

– Viens là-dessous, dit-il en soulevant un panneau de bois amovible sur le côté de la petite scène.

Il plongea dans l'obscurité, tel un furet. Sally le suivit plus prudemment au milieu des tunnels de chaises pliantes, pour atteindre finalement un espace dégagé ressemblant à une petite caverne, où Jim était déjà en train d'allumer un bout de bougie.

Elle s'assit en face de lui. Le sol était poussiéreux, mais sec. La pluie tambourinait sur le plancher de la scène au-dessus de leur tête, alors que Jim déposait délicatement la bougie entre eux.

– Alors ? demanda-t-il. Tu veux savoir ou pas ?

– Évidemment !

Jim répéta tout ce que lui avait dit Adélaïde, mais de manière plus concise. Il savait manier les mots : les magazines à scandale lui avaient servi de professeurs.

– Alors, qu'est-ce que tu penses de ça, hein ? demanda-t-il quand il eut terminé son récit.

– C'est certainement vrai, Jim ! Mme Holland… c'est cette femme dont le major Marchbanks m'a parlé. Hier, dans le Kent…

À son tour, elle lui raconta ce qui s'était passé.

– Un rubis ! dit Jim, abasourdi.

– Mais je ne vois pas le rapport avec tout le reste. Le major Marchbanks n'a jamais entendu parler des Sept Bénédictions.

– Et le gars d'Adélaïde n'a jamais parlé d'un rubis. Peut-être qu'il y a deux mystères, et pas juste un. Peut-être qu'il n'y a aucun lien.

– Si, répondit Sally. Il y en a un : moi.

– Et Mme Holland.

Il s'ensuivit un moment de silence.

– Il faut que je voie cet homme, déclara Sally.

– C'est impossible. Pas tant qu'il est entre les mains de Mme Holland. Ah, oui, j'oubliais ! Il a un frère pasteur. Il s'appelle Nicholas. Ils sont jumeaux.

– Le révérend Nicholas Bedwell, dit Sally. Je me demande si on peut le retrouver. Peut-être qu'il pourrait aider son frère à sortir de…

– Il est esclave de l'opium, dit Jim. Et Adélaïde dit qu'il est terrorisé par les Chinois. Chaque fois qu'il en aperçoit un dans ses visions, il se met à hurler.

Ils se turent à nouveau.

– Ah, si seulement je n'avais pas perdu ce livre ! dit enfin Sally.

– Tu ne l'as pas perdu. Elle te l'a volé.

– Ah bon ? Mais c'était un homme pourtant. Il est monté dans le train à Chatham.

– Qui voudrait voler un vieux bouquin miteux à moins de savoir ce qu'il contient ? Évidemment que ça vient d'elle !

Sally grimaça. Pourquoi n'avait-elle pas fait le rapprochement ? Maintenant que Jim le disait, c'était évident.

– Donc, c'est elle qui a le livre, dit-elle. Oh, Jim, cette histoire va me rendre folle ! Que veut-elle en faire ?

– Franchement, tu comprends pas vite, toi, dit le garçon d'un ton sévère. C'est le rubis qu'elle veut ! Qu'est-ce qui est écrit sur le bout de papier que le type a oublié ?

Sally lui montra la feuille.

– C'est bien ce que je disais. « Prends-le », y a écrit. Il a caché le rubis quelque part pour qu'elle le trouve pas, et il te dit où il est. Et moi, je vais te dire autre chose : si cette femme veut mettre la main sur ce rubis, elle reviendra chercher ça.

Le lendemain soir, trois personnes étaient assises dans la cuisine de la Pension Holland, où un vieux fourneau en fer crasseux dispensait une chaleur étouffante. Une de ces trois personnes était Adélaïde, mais Adélaïde ne comptait pas ; elle était assise dans un coin et nul ne s'intéressait à elle. Mme Holland était assise à la table et tournait les pages du livre du major Marchbanks ; la troisième personne était un visiteur. Assis dans un fauteuil près du fourneau, il sirotait son thé et s'épongeait fréquemment le front. Il portait un costume à carreaux de couleur voyante. Un chapeau melon marron reposait sur l'arrière de son crâne et il avait planté une épingle étincelante dans sa cravate.

Mme Holland ajusta son dentier et déclara :

– Joli travail, monsieur Hopkins. Bien joué.

– C'était facile, répondit le visiteur avec modestie. Elle s'était endormie ; je n'ai eu qu'à prendre le livre sur ses genoux.

– Parfait. Que diriez-vous d'un autre petit boulot ?

– Quand vous voulez, madame H. Toujours ravi de vous rendre service.

– Il y a à Hoxton un avocat du nom de Blyth. Il a fait un travail pour moi la semaine dernière, mais ça s'est mal passé, car il a été négligent. C'est pour ça que j'ai dû me rendre dans le Kent, pour tout arranger.

– Ah ? fit l'homme avec un intérêt discret. Et vous voudriez que cet avocat se fasse tirer les oreilles, c'est ça ?

– Oui, *grosso modo*, monsieur Hopkins.

– Je crois que je peux m'en occuper, dit-il en soufflant sur son thé pour le refroidir. Il est… étrange, ce livre, n'est-ce pas ?

– Pas pour moi, répondit Mme Holland. Je connais l'histoire par cœur.

– Ah ? fit M. Hopkins, avec prudence.

– Mais cette jeune fille le trouverait très intéressant. Je peux même dire que si elle le lisait, ce serait un drame. Tous mes plans tomberaient à l'eau.

– Oh, vraiment ?

– Voilà pourquoi je pense qu'elle devrait avoir un accident.

Silence. L'homme au chapeau melon remua nerveusement sur sa chaise.

– Euh… je suis pas sûr de vouloir en savoir plus, madame Holland.

– Et moi, je ne suis pas sûre que vous ayez le choix, monsieur Hopkins, répliqua-t-elle en feuilletant le livre. Mince, ces feuilles se détachent. J'espère que vous n'en avez pas perdu en route.

– Je ne comprends pas, madame H. Je n'ai pas le choix à quel sujet ?

Mais elle ne l'écoutait plus. Les yeux plissés, elle lut la dernière page du livre, revint en arrière, feuilleta le reste, lut de nouveau la fin, leva le livre et le secoua, et finalement, elle le jeta sur la table en poussant un juron. M. Hopkins eut un mouvement de recul.

– Que se passe-t-il ? demanda-t-il.

– Espèce de sale idiot prétentieux ! Vous avez perdu la page la plus importante de ce fichu bouquin !

– Vous venez de dire que vous le connaissiez par cœur, non ?

Elle reprit le livre pour le lui jeter au visage.

– Lisez donc, si vous savez lire ! Allez, lisez !

Avec son vieil index décharné, elle désigna le dernier paragraphe du livre. M. Hopkins lut à voix haute :

« J'ai donc retiré le Rubis de la banque. C'est ma dernière chance de me racheter et de sauver quelque chose du naufrage qu'est devenue ma vie. Le testament que j'ai rédigé, sous les ordres de cette femme, est caduc ; son avocat n'a pas réussi à trouver un moyen de faire annuler le contrat que j'ai signé. Je mourrai intestat. Mais je veux que la pierre te revienne. Je l'ai cachée, et par prudence j'ai décidé d'utiliser un code pour indiquer l'endroit où il se trouve. Le Rubis est… »

Le texte s'arrêtait là. L'homme leva la tête.

— Eh oui, monsieur Hopkins, dit la vieille femme avec un sourire. Vous voyez ce que vous avez fait ?

Il frissonna.

— La feuille manquante était pas dans le livre, je vous le jure !

— J'ai parlé d'un accident, n'est-ce pas ?

Il déglutit.

— Euh, comme je vous le disais, je…

— Vous lui organiserez un petit accident. Vous ferez ça très bien, monsieur Hopkins. Après avoir jeté un coup d'œil au journal demain, vous ferez tout ce que je veux.

— Que voulez-vous dire ?

— Attendez et vous verrez. Vous allez me retrouver cette feuille, car elle l'a forcément cachée quelque part, et ensuite, vous éliminerez cette fille.

— Je ne veux pas, dit-il.

— Oh, vous le ferez quand même, monsieur Hopkins. Croyez-moi sur parole.

7
Le nerf de la guerre

Il ne fallut pas longtemps à M. Hopkins pour trouver l'article dans le journal. C'était comme si les mots avaient jailli de la page pour lui sauter au visage, accompagnés de sirènes d'alarme, de coups de sifflet stridents et du sinistre cliquetis des menottes.

MYSTÉRIEUX DÉCÈS D'UN MAJOR À LA RETRAITE.

LA GOUVERNANTE DIT AVOIR APERÇU UN HOMME VÊTU D'UN COSTUME À CARREAUX.

UN SURVIVANT DE LA MUTINERIE.

La police du Kent a appris ce matin la mort mystérieuse du major George Marchbanks, de Foreland House, à Swaleness.

Son corps a été découvert par sa gouvernante, Mme Thorpe, dans la bibliothèque de sa demeure isolée. Le major a, selon toute apparence, été tué d'une balle. On a retrouvé un pistolet vide à côté de lui.

Le major menait une vie solitaire; Mme Thorpe était sa seule domestique. D'après une déclaration faite par le superintendant Hewitt, la police du Kent recherche activement la trace d'un homme portant un costume à carreaux, avec un chapeau melon et une épingle de cravate en diamant. Cet individu a rendu visite au major Marchbanks le matin même de sa mort, et l'on pense qu'une altercation aurait éclaté entre les deux hommes.

Le major Marchbanks était veuf et n'avait plus aucun parent. Il a longtemps servi en Inde...

M. Hopkins était fou de rage, à tel point qu'il dut s'asseoir pour reprendre son souffle.

– Vieille sorcière, marmonna-t-il. Vipère ! Sale comploteuse ! Je vais...

Mais il était pris au piège, et il le savait. S'il ne cédait pas à ses exigences, Mme Holland fabri-

querait des preuves accablantes qui l'expédie-
raient à la potence pour un meurtre qu'il n'avait
pas commis. Il poussa un profond soupir et rentra
chez lui pour enfiler un costume en drap bleu
marine, en se demandant à quoi jouait Mme Holland. Si le meurtre faisait partie des règles du jeu,
quelle était donc la valeur du trophée ?

Ellen, la domestique de Mme Rees, détestait
Sally. Sans savoir pourquoi. Le dépit et la jalousie
constituaient le fondement de cette haine, et cet
amalgame de sentiments était si désagréable que
lorsqu'on lui offrit le moyen de justifier son anti-
pathie, elle s'en saisit immédiatement, sans l'examiner de trop près.

Cette justification lui fut offerte par M. Hopkins. Mme Holland avait soutiré l'adresse de Sally
au clerc de l'avocat et le savoir-faire de M. Hopkins fit le reste. Il se présenta à Ellen sous les traits
d'un inspecteur de police et lui raconta que Sally
était une voleuse qui s'était emparée de quelques
lettres… c'était une affaire extrêmement déli-
cate… cela concernait une famille qui avait des
relations haut placées… le moindre soupçon de
scandale, etc. Tout cela n'avait ni queue ni tête,
évidemment, mais c'était le genre de choses qui
remplissaient les magazines que dévorait Ellen, et
elle goba immédiatement toute l'histoire.

Leur conversation se déroula sur les marches du perron. Ellen fut très vite persuadée que son devoir envers elle-même, envers sa maîtresse et son pays lui ordonnait de laisser entrer secrètement M. Hopkins dans la maison, une fois que tout le monde serait couché. Voilà pourquoi, ce soir-là, vers minuit, elle ouvrit la porte de la cuisine ; et M. Hopkins, ragaillardi par une bonne dose de brandy, monta jusqu'à la chambre de Sally. Il possédait une certaine expérience de ce genre d'activité, même s'il préférait le côté plus propre et viril du métier de pickpocket, et il progressait sans faire de bruit. Après avoir fait signe à la domestique d'aller se recoucher pour le laisser accomplir sa tâche, il s'immobilisa sur le palier et attendit d'être certain que Sally dormait. Une flasque en argent montait la garde avec lui ; elle effectua deux trajets jusqu'à ses lèvres, revenant à chaque fois plus légère dans sa poche. Enfin, il estima que le moment était venu d'agir.

Il actionna la poignée de la porte et poussa le battant d'une trentaine de centimètres, pas plus. Au-delà, lui avait expliqué Ellen, la porte grinçait. Un lampadaire à gaz installé sur la place, dehors, dispensait suffisamment de lumière à travers les voilages pour lui permettre de distinguer l'intérieur de la chambre. Il resta immobile deux minutes, le temps de se repérer et d'inspecter le sol ; il n'y avait rien de plus dangereux qu'un coin de tapis ou un vêtement négligemment abandonné par terre.

L'unique bruit dans la pièce était la respiration tranquille de Sally. Parfois, les roues d'un fiacre se faisaient entendre dans la rue mais, à part cela, tout était immobile et silencieux.

M. Hopkins s'avança. Grâce à Ellen, il savait où Sally rangeait ses papiers. Pour commencer, il vida sur le tapis le contenu de son sac, plus lourd qu'il ne l'aurait imaginé. Et c'est ainsi qu'il découvrit le pistolet.

Il demeura interloqué quelques instants, croyant s'être trompé de chambre. Mais non, Sally était bien là, endormie à quelques pas de lui. Il ramassa le pistolet et le soupesa.

« Toi, mon joli, se dit-il, tu viens avec moi. »

L'arme disparut dans sa poche, en même temps que tous les papiers qui se trouvaient dans le sac. Puis M. Hopkins se releva et regarda autour de lui. Devait-il ouvrir tous les tiroirs ? S'ils étaient remplis de papiers, que ferait-il ensuite ? De toutes les choses stupides qu'on pouvait demander à un homme de voler, un fichu morceau de papier remportait la palme. Heureusement, il y avait le pistolet. Ça, ça valait le coup.

Mais pas question de tuer Sally. Il l'observa dans son lit. « Jolie fille, se dit-il. Encore une gamine. Ce serait dommage que Mme Holland mette la main sur elle. Qu'elle se débrouille pour organiser ses « accidents ». Moi, je ne joue pas à ce jeu-là. »

Il repartit aussi silencieusement qu'il était venu. Ni vu ni connu.

Mais il n'alla pas bien loin.

Au moment où il tournait au coin d'une rue sombre, dans le quartier mal famé de Holborn, un bras se resserra autour de son cou, un pied lui faucha les deux jambes et un genou s'enfonça dans son ventre. L'attaque fut trop soudaine, et le couteau qui pénétra entre ses côtes était froid, beaucoup trop froid : son cœur se figea presque instantanément, et il eut tout juste le temps de penser : « Non, pas le caniveau... mon manteau tout neuf... la boue... »

Des mains écartèrent brutalement les pans du manteau neuf et plongèrent dans les poches. Une montre avec une chaîne, une flasque en argent, une pièce d'un souverain en or et un peu de monnaie, une pince en diamant plantée dans la cravate, quelques bouts de papier... et ça, c'était quoi ? Un pistolet ? Un petit rire s'éleva et le bruit des pas mourut au loin.

Il se mit à pleuvoir. De petites bribes d'angoisse flottaient encore dans le cerveau de Henry Hopkins, mais très vite, elle sombrèrent dans un néant hébété, à mesure que le sang qui les alimentait s'échappait du corps et que sa vie se mêlait à l'eau boueuse qui coulait dans le caniveau, avant de disparaître dans les égouts et les ténèbres.

– Ah ! s'exclama Mme Rees au petit déjeuner, notre chère invitée est descendue. Étrangement tôt, d'ailleurs : les toasts ne sont pas encore prêts. Habituellement, ils sont froids quand tu arrives. Mais il y a du bacon. Veux-tu du bacon ? Et pourrais-tu te débrouiller pour le laisser dans ton assiette, contrairement aux rognons d'hier ? Même si les tranches de bacon roulent moins facilement que les rognons, il est possible que malgré tout...

– Tante Caroline, j'ai été cambriolée, dit Sally.

La vieille femme la regarda avec un étonnement profond et farouche.

– Je ne comprends pas, dit-elle.

– Quelqu'un s'est introduit dans ma chambre et m'a volé quelque chose. Plusieurs choses.

– Vous entendez ça, Ellen ? demanda Mme Rees à la domestique qui venait d'apporter les toasts. Miss Lockhart affirme qu'on lui a volé quelque chose sous mon toit. Accuserait-elle mes domestiques ? Oses-tu accuser mes domestiques ?

97

Cette question fut posée sur un ton si furieux que Sally tressaillit.

– Je ne sais qui accuser ! Mais quand je me suis réveillée, j'ai trouvé mon sac renversé par terre, et plusieurs choses avaient disparu. Et...

Mme Rees était écarlate. Sally n'avait jamais vu quelqu'un dans une telle colère ; elle crut que sa tante était devenue complètement folle, et elle recula d'un pas, effrayée.

– Voyez, Ellen ! Voyez ! Elle nous remercie de notre hospitalité en prétendant être victime d'un vol ! Dites-moi, Ellen, y a-t-il eu une effraction dans ma maison ? Y a-t-il des fenêtres brisées, des empreintes de pas ? Les autres pièces sont-elles en désordre ? Répondez-moi, mon enfant. Je n'attendrai pas une réponse plus longtemps. Répondez-moi immédiatement !

– Non, madame, répondit la domestique d'une petite voix hypocrite, sans oser croiser le regard de Sally. Je vous le promets, madame Rees. Tout est à sa place, madame.

– Au moins, je sais que je peux me reposer sur votre parole, Ellen.

Mme Rees se tourna de nouveau vers Sally ; son visage était déformé : ses yeux pâles saillaient de leurs orbites et ses lèvres parcheminées dessinaient un horrible rictus.

– Eh bien ? Pourquoi ces voleurs imaginaires

qui ne sont pas entrés dans la maison auraient-ils jeté leur dévolu sur toi ? Que possèdes-tu qui puisse attirer la convoitise de quelqu'un ?

– Des papiers, répondit Sally, qui tremblait maintenant de la tête aux pieds.

Elle ne comprenait pas la réaction de sa tante : celle-ci était comme possédée.

– Des papiers ? Des papiers ? Petite misérable ! *Des papiers !* Montre-moi donc les lieux du crime. Allons voir ça. Non, Ellen, je peux me lever sans votre aide. Je ne suis pas si vieille que le monde entier puisse tirer avantage de ma faiblesse ! Poussez-vous de mon chemin, ma petite !

Terrorisée par ces cris stridents, Sally resta figée entre la table et la porte. Ellen s'empressa de faire un pas sur le côté pour laisser passer Mme Rees qui gravit l'escalier en chancelant. Arrivée devant la porte de la chambre de Sally, elle s'arrêta en attendant qu'on la lui ouvre, et, une fois de plus, ce fut Ellen qui se précipita ; ce fut encore Ellen qui lui prit le bras lorsqu'elle entra et qui adressa un sourire triomphant à Sally qui les suivait.

Mme Rees regarda autour d'elle. Les draps étaient roulés en boule sur le lit, la chemise de nuit de Sally traînait par terre, et deux des tiroirs de la commode étaient ouverts ; les vêtements avaient été fourrés en hâte à l'intérieur. Le petit

tas pathétique à côté du sac de Sally, par terre –
un porte-monnaie, quelques pièces, un mouchoir,
un carnet – se remarquait à peine. Avant même
que Mme Rees eût ouvert la bouche, Sally comprit que l'affaire était entendue.

– Eh bien ?

– J'ai dû me tromper, dit Sally. Je vous demande
pardon, tante Caroline.

Elle avait pris un ton modeste, car une idée
venait de lui traverser l'esprit : quelque chose de
totalement nouveau. En se baissant pour ramasser les objets sur le sol, elle se surprit à sourire.
Sans rien dire, elle commença à plier ses affaires
et à les déposer soigneusement sur le lit.

– Que fais-tu ? Réponds-moi ! Réponds immédiatement, sale petite impertinente !

– Je pars, dit Sally.

– Hein ? Que dis-tu ?

– Je m'en vais, madame Rees. Je ne peux plus
rester ici. Je ne le peux plus et je ne le veux plus.

La lady laissa échapper un hoquet de stupeur,
la domestique également, et toutes les deux
s'écartèrent lorsque Sally se dirigea vers la porte
d'un pas décidé.

– Je laisse mes affaires ici, dit-elle. Veuillez
avoir la bonté de me les envoyer quand je vous
aurai donné ma nouvelle adresse. Bonne journée.

Sur ce, elle s'en alla…

... et se retrouva fort désemparée, une fois dehors sur le trottoir. Elle avait brûlé ses vaisseaux, c'était une certitude. Elle ne pourrait jamais retourner chez Mme Rees, mais où pouvait-elle aller ? Marchant d'un pas décidé, elle quitta Peveril Square et passa devant un marchand de journaux, ce qui lui donna une idée. Avec tout l'argent qui lui restait, ou presque, elle acheta un exemplaire du *Times* et alla s'asseoir dans un petit parc tout proche pour le lire. Il n'y avait qu'une seule page qui l'intéressait, et ce n'était pas celle des petites annonces qui proposaient des places de gouvernantes.

Ayant griffonné quelques notes dans la marge du journal, elle prit la direction du cabinet de M. Temple à Lincoln's Inn. C'était une belle matinée, après le crachin incessant de la nuit précédente, et le soleil lui remonta le moral.

Le clerc de M. Temple la fit entrer. L'avocat était occupé, dit-il, très occupé même, mais peut-être accepterait-il de la recevoir cinq minutes. On l'introduisit dans son bureau et M. Temple, un homme chauve, svelte et vigoureux, se leva pour lui serrer la main.

– De combien d'argent puis-je disposer, monsieur Temple ? demanda-t-elle, après qu'ils eurent échangé quelques salutations.

Il prit un grand registre dans lequel il nota quelques chiffres.

– Quatre cent cinquante livres sous forme de Bons du Trésor ; cent quatre-vingts actions de la Compagnie ferroviaire de Londres et du Sud-Est, deux cents actions de la Compagnie royale de navigation postale à vapeur... Vous êtes sûre de vouloir toute la liste ?

– Oui, s'il vous plaît.

Elle suivait les cotations dans le journal au fur et à mesure.

L'avocat poursuivit son énumération ; la liste n'était pas très longue.

– En arrondissant, conclut-il, vos revenus s'élèvent à...

– Environ quarante mille livres par an, dit Sally.

– Comment le savez-vous ?

– J'ai calculé pendant que vous me lisiez la liste.

– Ça alors !

– Je peux exercer un certain contrôle sur mon argent, il me semble ?

– En effet. Beaucoup trop à mon goût. J'ai essayé d'en dissuader votre père, mais impossible de le faire changer d'avis... alors j'ai rédigé son testament comme il me l'a demandé.

– Il est bon que vous n'ayez pas réussi à le convaincre. Monsieur Temple, j'aimerais que vous vendiez pour trois cents livres de Bons du Trésor et que vous achetiez pour la même somme

102

des actions des sociétés suivantes : La Grande compagnie ferroviaire de l'Ouest, la Compagnie du gaz, de la lumière et du charbon, et de C.H. Parsons, Ltd.

Temple restait bouche bée, mais il nota malgré tout les instructions.

– Par ailleurs, reprit Sally, ces actions de la Compagnie royale de navigation postale à vapeur, vendez-les, je vous prie. Et achetez des actions de la P & O. Cela devrait faire monter les revenus à un peu plus de cinquante mille. Je referai une estimation dans un mois environ, quand... quand j'aurai le temps. J'ai cru comprendre également qu'une partie de l'argent de mon compte était versée à Mme Rees ?

– Mme Rees a touché... (il tourna la page...) cent livres à la mort de votre père. C'était un legs, bien évidemment, et non pas un paiement en échange d'un éventuel service. Les curateurs, dont je fais partie, sont parvenus à un accord en vertu duquel les revenus de votre fidéicommis devaient être versés à Mme Rees, en votre nom, tant que vous demeuriez sous son toit.

– Je vois, dit Sally.

Cette femme touchait l'argent qui lui revenait, et elle osait l'accuser de vivre à ses crochets !

– J'ai discuté de certaines choses avec Mme Rees, reprit-elle. Il est préférable que les revenus me soient versés directement désormais. Pourriez-vous faire en sorte qu'ils soient crédités sur mon compte à la succursale du Strand de la Banque de Londres et du Midland?

Assurément, M. Temple était perplexe. Il poussa un soupir, mais nota les instructions une fois de plus, sans faire de commentaire.

– Pour finir, monsieur Temple, pourrais-je avoir un peu d'argent immédiatement? Vous n'avez pas mentionné de compte courant, mais je dois bien en posséder un.

Il tourna une autre page du registre.

– Ce compte est créditeur de vingt-six livres, six shillings et neuf pence. Combien souhaitez-vous retirer?

– Vingt livres, s'il vous plaît.

Il ouvrit une caisse et compta l'argent sous forme de pièces d'or.

– Miss Lockhart, je vous le demande franchement: pensez-vous que ce soit une sage décision?

– C'est ce que j'ai décidé. J'ai le droit de le faire, alors je le fais. Un jour, monsieur Temple, je vous expliquerai, c'est promis. Oh, une dernière chose...

Il rangea la caisse et se retourna vers Sally.

– Oui?

– Mon père vous a-t-il parlé d'un certain major Marchbanks?

– J'ai déjà entendu ce nom. Je crois que votre père n'avait pas revu cet homme depuis de longues années. C'était un ami de l'armée, je suppose.

– Et a-t-il mentionné une Mme Holland ?

L'avocat secoua la tête.

– Et une chose baptisée « les Sept Bénédictions » ?

– Quel nom étrange. Non, Miss Lockhart, il ne m'a jamais parlé de ça.

– Je ne veux pas vous faire perdre votre temps davantage, monsieur Temple, mais j'aimerais vous poser une dernière question au sujet des parts de mon père dans sa propre société. Je croyais qu'elles avaient une certaine valeur.

L'avocat se massa la mâchoire, visiblement mal à l'aise.

– Miss Lockhart, il faudra que nous ayons une discussion, vous et moi. Pas maintenant, car je suis trop occupé, mais cela peut attendre une semaine. Votre père était un homme hors du commun, et vous êtes une jeune fille hors du commun vous aussi, si je peux me permettre. Vous vous comportez comme une professionnelle : je suis très impressionné. C'est pourquoi je vais vous confier une chose que je réservais pour plus tard : je suis inquiet pour cette compagnie, et je suis inquiet à cause de ce que votre père a fait avant de partir pour l'Orient. Vous avez parfaitement raison : il devrait y avoir plus d'argent. Mais le fait est qu'il avait vendu toutes ses parts, purement et simplement, pour la somme de dix mille livres, à son associé M. Selby.

– Et où se trouve cet argent ?

– C'est cela qui m'inquiète le plus. Il a disparu.

8
La passion de l'art

Dans l'Angleterre de 1872, il y avait peu d'endroits où une jeune fille pouvait se rendre seule pour s'asseoir, réfléchir et éventuellement boire un thé. Le thé n'était pas très important dans l'immédiat, mais tôt ou tard, il faudrait bien qu'elle mange. Or, si certaines jeunes femmes bien habillées fréquentaient les hôtels et les restaurants, Sally n'avait aucune envie qu'on la confonde avec une de ces personnes.

Mais comme l'avait fait remarquer M. Temple, Sally était une jeune fille différente des autres. Son éducation lui avait donné une indépendance d'esprit qui la faisait ressembler davantage à une fille d'aujourd'hui qu'à une fille de son époque ; voilà pourquoi elle avait quitté la maison de Mme Rees, et pourquoi elle ne craignait pas de se retrouver seule.

Quittant Lincoln's Inn, elle marcha le long du fleuve, jusqu'à ce qu'elle avise un banc sous la statue d'un quelconque roi à perruque, et elle s'y assit pour observer les gens qui passaient.

La plus grosse perte était assurément celle de son pistolet. Elle avait recopié dans son journal intime le texte des trois documents volés – le message venu d'Orient, la lettre du major Marchbanks et l'unique page détachée du livre – ils étaient donc protégés. Mais le pistolet était un cadeau de son père et, surtout, il aurait peut-être pu lui sauver la vie un jour.

Mais ce qu'elle désirait par-dessus tout à cet instant, c'était parler. Jim Taylor aurait été un interlocuteur idéal, mais on était mardi et il devait travailler. Il y avait bien le major Marchbanks, mais il était possible que Mme Holland continue à surveiller la maison.

C'est alors qu'elle repensa à la carte de visite glissée dans son journal. Dieu soit loué, le voleur ne l'avait pas prise !

FREDERICK GARLAND
Artiste photographe
45, Burton Street
Londres

Elle avait un peu d'argent à présent, aussi héla-t-elle un fiacre et donna-t-elle l'adresse au cocher.

Burton Street était une ruelle miteuse dans le quartier du British Museum. La porte du numéro 45 était ouverte; une enseigne peinte indiquait que c'était là qu'officiaient W. et F. Garland. Sally entra et découvrit une petite boutique étroite et poussiéreuse, encombrée d'un vrai bric-à-brac – lanternes magiques, flacons de produits chimiques, appareils photos et ainsi de suite – entreposé n'importe comment sur le comptoir ou les étagères. Il n'y avait personne dans la boutique, mais une porte était ouverte au fond et Sally entendait des éclats de voix. Deux personnes se disputaient avec violence; l'une des voix était celle du photographe.

– Je refuse! s'écria celui-ci. Je déteste tous les avocats par principe, et cela vaut également pour leurs clercs boutonneux!

– Je ne te parle pas des avocats, espèce de crétin paresseux! répliqua une jeune femme avec la même fougue. C'est un comptable qu'il te faut, pas un foutu avocat, et si tu ne trouves pas rapidement une solution, il faudra bientôt mettre la clé sous la porte!

– Sottises! Occupe-toi donc de tes pitreries, espèce de virago! Trembleur, il y a un client dans la boutique!

Un petit homme ratatiné émergea rapidement de l'arrière-boutique ; il avait l'air de quelqu'un qui essaie d'échapper aux balles qui sifflent au-dessus de sa tête. Il ferma la porte derrière lui, mais la dispute continua.

– C'est pour quoi, miss ? demanda une voix nerveuse derrière l'épaisse moustache qui devait lui servir de passoire à soupe.

– Je venais voir M. Garland. Mais s'il est occupé...

Elle jeta un regard en direction de la porte, et le petit homme s'en écarta prudemment, comme s'il s'attendait à voir un missile la faire voler en éclats.

– Vous ne voulez pas que j'aille le chercher, j'espère, miss ? demanda-t-il d'un ton suppliant. Car franchement, je n'oserais pas.

– Euh... non. Pas maintenant, en tout cas.

– C'était pour une séance de pose, miss ? Nous pouvons vous recevoir quand vous le souhaitez...

Il consultait un cahier de rendez-vous.

– Non, non, dit-elle. C'était pour...

La porte du fond s'ouvrit et le petit homme plongea sous le comptoir.

– Maudite soit toute la tribu de... ! rugit le photographe, mais il se tut brusquement.

Figé dans l'encadrement de la porte, il souriait, et Sally s'aperçut qu'elle avait oublié combien son visage débordait de vie et de mouvement.

110

– Bonjour ! lança-t-il de la manière la plus cha-
leureuse qui soit. Miss Lockhart, n'est-ce pas ?

Il fut soudain propulsé à l'intérieur de la boutique et à sa place apparut une jeune femme de
deux ou trois ans plus âgée que Sally. Ses cheveux
roux flamboyaient sur ses épaules, ses yeux lan-
çaient des éclairs et elle tenait une liasse de
feuilles dans son poing serré. « Comme elle est
belle ! » pensa Sally.

– Frederick Garland, tu es négligent ! gronda-t-
elle. Ces factures attendent depuis Pâques, et
qu'as-tu fait pour les payer ? Comment as-tu
dépensé l'argent ? Que fais-tu donc, à part… ?

– Ce que je fais ? répliqua-t-il en se retournant
vers elle et en haussant la voix. Ce que je fais ? Je
travaille plus dur qu'une bande de clowns pein-
turlurés qui traînassent au fond d'un théâtre ! Et
la lentille polarisante, alors ? Crois-tu que j'ai sif-
flé en l'air pour la faire apparaître ? Et le procédé
gélatineux… ?

– Que le diable t'emporte avec ton foutu procédé gélatineux ! Et que veux-tu dire par « traî-
nasser » ? Je refuse de laisser insulter mon travail
par un… daguerréotypiste de seconde zone, pour
qui l'art se résume…

– Daguerréotypiste ? De seconde zone ? Comment oses-tu, misérable marionnette…

– Panier percé !

111

– Harpie braillarde !

Sur ce, il se retourna vers Sally, calme comme un évêque, et dit poliment :

– Miss Lockhart, puis-je vous présenter ma sœur Rosa ?

Le premier étonnement passé, Sally se surprit à sourire. La jeune femme lui tendit la main et lui sourit en retour. Ils étaient frère et sœur, évidemment ! Même s'il n'était pas aussi beau qu'elle, l'un et l'autre dégageaient cette même impression de vie et d'énergie.

– Est-ce que je tombe mal ? demanda-t-elle.

Il répondit par un éclat de rire et le petit homme sortit enfin de sous le comptoir, comme une tortue sort la tête de sa carapace.

– Non, répondit Miss Garland, absolument pas. Si vous souhaitez vous faire photographier, vous tombez pile... Cet atelier sera peut-être fermé demain.

En disant cela, elle jeta un regard furieux à son frère, qui répondit par un geste agacé.

– Je ne viens pas pour être photographiée, dit Sally. En fait, je suis venue parce que... Eh bien, j'ai rencontré M. Garland vendredi dernier et...

– Oh ! Vous êtes la fille de Swaleness ! Frederick m'a parlé de vous.

– Puis-je retourner à mes tirages ? demanda le petit homme.

– Oui, vas-y, Trembleur, dit le photographe en s'asseyant tranquillement sur le comptoir, tandis que le dénommé Trembleur saluait d'un petit geste nerveux et s'empressait de quitter la pièce.

– Il prépare des plaques, et il a eu un peu peur, voyez-vous, Miss Lockhart. Car ma sœur a essayé de m'assassiner.

– Quelqu'un devrait s'en charger, répliqua-t-elle d'un ton lugubre.

– Elle est extrêmement soupe au lait. C'est plus fort qu'elle, elle est actrice.

– Je suis désolée de vous déranger, dit Sally. Je n'aurais pas dû venir.

– Vous avez des ennuis ? demanda Rosa.

Sally hocha la tête.

– Mais je ne veux pas...

– C'est encore à cause de cette sorcière ? demanda le photographe.

– Oui. Mais...

Elle n'acheva pas sa phrase. « Je ne sais pas si je dois », se dit-elle

– Avez-vous dit que... Pardonnez-moi, mais je n'ai pas pu m'empêcher d'entendre... avez-vous dit que vous aviez besoin d'un comptable ?

– C'est ce que pense ma sœur.

– Évidemment ! s'exclama celle-ci. Cet idiot nous a plongés dans le pétrin, et si on ne règle pas le problème rapidement...

– Quelle exagération ! Il ne faudra pas longtemps pour tout arranger.

– Fais-le, alors ! rugit-elle.

– Je ne peux pas. Je n'ai pas le temps. Je n'ai pas
les qualités nécessaires, et surtout, je n'en ai
aucune envie.

– Ce que je voulais dire, reprit Sally avec timi-
dité, c'est que je suis douée pour les chiffres. J'ai-
dais mon père à tenir les comptes de sa compagnie dans le temps, et il m'a appris les règles de la
comptabilité. Je serais ravie de vous aider ! À vrai
dire, je suis venue ici pour vous demander... votre
aide. Mais si je peux faire quelque chose en
échange, c'est encore mieux. Non ? Enfin, je ne
sais pas...

Elle acheva sa phrase lamentablement, en rou-
gissant. Ce discours lui avait demandé un très gros
effort, mais elle était bien décidée à aller jusqu'au
bout. Elle baissa les yeux.

– Vous parlez sérieusement ? demanda Rosa.

– Je vous assure, je suis douée pour les chiffres.
Sinon, je n'aurais rien dit.

– Dans ce cas, nous devrions nous réjouir, dit
Frederick Garland. Tu vois ? dit-il en s'adressant
à sa sœur. Je t'avais bien dit qu'il n'y avait pas de
raison de s'inquiéter. Miss Lockhart, voulez-vous
vous joindre à nous pour le déjeuner ?

Dans leur univers bohème, le déjeuner se composait d'un pichet de bière, de restes de rosbif, d'un cake aux fruits et d'un sac de pommes que Rosa avait reçu en cadeau de la part d'un admirateur, gardien au marché de Covent Garden, expliqua-t-elle. Ils mangèrent avec l'aide d'un grand canif et avec leurs doigts (des bocaux vides de produits chimiques leur servirent de chopes pour la bière), sur la paillasse encombrée du laboratoire, derrière la boutique. Sally était ravie.

– Faut leur pardonner, miss. J'vous demande bien pardon, dit le petit homme, dont l'unique nom semblait être Trembleur. C'est pas par manque d'éducation, c'est par manque d'argent.

– Pense un peu à tout ce que les riches ne connaissent pas, Trembleur, dit Rosa. Comment savoir que le bœuf et le cake sont si délicieux, quand on peut manger autre chose ?

– Allons, Rosa, protesta Frederick, on ne meurt pas de faim. Nous n'avons jamais sauté un repas. Par contre, nous nous passons de faire la vaisselle, ajouta-t-il en s'adressant à Sally. C'est une question de principe. Pas d'assiettes, pas de vaisselle.

Sally se demandait comment ils faisaient pour manger de la soupe, mais elle n'eut pas le temps de poser la question, car chaque silence dans la conversation était immédiatement rempli par

115

leurs questions, et à la fin du repas, ils en savaient autant qu'elle sur le mystère. Ou les mystères.

– Bon, dit Frederick. Explique-moi une chose (à un moment donné, pendant qu'ils partageaient le cake, ils en étaient venus à se tutoyer et à s'appeler par leurs prénoms sans s'en apercevoir) : pourquoi n'as-tu pas prévenu la police ?

– Je ne sais pas trop, à vrai dire. Ou plutôt, si. Je sais. C'est juste que cette histoire semble concerner ma naissance, ou la vie de mon père en Inde, mon passé en tout cas, et je préfère garder ça pour moi en attendant d'en savoir plus.

– Bien entendu ! dit Rosa. Les policiers sont des idiots. Prévenir la police est la dernière chose à faire, Fred.

– On t'a quand même volé des objets personnels, souligna Frederick. Deux fois.

– Oui, mais malgré tout, je préfère ne rien dire. Il y a un tas de raisons… Je n'ai même pas dit à l'avocat qu'on m'avait cambriolée.

– Et tu es partie de chez toi, dit Rosa. Où vas-tu vivre maintenant ?

– Je ne sais pas encore. Je trouverai une chambre.

– Ça, ce n'est pas un problème. On a de la place à revendre. Tu peux prendre la chambre d'oncle Webster pour l'instant. Trembleur t'y conduira. Moi, il faut que je m'en aille, je dois répéter. À plus tard !

Avant que Sally ait le temps de la remercier, Rosa était partie en coup de vent.

– Vous êtes sûrs ? demanda la jeune fille à Frederick.

– Évidemment ! Et si nous devons instaurer des rapports professionnels, tu pourras nous verser un loyer pour ta chambre.

Elle repensa à l'épisode de la tente, avec un sentiment confus, mais déjà Frederick avait tourné la tête et il griffonnait quelque chose sur un morceau de papier.

– Trembleur, dit-il. Pourrais-tu courir chez M. Eele pour lui emprunter ces livres ?

– Tout de suite, m'sieur Fred ! Mais faut s'occuper de ces plaques et y a aussi le magnésium.

– Tu t'en occuperas à ton retour.

Une fois le petit homme parti, Sally demanda :

– Il s'appelle véritablement Trembleur ?

– Non. Son vrai nom est Theophilus Molloy. Mais franchement, tu te vois appeler quelqu'un Theophilus ? Moi, je ne peux pas. Ses anciens associés l'appelaient Trembleur, et le nom lui est resté. C'était un très mauvais pickpocket ; j'ai fait sa connaissance le jour où il a tenté de voler mon portefeuille. Il était tellement soulagé quand je l'ai surpris en flagrant délit qu'il en a presque pleuré. Et depuis, il vit avec nous. Mais changeons de sujet. Je crois que tu ferais bien de lire ton journal. Je vois que tu as un exemplaire du *Times* ; regarde donc en page six.

Surprise, Sally fit ce qu'il lui demandait. Presque en bas de la page, elle découvrit un petit paragraphe qui relatait la nouvelle que M. Hopkins avait pu lire la veille.

– Le major Marchbanks est mort ? s'exclama-t-elle. Je n'arrive pas à y croire. Et cet homme, celui avec le costume à carreaux, c'est lui qui a volé le livre ! L'homme du train ! Tu crois qu'il venait juste de…

– Il est monté à Chatham, non ? En tout cas, je ne l'ai pas vu à Swaleness. Mme Holland a dû lui transmettre un message. Et hier soir, il est venu chercher le reste.

– Il m'a volé mon pistolet également.

– Pas étonnant, s'il est tombé dessus. Heureusement, tu avais recopié les documents. Voyons voir ça…

Sally ouvrit son carnet et le fit glisser sur la surface scarifiée de la paillasse en bois. Frederick se pencha pour lire :

– « … un lieu de ténèbres, sous une corde à nœuds. Trois lumières rouges brillent avec éclat à cet endroit quand la lune apparaît au-dessus de l'eau. Prends-le. Il t'appartient car je t'en fais cadeau, de par les lois de l'Angleterre. *Antequam haec legis…* » Oh, mon Dieu !

– Qu'y a-t-il ? Tu comprends le latin ?

– Tu ne sais pas ce qui est écrit ?

– Non. Quoi donc ?

– Il est écrit : « Quand tu liras ceci, je serai mort. Puisse mon souvenir… » Quel est donc ce mot ? « Puissé-je être aussi vite oublié. »

Sally se sentit glacée tout à coup.

– Il savait ce qui allait lui arriver, dit-elle.

– Peut-être que ce n'est pas un meurtre, dit Frederick, mais un suicide.

– Le pauvre homme. Il semblait si malheureux !

Elle sentit les larmes lui monter aux yeux. Elle repensait à cette maison nue et froide, à la douceur avec laquelle il lui avait parlé…

– Je suis navrée, dit-elle.

Frederick lui offrit un mouchoir propre. Une fois qu'elle eut séché ses larmes, il dit :

– La lettre parle d'une cachette, tu l'as bien compris. Il t'indique où se trouve le Rubis, et il précise que cette pierre t'appartient.

– En tout cas, je n'arrive pas à comprendre ce que ça signifie.

– Moi non plus… pour l'instant. Et puis, il y a ce fumeur d'opium, ce M. Bedwell. D'une certaine façon, c'est un problème plus facile à régler… Ah, voici Trembleur qui revient !

– Tenez, m'sieur Fred, dit le petit homme en entrant dans la boutique avec trois gros ouvrages dans les bras. J'peux retourner m'occuper de mes plaques maintenant ?

– Mais oui, va donc ! Ah ah ! *Annuaire ecclésiastique de Crockford.* Bedwell... Bedwell...

Frederick feuilleta les pages d'un livre épais à l'aspect solennel, jusqu'à ce qu'il trouve ce qu'il cherchait.

– Révérend Bedwell, Nicholas Armbruster. Né en 1842, études à Rugby, diplômé de l'université d'Oxford en 1864. Paroisse Saint-John à Summertown, Oxford.

– Ils sont jumeaux, commenta Sally.

– Exactement. Je pense que si quelqu'un peut réussir à faire sortir ce Bedwell de la Pension Holland, c'est son propre frère. Nous irons à Oxford dès demain.

Durant le restant de la journée et au cours de la soirée, Sally en apprit un peu plus sur la famille Garland. Frederick avait vingt et un ans ; Rosa dix-huit, et la maison tout comme le studio de photo appartenaient à leur oncle, Webster Garland, qui était, d'après Frederick du moins, le plus grand photographe actuel. Présentement, il était en Égypte, et il avait confié le studio à son neveu, avec les résultats que l'on sait et qui provoquaient la fureur de Rosa. Trembleur raconta tout cela à Sally alors qu'ils étaient assis dans l'arrière-boutique et qu'ils essayaient de mettre de l'ordre dans les comptes. Frederick s'absenta vers quinze heures pour aller prendre des photos au British Museum, et aussitôt après son départ, Trembleur devint plus loquace.

– C'est un artiste, miss, c'est ça le problème. Il pourrait gagner plein d'argent avec la photographie s'il voulait, mais m'sieur Fred, ça l'intéresse pas de faire des portraits et des photos de mariages. J'lai vu passer toute une semaine assis au même endroit, immobile comme une statue, à attendre la lumière idéale sur une flaque d'eau ! Il est doué, vous pouvez me croire. Mais il veut inventer des choses, et pour ça, il dilapide l'argent à une vitesse que vous pouvez même pas imaginer. C'est Miss Rosa qui maintient cette maison à flot.

Rosa était actrice, comme l'avait souligné Frederick avec ironie. Actuellement, elle jouait dans *Mort ou Vif* au Queen's Theatre. Elle n'avait qu'un petit rôle, dit Trembleur, mais un jour, elle deviendrait une vedette, c'était certain. Avec sa beauté et un tel tempérament, le monde n'avait aucune chance de lui résister. Hélas, les recettes restaient maigres pour l'instant, mais c'était quand même elle qui subvenait aux besoins du 45, Burton Street.

– Pourtant, Frederick a gagné pas mal d'argent, fit remarquer Sally en passant en revue une pile

121

de vieilles factures tachées. Mais tous les bénéfices que rapporte ce studio semblent se volatiliser aussitôt.

– Si vous trouvez un moyen d'économiser une partie de cet argent, miss, vous leur rendrez un immense service à tous les deux. Car m'sieur Fred n'y arrivera jamais.

Sally travailla d'arrache-pied tout l'après-midi, et peu à peu, elle parvint à remettre un peu d'ordre dans ce chaos de vieilles factures impayées, dans un sens comme dans l'autre. Cette tâche lui procurait un immense plaisir. Voilà enfin quelque chose qu'elle comprenait et qu'elle maîtrisait, quelque chose qui possédait un sens clair et net ! Vers cinq heures, Trembleur lui apporta une tasse de thé et, par moments, il s'absentait pour aller servir un client dans la boutique.

– Qu'est-ce que vous vendez le plus ? demanda Sally.

– Des plaques photographiques et des produits chimiques. M'sieur Fred, il a fait rentrer un gros stock de stéréoscopes, il y a quelques mois, quand il a gagné de l'argent grâce à une invention. Mais ça se vend pas. Les gens veulent les photos qui vont avec, et il en a pas beaucoup à vendre.

– Il devrait en prendre.

– Vous n'avez qu'à le lui dire ! Moi, j'ai déjà essayé, mais il veut pas m'écouter.

– Qu'est-ce que les gens préfèrent comme photos ?

– Les paysages, surtout. Les paysages stéréoscopiques, c'est différent des photos ordinaires. Mais y a aussi les photos humoristiques, sentimentales, romantiques ou pieuses, et les images osées.

Quand Frederick revint à la boutique sur les coups de dix-huit heures, Sally avait commencé à établir l'état complet de leurs finances en dressant la liste précise de ce qu'ils avaient gagné et dépensé au cours des six mois écoulés depuis que l'oncle Webster était parti pour l'Égypte.

– Formidable ! s'exclama joyeusement le jeune homme en déposant son appareil photo et sa chambre noire portative, avant de fermer la porte de la boutique.

– Il me faudra encore un jour ou deux pour en venir à bout, dit-elle. Et il faudra m'expliquer ce qui est écrit sur certaines de ces notes. C'est ton écriture ?

– J'en ai peur. Alors, qu'est-ce que ça donne ? C'est bon ou c'est mauvais ? Suis-je ruiné ?

– Tu dois insister pour te faire payer tes factures dans les délais. On te doit cinquante-six livres et sept shillings depuis des mois, et vingt guinées depuis le mois dernier. Si tu récupères cet argent, tu pourras payer presque toutes tes dettes. Mais pour ça, il faut que tu tiennes tes comptes correctement.

– Pas le temps.

– Tu dois le prendre. C'est important.

– Trop ennuyeux.

– Dans ce cas, paie quelqu'un pour s'en charger à ta place. Car si tu ne t'occupes pas de tes comptes, tu cours à la faillite. Tu n'as pas besoin de gagner plus d'argent, tu dois mieux gérer celui que tu gagnes.

– Tu es tentée par ce travail ?

– Moi ?

Frederick la regardait avec le plus grand sérieux. Il avait de beaux yeux verts ; c'était la première fois qu'elle le remarquait.

– Pourquoi pas ? dit-il.

– Je… je ne sais pas, dit-elle. J'ai fait ça aujourd'hui parce que… Il fallait le faire… Mais tu as besoin d'un conseiller professionnel. Quelqu'un qui puisse… prendre en charge tout le côté commercial…

– Tu veux t'en occuper ?

Sally commença par secouer la tête, puis elle haussa les épaules et elle se surprit finalement à hocher la tête. Frederick éclata de rire et elle rougit.

– Écoute, lui dit-il, j'ai l'impression que tu es la personne idéale pour ce travail. Après tout, il faut bien que tu te trouves une situation. Tu ne peux pas vivre avec de tout petits revenus… Et tu ne veux pas devenir gouvernante, si ?

Elle frémit.

– Non !

– Ni nurse, ni cuisinière ? Bien sûr que non. Et tu sembles douée pour ce travail.

– J'adore ça.

– Alors, pourquoi hésiter ?

– Bon, d'accord. Je veux bien... Merci.

Ils échangèrent une poignée de mains et tombèrent d'accord sur les conditions. Au début, elle recevrait le gîte et le couvert en échange de son travail ; ils n'avaient pas de quoi la payer tant qu'ils ne gagnaient pas d'argent, comme elle le fit remarquer. Quand la société commencerait à faire des bénéfices, Sally toucherait quinze shillings par semaine.

Une fois cette question réglée, elle fut envahie par une vague de bonheur et, pour fêter leur collaboration, Frederick envoya Trembleur chercher un pâté de viande en croûte au restaurant du coin de la rue. Ils le découpèrent en quatre, gardèrent une part pour Rosa et s'installèrent autour de la paillasse du studio pour manger. Ensuite, Trembleur fit du café, et pendant qu'elle le sirotait, Sally se demanda ce qu'il y avait de si étrange dans cette maison. C'était quelque chose qui dépassait le refus de faire la vaisselle, ou le fait de manger sur une paillasse à des heures inhabituelles. Assise dans le vieux fauteuil avachi à côté du poêle de la cuisine, elle s'interrogeait, tandis que Trembleur lisait le journal, assis à table, et que Frederick sifflotait en manipulant des produits chimiques dans un coin. Elle n'avait toujours pas trouvé la réponse à sa question quand Rosa rentra, bien plus tard, apportant avec elle le froid et aussi un gros ananas qu'elle brandissait triomphalement. Elle réveilla Sally (qui s'était endormie par inadvertance) et houspilla son frère et Trembleur qui ne lui avaient pas montré sa chambre. Sally était toujours aussi perplexe lorsqu'elle se glissa, frissonnante, dans le lit étroit et remonta les couvertures sur elle, mais juste avant qu'elle sombre dans le sommeil, la réponse lui apparut. « Évidemment ! se dit-elle. Ils ne considèrent pas Trembleur comme un domestique. Et ils ne me considèrent pas comme une gamine. Nous sommes tous égaux. Voilà ce qui est si étrange... »

9
Un voyage à Oxford

Mme Holland apprit la mort d'Henry Hopkins par une de ses « amies », une femme qui occupait des fonctions mal définies à l'hospice Saint-George, situé à une ou deux rues de là. Cette femme avait appris la nouvelle par une ouvrière qui vivait dans la même pension, et dont le frère, balayeur, travaillait dans la même rue qu'un vendeur de journaux, dont le cousin avait parlé avec l'homme qui avait découvert le corps. C'était ainsi que se propageaient les nouvelles du monde du crime londonien. Mme Holland resta quasiment muette de fureur devant l'incompétence d'Hopkins. Se laisser tuer de manière aussi sotte ! Évidemment, la police ne retrouverait jamais la trace du meurtrier, mais Mme Holland, elle, en avait bien l'intention. L'information se répandit, tel le brouillard, à travers les ruelles et les cours des maisons, dans les rues et sur les quais : Mme Holland du quai du Pendu paierait cher pour savoir qui avait tué Henry Hopkins. Elle fit circuler la nouvelle et attendit patiemment.

Il y avait à Londres un individu qui se sentait déjà traqué par Mme Holland, et cet individu, c'était Samuel Selby.

La lettre de la vieille femme le prit totalement au dépourvu. Il avait cru que tout chantage était impossible ; il avait pris grand soin de brouiller les pistes. Et le message venait de Wapping, par-dessus le marché...

Mais, après une journée passée dans les affres de l'angoisse, Selby se mit à réfléchir. Certes, il y avait dans cette lettre des choses que personne n'aurait dû savoir. Mais il existait des éléments plus accablants qui n'étaient même pas mentionnés, et où étaient les preuves ? Où étaient les factures, les déclarations de marchandises, les documents maritimes susceptibles de causer sa perte ? Il n'y en avait pas trace.

« Finalement, se dit Selby, c'est peut-être moins grave qu'il n'y paraît. Mais je ferais quand même bien de m'en assurer... »

Il écrivit donc la lettre suivante :

Samuel Selby
Agent maritime
Cheapside

Mardi 29 octobre 1872

Mme M. Holland
Pension Holland
Quai du Pendu
Wapping

Chère Mme Holland,
J'ai bien reçu votre courrier du 25 courant. Je tiens à vous informer que la proposition de votre client ne manque pas d'intérêt; j'aimerais l'inviter à me rencontrer à mon bureau, le jeudi 31 à 10 heures.

Votre humble serviteur,
S. Selby

« Et voilà, se dit-il en postant la lettre, on verra bien ce que ça donne. » Il avait tendance à douter de l'existence de ce « client », ce mystérieux gentleman. Sans doute de simples ragots qui circulaient sur les docks, rien de plus.

Le mercredi matin, il faisait froid et un léger brouillard flottait dans l'air. Au petit déjeuner (des œufs à la coque cuits directement dans la bouilloire), Frederick annonça à Sally qu'il l'accompagnerait à Oxford. Il pourrait en profiter pour prendre quelques photos, dit-il, et elle aurait peut-être besoin de quelqu'un pour veiller au grain dans le train, au cas où elle s'endormirait de nouveau. Il disait cela d'un ton badin, mais elle savait que Frederick pensait qu'elle était en danger. Sans son pistolet, elle se sentait vulnérable, et elle se réjouissait d'avoir le jeune homme à ses côtés.

Le voyage leur parut court. Vers midi, ils étaient à Oxford; ils déjeunèrent à l'Hôtel de la Gare. Dans le train, Sally avait bavardé avec entrain (parler avec Frederick et l'écouter lui semblait être la chose la plus naturelle et la plus agréable au monde), mais lorsqu'elle se retrouva assise en face de lui à la table recouverte d'une nappe et chargée de verres et de couverts, elle se sentit intimidée au point de ne plus pouvoir prononcer un mot.

– Pourquoi prends-tu cet air renfrogné? lui demanda-t-il au bout d'un moment.

Les yeux fixés sur son assiette, Sally cherchait ce qu'elle pourrait dire. Et voilà qu'elle se mettait à rougir!

– Je n'ai pas l'air renfrogné! répondit-elle, consciente de son ton agressif et enfantin.

Frederick haussa les sourcils, mais n'insista pas.

Bref, le déjeuner ne fut pas une réussite et ils se séparèrent aussitôt après : Sally prit un fiacre pour se rendre au presbytère de Saint-John, et Frederick partit photographier quelques bâtiments en ville.

– Sois prudente, lui dit-il avant qu'elle ne s'éloigne.

Elle aurait voulu faire demi-tour pour lui expliquer la raison de son silence au déjeuner, mais il était trop tard.

Le presbytère de Saint-John était situé à trois kilomètres environ du centre d'Oxford, dans le village de Summertown. Le fiacre emprunta Banbury Road, en passant devant les grandes villas de brique, récemment construites, de North Oxford. Le presbytère se trouvait juste à côté de l'église au bord d'une petite route tranquille ombragée par des ormes.

Le brouillard matinal s'était dissipé et un soleil délavé brillait faiblement dans le ciel quand Sally frappa à la porte.

– Le pasteur est absent, mais M. Bedwell est là, miss, lui dit la domestique qui lui avait ouvert la porte. Entrez, je vous prie. Il est dans le bureau.

Le révérend Nicholas Bedwell était un homme trapu et blond, à l'air jovial. Ses yeux s'écarquillèrent quand Sally entra, et elle remarqua avec étonnement que son expression n'était pas exempte d'admiration. Il lui offrit un fauteuil et tourna le sien, derrière le bureau, de façon à se placer face à elle.

– Eh bien, Miss Lockhart, que puis-je faire pour vous ? demanda-t-il d'un ton enjoué. Des bans pour un mariage ?

– Je crois que j'ai des nouvelles de votre frère.

Le révérend se leva d'un bond et une soudaine excitation empourpra son visage.

– Je le savais ! s'écria-t-il en frappant dans sa paume avec son poing. Il est vivant ? Matthew est vivant ?

Sally hocha la tête.

– Racontez-moi ! Racontez-moi tout ce que vous savez !

Ses yeux bleus pétillaient.

– Il est dans une pension de Wapping. Depuis une semaine ou dix jours, il me semble, et... il fume de l'opium. Je crois qu'il n'arrive pas à quitter ce lieu.

Le visage du vicaire s'assombrit immédiatement et il se laissa retomber dans son fauteuil. Sally lui expliqua rapidement comment elle l'avait su, et il l'écouta attentivement, en secouant la tête lorsqu'elle arriva à la fin de son récit.

– Il y a deux mois, j'ai reçu un télégramme, dit-il. On me disait que mon frère était mort, car son

132

bateau avait coulé. Le *Lavinia*. Il était second à bord.

– Mon père se trouvait à bord, lui aussi.

– Oh, pauvre jeune fille ! Ils ont dit qu'il n'y avait aucun survivant.

– Il s'est noyé.

– Je suis navré…

– Mais vous disiez que vous saviez que votre frère était vivant ?

– Nous sommes jumeaux, Miss Lockhart. Depuis la naissance, chacun de nous ressent les émotions de l'autre, il sait toujours ce que l'autre est en train de faire… Et j'étais certain que Matthew n'était pas mort. Aussi certain que je suis certain que ce fauteuil existe ! (Il frappa sur le bras du fauteuil dans lequel il était assis.) Ça ne faisait pas le moindre doute ! Mais évidemment, j'ignorais où il se trouvait. Vous avez parlé d'opium…

– C'est sans doute ce qui l'empêche de s'en aller.

– Cette drogue est l'invention du diable. Elle a détruit plus de vies, dilapidé plus de fortunes et empoisonné plus de corps que l'alcool ! Parfois, voyez-vous, je donnerais volontiers cette paroisse et ce que j'ai bâti, pour passer ma vie à combattre ce fléau… Mon frère est devenu l'esclave de l'opium il y a trois ans, en Orient. Je… je l'ai senti, ça aussi. Et si on ne l'arrête pas, la drogue finira par le tuer.

Sally resta muette. Le vicaire regardait intensément la cheminée éteinte, comme si les cendres qui s'y trouvaient étaient celles de la drogue elle-même. Il serrait et desserrait lentement les poings ; Sally remarqua qu'il avait des mains épaisses et puissantes, absolument hors du commun. Et son visage avait un côté cabossé : une cicatrice zébrait sa joue et son nez était légèrement écrasé. Bref, exception faite de ses habits, il n'avait rien d'un homme d'Église.

– Votre frère sait quelque chose au sujet de la mort de mon père, dit Sally. C'est certain. La fillette a dit qu'il avait un message pour moi.

Le vicaire redressa la tête.

– Oui, oui, pardonnez-moi. Cette histoire vous concerne donc vous aussi ? Eh bien… mettons-nous au travail. Nous devons le faire sortir de cet endroit le plus vite possible. Je ne peux pas quitter la paroisse aujourd'hui, ni demain ; je dois assurer l'office du soir, et demain, j'ai un enterrement… (Tout en parlant, il feuilletait son agenda.) Vendredi, je suis libre. Enfin, pas vraiment, mais je peux m'arranger ; je connais quelqu'un à Balliol qui dira la messe à ma place. Nous irons donc libérer Matthew vendredi.

– Mais Mme Holland ?

– Eh bien, quoi ?

– Adélaïde a dit qu'elle le retenait prisonnier. Et…

– C'est l'opium qui le retient prisonnier. Nous sommes en Angleterre ! On ne peut pas retenir les gens contre leur gré !

Son expression était si déterminée que Sally tremblait par avance pour quiconque tenterait de l'arrêter.

– Il y a juste une chose, ajouta-t-il d'un ton moins virulent. Matthew aura besoin de cette saleté de drogue pour tenir le coup. Je le ramènerai ici et je le remettrai sur pied, mais sans la drogue, il n'y arrivera jamais. Je vais devoir le sevrer petit à petit…

– Comment le ferez-vous sortir de la pension ?

– Avec mes poings, si nécessaire. Mais… pourriez-vous me rendre un service ? Pourriez-vous me procurer un peu de cette drogue ?

– Je peux essayer. Certainement. Mais est-ce qu'on n'en vend pas à Oxford ? Dans les pharmacies ?

– Seulement sous la forme du laudanum. Or, le fumeur d'opium a besoin de la gomme, ou de la résine, j'ignore comment on appelle cette saleté. J'hésite à vous demander cela, mais… si vous n'en trouvez pas, nous devrons nous débrouiller sans.

– Je peux au moins essayer.

Le révérend fourra la main dans sa poche et en sortit trois souverains.

– Prenez ça. Achetez-en le plus possible. Et si Matthew n'en a pas besoin, en fin de compte, ce sera toujours ça qui ne finira pas entre les mains d'un autre pauvre diable.

Il la raccompagna jusqu'à la porte et lui serra la main.

– Merci d'être venue. Quel soulagement de savoir où est Matthew ! Je passerai vous voir dans Burton Street vendredi. Attendez-moi vers midi.

Sally rentra à Oxford à pied pour économiser le prix du fiacre. La route était large et agréable, fréquentée par de nombreuses charrettes et calèches. Ces maisons paisibles et ces jardins verdoyants semblaient appartenir à une planète différente de ce monde de ténèbres, de mystère et de morts subites vers lequel elle s'en retournait. Elle passa devant une maison où trois enfants (l'aîné était bien plus jeune qu'elle) faisaient un feu de joie dans un jardin désordonné et joyeux. Leurs cris et leurs rires la glacèrent, car elle avait le sentiment d'avoir été privée de quelque chose. Où était donc passée son enfance ? se demandait-elle. Pourtant, deux heures plus tôt, elle était rouge de honte, car elle était encore une enfant et elle ne possédait pas l'aisance d'un adulte. Elle aurait donné n'importe quoi pour oublier Londres, Mme Holland, les Sept Bénédictions, et pour vivre dans une de ces grandes maisons confortables devant lesquelles elle passait, avec des enfants, des animaux, des feux de joie, des leçons à apprendre et des jeux… Peut-être qu'il n'était pas encore trop tard pour devenir gouvernante ou nurse ou…

Mais si. Son père était mort, il se passait des choses bizarres et elle seule pouvait y remédier. Elle pressa le pas et s'engagea dans la grande rue qui conduisait au centre-ville.

Il lui restait une heure et demie à tuer avant de retrouver Frederick. Elle en profita pour flâner en ville, sans but tout d'abord, car les vieux bâtiments universitaires n'avaient guère d'intérêt à ses yeux. Mais soudain, elle aperçut un atelier de photographe et elle s'y précipita. Pendant presque une heure, elle bavarda avec le propriétaire et examina sa marchandise. Elle ressortit de là bien plus informée et beaucoup plus heureuse, car elle avait totalement oublié (pour quelque temps du moins) Wapping, l'opium et le Rubis.

— Je savais que j'avais raison de venir à Oxford, dit Frederick dans le train. Tu ne devineras jamais avec qui j'ai discuté cet après-midi !

— Dis-le moi, alors, répondit Sally.

– Je suis allé voir un vieux copain d'école à New College. Et il m'a présenté un type nommé Chandra Sen. Un Indien. Il vient d'Aghrapur, figure-toi !

– C'est vrai ?

– Il est mathématicien. C'est un gars très savant, très austère. Mais on a parlé cricket pendant un moment et il a fini par se détendre. Je lui ai demandé s'il connaissait le Rubis d'Aghrapur. Il était stupéfait. Apparemment, un tas d'histoires circulent en Inde au sujet de cette pierre. Personne ne l'a vue depuis la Mutinerie. Savais-tu que le Maharadjah avait été assassiné ?

– Quand ? Par qui ?

– Son corps a été découvert après la fin du siège de Lucknow. Mais personne ne sait qui est le meurtrier. Le Rubis avait disparu, et depuis, il n'a jamais refait surface. Mais il régnait une telle confusion à cette époque ; il y avait tellement de morts, de destruction... Chandra Sen m'a demandé comment j'avais entendu parler de cette pierre et je lui ai répondu que j'avais lu un récit dans un vieux livre de voyage. C'est alors qu'il m'a dit une chose très étrange. Personnellement, il n'y croyait pas, il possède un esprit beaucoup trop rationnel, mais il existait une légende selon laquelle le maléfice du Rubis survivrait jusqu'à ce qu'il soit porté en terre par une femme qui était son égale. Je lui ai demandé ce que ça signifiait et il m'a répondu, d'un air assez hautain, qu'il n'en avait pas la moindre idée, et d'ailleurs ce n'était qu'une superstition. Un type charmant, ce Chandra Sen, mais un peu collet monté. Et nous avons quand même appris quelque chose…

– Le major Marchbanks disait au début de son livre que le point culminant était… j'ai oublié les mots exacts, mais je crois qu'il parlait d'une chose « horrible »…

– Le meurtre du Maharadjah. Tu crois que c'est lui qui l'a tué ?

– Non. Impossible.

Sally secoua la tête et ils restèrent muets l'un et l'autre pendant quelques instants.

Puis Frederick demanda :

– Et toi, qu'as-tu découvert ? Tu as dit à la gare que tu avais quelque chose à m'annoncer.

Au prix d'un gros effort, Sally détourna ses pensées de l'Inde.

– Les photos stéréoscopiques, dit-elle. J'ai passé une heure dans la boutique d'un photographe. Sais-tu combien de personnes sont entrées pendant que j'étais là pour acheter des photos stéréoscopiques ? Six ! En moins d'une heure. Et sais-tu combien sont entrées dans *ta* boutique pour en réclamer ?

– Aucune idée.

– D'après Trembleur, c'est ce que les gens demandent le plus. Et à quoi bon acheter tous ces stéréoscopes si tu ne vends pas les photos qui vont avec ?

– On vend des appareils stéréoscopiques. Les gens peuvent prendre les photos eux-mêmes.

– Ils n'en ont pas envie. Prendre des stéréogrammes, c'est un travail de spécialiste. Et puis, les gens aiment les photos de pays lointains et ainsi de suite. Des choses qu'ils ne peuvent pas voir de leurs propres yeux.

– Mais...

– Les gens les achèteraient comme ils achètent des livres et des magazines. Par milliers ! Quel genre de photos as-tu pris aujourd'hui ?

– J'ai testé un nouvel objectif Voigtlander de 200 mm avec un diaphragme variable que j'essaye de mettre au point.

– D'accord, mais qu'as-tu photographié ?

– Oh, des bâtiments, des trucs comme ça.

– Tu pourrais réaliser des stéréogrammes d'endroits comme Oxford et Cambridge et les vendre par lots. Les Universités d'Oxford, ou les Ponts de Londres ou... les Châteaux célèbres... Je t'assure, Frederick, tu en vendrais des milliers.

Il se grattait la tête ; ses cheveux filasse se dressaient sur son crâne et son visage, expressif et vif comme celui de sa sœur, semblait lutter pour contenir trois ou quatre expressions différentes.

– Je ne sais pas, dit-il. Je n'aurais aucun mal à les réaliser, ce n'est pas plus difficile que de prendre des photos ordinaires. Mais je ne pourrais pas les vendre.

– Je pourrais, moi.

– Alors, là, c'est différent. Mais la photographie est en train de changer, tu sais. Dans quelques années, on n'utilisera plus ces grandes plaques encombrantes ; on enregistrera des négatifs sur du papier, avec des appareils très légers. On travaillera à des vitesses phénoménales. Il y a un tas de recherches en cours ; moi-même je fais des expériences. Plus personne ne s'intéressera aux vieux stéréogrammes.

– Je te parle du présent, Frederick ! Pour l'instant, c'est ce que les gens veulent, et ils sont prêts à payer pour ça. Comment pourras-tu faire des choses passionnantes plus tard si tu ne gagnes pas un peu d'argent maintenant ?

– Oui, tu as peut-être raison. Tu as d'autres idées comme ça ?

– Un tas. Commence par présenter différemment tes marchandises. Fais de la publicité. Et…

Son regard dériva vers la vitre et elle se tut. Le train longeait la Tamise dans un nuage de vapeur ; en cette fin d'automne, la lumière déclinait rapidement, le fleuve semblait gris et froid. Cette eau

passerait bientôt devant le quai du Pendu, songea-t-elle. « Nous allons toutes les deux dans cette
direction. »

– Qu'y a-t-il ? demanda Frederick.

– Peux-tu m'aider à acheter de l'opium ?

10
Madame Chang

Le lendemain après-midi, Frederick emmena Sally dans l'East End.

Un an plus tôt, il avait aidé son oncle à photographier des scènes quotidiennes de la vie londonienne, en utilisant un éclairage au magnésium expérimental. Sur le plan technique, l'opération n'avait été qu'un demi-succès, mais Frederick avait fait un certain nombre de connaissances, parmi lesquelles celle de la propriétaire d'une fumerie d'opium dans le quartier de Limehouse, une certaine Madame Chang.

– La plupart de ces endroits sont effroyables, expliqua-t-il, alors qu'ils étaient assis dans l'omnibus. Une planche pour s'allonger, une couverture crasseuse et une pipe, c'est tout. Mais Madame Chang, elle, prend soin de ses clients et veille à la propreté de son établissement. Je suppose que c'est parce qu'elle ne consomme pas personnellement cette substance…

– Ce sont toujours des Chinois ? Pourquoi est-ce que le gouvernement ne fait rien ? demanda Sally.

– Parce que c'est le gouvernement qui cultive l'opium et qui le vend. Il en tire d'énormes bénéfices.

– C'est impossible !

– Tu n'as aucune connaissance en histoire ?

– Euh… non.

– Il y a trente ans, nous avons mené une guerre à cause de l'opium. Les Chinois ne voulaient pas que des marchands anglais en fassent entrer illégalement dans leur pays : ils ont essayé de l'interdire. Alors, nous avons fait la guerre pour les obliger à accepter l'opium. Il est cultivé en Inde, sous le contrôle du gouvernement.

– Mais c'est affreux ! Et notre gouvernement continue aujourd'hui encore ? Je ne peux pas y croire.

– Tu n'as qu'à demander à Madame Chang. Viens, c'est là qu'on descend ; on fera le reste du trajet à pied.

L'omnibus s'était arrêté à la station du quai des Antilles. Un alignement d'entrepôts s'étendait sur presque un kilomètre, du côté gauche ; au-dessus des toits, les mâts des navires et les bras des grues se dressaient dans le ciel gris comme des doigts de squelette.

Sally et Frederick prirent la direction du fleuve, sur la droite. Ils passèrent devant le grand bâtiment carré de la capitainerie, là où son père avait dû se rendre d'innombrables fois pour ses affaires, songea-t-elle, puis ils s'enfoncèrent dans une ruelle et dans un labyrinthe de cours intérieures et de passages. La plupart de ces voies n'avaient même pas de nom, mais Frederick connaissait le chemin ; il avançait sans la moindre hésitation. Des enfants pieds nus, sales et vêtus de haillons, jouaient au milieu des immondices et des ruisselets d'eau nauséabonde qui coulaient sur les pavés. Des femmes debout sur le pas des portes se taisaient sur leur passage et leur jetaient des regards hostiles, les bras croisés. Elles semblaient très vieilles, se dit Sally. Les enfants eux-mêmes avaient des traits marqués, comme de petits vieillards ; leurs fronts étaient ridés et leurs lèvres pincées. À l'entrée d'une cour étroite, des hommes étaient rassemblés. Certains étaient adossés au mur, d'autres accroupis devant les portes des maisons. Leurs vêtements étaient déchirés et maculés de boue, leurs yeux remplis de haine. L'un d'eux se leva et deux autres se décollèrent du mur quand Frederick et Sally approchèrent, comme pour les mettre au défi d'essayer de passer. Mais Frederick continua d'avancer, sans modifier son allure ; il marcha droit vers l'entrée de la cour et les hommes s'écartèrent au dernier moment en détournant la tête.

– De pauvres gars sans travail, commenta-t-il dès qu'ils se furent éloignés. Pour eux, c'est soit le coin de la rue, soit l'asile de nuit, et qui choisirait l'asile de nuit ?

– Il doit bien y avoir du travail sur les bateaux, ou sur les quais, ou ailleurs. On a toujours besoin de travailleurs, non ?

– Non. Tu sais, Sally, il y a certaines choses à Londres qui font que l'opium semble aussi inoffensif que le thé.

Elle supposa qu'il faisait allusion à la pauvreté, et en regardant ce qui l'entourait, elle ne pouvait qu'être d'accord.

Finalement, ils arrivèrent devant une porte basse, en bois, qui se découpait dans le mur d'une sinistre ruelle. Une pancarte était accrochée à côté de l'entrée, avec des caractères chinois peints en noir sur un fond rouge. Frederick tira sur la poignée de la cloche et au bout d'une minute, un vieux Chinois vint leur ouvrir. Il portait une ample tunique en soie noire, avec une calotte sous laquelle pendait une tresse. Il s'inclina et s'écarta pour les laisser entrer.

Sally regarda autour d'elle. Ils se trouvaient dans un vestibule aux murs ornés de papier peint ;

les boiseries étaient laquées d'un rouge profond et brillant et une lanterne tarabiscotée pendait au plafond. Une odeur oppressante et douceâtre flottait dans l'air.

Le domestique disparut, pour revenir au bout d'un moment avec une Chinoise d'un certain âge, vêtue d'une robe richement brodée. Ses cheveux étaient tirés en arrière en un chignon austère ; elle portait sous sa robe un pantalon en soie noire et ses pieds minuscules étaient enveloppés de pantoufles rouges. Elle s'inclina et leur montra une pièce adjacente.

– Veuillez avoir l'obligeance de pénétrer dans mon humble établissement, dit-elle d'une voix douce et musicale, presque sans accent. Vous, monsieur, vous êtes Frederick Garland, l'artiste photographe. Mais je n'ai pas l'honneur de connaître votre ravissante et jeune compagne.

Ils entrèrent dans la pièce. Pendant que Frederick expliquait qui était Sally et le but de leur visite, la jeune fille promenait un regard émerveillé autour d'elle. L'éclairage était très faible : seules deux ou trois lanternes chinoises brillaient doucement dans l'obscurité enfumée. Tout ce qui pouvait être peint ou laqué dans la pièce était du même rouge profond, comme du sang ; les piliers et les poutres du plafond étaient sculptés et représentaient des dragons dorés entortillés sur eux-mêmes. Sally avait une impression d'opulence oppressante ; c'était comme si cette pièce avait pris l'apparence des rêves collectifs de tous les individus qui étaient venus ici pour chercher l'oubli. À intervalles réguliers, tout autour de cette grande pièce, des couchettes basses étaient disposées le long des murs et sur chacune d'elles était allongé un homme endormi. Non ! Il y avait aussi une femme, à peine plus vieille que Sally, et encore une autre, d'un certain âge celle-ci, et vêtue de manière respectable. Soudain, un des dormeurs remua et le vieux domestique accourut avec une pipe. Il s'agenouilla par terre pour la préparer.

Frederick et Madame Chang parlaient à voix basse dans le dos de Sally. Elle chercha un endroit pour s'asseoir, car elle avait la tête qui tournait. La fumée de la pipe qui venait d'être allumée dériva vers elle, sucrée, attirante et étrange. Elle l'inspira, puis elle recommença, et...

Soudain, les ténèbres. Une chaleur étouffante.

Elle était dans le Cauchemar !

Allongée et immobile, les yeux écarquillés, elle scrutait l'obscurité. Une peur convulsive, atroce, lui broyait le cœur. Elle essaya de bouger, sans y parvenir. Pourtant, elle n'avait pas l'impression d'être ligotée ; simplement, ses membres étaient trop faibles.

Et elle savait que quelques secondes plus tôt, elle était éveillée...

Mais elle avait si peur ! La terreur grandissait. Cette fois-ci, c'était pire que jamais, car tout était beaucoup plus net. Elle savait que, d'une seconde à l'autre, tout près d'elle, dans l'obscurité, un homme allait pousser des hurlements, et elle se mit à pleurer tant elle redoutait cet instant. Qui ne se fit pas attendre.

Le hurlement déchira les ténèbres comme une épée tranchante. Sally crut qu'elle allait mourir de peur. Mais elle entendait aussi des voix ! Cela, c'était nouveau. Elles ne parlaient pas dans sa langue, et pourtant elle les comprenait !

– *Où est-il ?*

– *Ce n'est pas moi qui l'ai ! Par pitié, je vous en supplie... C'est un ami qui l'a...*

– *Ils arrivent ! Faites vite !*

Un bruit hideux résonna alors, le bruit d'un instrument pointu qui s'enfonce dans la chair, une sorte de déchirure, suivie d'un hoquet et d'un gémissement, comme si un homme avait craché tout l'air de ses poumons d'un seul coup. Puis il y eut un bouillonnement, un jaillissement, qui s'atténua rapidement pour se transformer en un goutte à goutte obsédant.

La lumière.

Une minuscule étincelle, quelque part.

(Oh ! Elle était réveillée, elle se trouvait dans la fumerie d'opium ! C'était impossible...)

Mais pas moyen de s'échapper de ce rêve. Il se déroulait de manière ininterrompue, et elle était obligée de le vivre jusqu'au bout. Elle savait ce qui allait venir ensuite : une bougie qui coule, une voix d'homme...

« Regardez ! Regardez-le ! Mon Dieu... »

C'était la voix du major Marchbanks !

Habituellement, c'était toujours à ce moment-là qu'elle se réveillait, mais cette fois-ci, un nouveau phénomène se produisit. La lumière se rapprocha, puis elle s'écarta sur le côté et le visage d'un jeune homme se pencha au-dessus d'elle : il avait une moustache noire et des yeux brillants ; son expression était féroce, et un filet de sang coulait sur sa joue.

Une nouvelle vague de terreur la submergea. Elle allait sombrer dans la folie. « Je vais mourir », pensa-t-elle. « Personne ne peut connaître une telle frayeur sans en mourir ou perdre la raison... »

Elle sentit un coup violent sur sa joue. Le bruit lui parvint une seconde plus tard ; tout était décalé, et tout était redevenu sombre. Sally ressentait un sentiment de vide désespérant...

Puis elle se réveilla, à genoux, le visage ruisselant de larmes. Frederick était agenouillé près d'elle, et sans réfléchir, elle se jeta à son cou en sanglotant. Il la serra contre lui sans rien dire. Ils étaient dans le vestibule de la fumerie d'opium. À quel moment y était-elle retournée ? Madame Chang se tenait en retrait et l'observait attentivement.

Voyant que Sally avait repris connaissance, la Chinoise fit un pas en avant et s'inclina.

– Veuillez vous asseoir sur le divan, Miss Lockhart. Li Ching va vous apporter un rafraîchissement.

Elle tapa dans ses mains. Frederick aida Sally à s'installer sur le divan recouvert de soie et le vieux domestique lui apporta une petite tasse en porcelaine contenant une boisson chaude et parfumée. Elle en but une gorgée et, aussitôt, sentit ses pensées s'éclaircir.

– Que s'est-il passé ? Combien de temps suis-je...

– C'est à cause de la fumée, expliqua Frederick. Tu as dû en inspirer un peu trop. Malgré tout, succomber aux effets de l'opium aussi rapidement est assez rare, n'est-ce pas, Madame Chang ?

– Ce n'est pas sa première rencontre avec la fumée, répondit la Chinoise, immobile dans la pénombre.

– Je n'ai jamais fumé d'opium de ma vie ! s'exclama Sally.

– Je suis navrée de vous contredire, Miss Lock-hart. Mais vous avez déjà inhalé cette fumée. J'ai vu des dizaines de milliers de personnes consommer de l'opium, et je le sais. Qu'avez-vous vu dans votre rêve ?

– Une scène que… qui m'est apparue très souvent. Un cauchemar. Un homme est assassiné et… deux autres hommes arrivent et… Qu'est-ce que ça veut dire, Madame Chang ? Est-ce que je deviens folle ?

La Chinoise secoua la tête.

– Le pouvoir de la fumée est illimité. Elle dissimule si bien les secrets du passé que même les yeux les plus perçants, dans la lumière la plus éclatante, ne les verront jamais ; puis elle les dévoile tous, comme un trésor enterré, quand ils ont été oubliés. Ce que vous avez vu, Miss Lock-hart, est un souvenir, pas un rêve.

– Comment savez-vous que ce n'est pas imaginaire ? demanda Frederick. Vous pensez vraiment que Sally a déjà été sous l'influence de l'opium, et que son cauchemar est en fait un souvenir de ce moment-là ? Ne pourrait-il pas s'agir tout simplement d'un rêve ?

– C'est possible, monsieur Garland. Mais ce n'est pas le cas. Je vois très clairement des choses qui sont invisibles à vos yeux, tout comme un médecin voit ce qui perturbe son patient. Il existe mille et un signes pour déchiffrer ces choses, mais si vous ne savez pas les interpréter, vous ne verrez rien.

Sa silhouette immobile, dans la pénombre, semblait celle de la prêtresse de quelque culte ancien, remplie d'autorité et de sagesse. Sally éprouva de nouveau une forte envie de pleurer.

Elle se leva.

– Merci pour votre explication, Madame Chang, dit-elle. Est-ce que... Est-ce que cette drogue représente un danger pour moi ? Maintenant que j'en ai pris une fois, éprouverai-je le besoin irrésistible de recommencer ?

– Vous en avez consommé *deux* fois, Miss Lockhart, répondit la Chinoise. Si vous êtes en danger, ce n'est pas à cause de la drogue. Mais la fumée fait partie de votre nature maintenant ; elle vous a dévoilé une chose que vous ne connaissiez pas. Peut-être éprouverez-vous le besoin de goûter de nouveau à la fumée, non par plaisir, mais pour ce qu'elle peut vous montrer.

Elle s'inclina de nouveau et Frederick se leva pour prendre congé. Sally, qui avait encore des vertiges, prit le bras qu'il lui offrait, et après avoir salué Madame Chang, ils s'en allèrent.

Dehors, il faisait presque nuit. L'air frais était le bienvenu ; Sally l'inspira avec bonheur et, très vite, elle constata que le martèlement dans sa tête s'était atténué. Ils retrouvèrent bientôt Commercial Road ; l'animation de la circulation, les lampadaires, les vitrines illuminées donnèrent à la fumerie d'opium l'apparence d'un rêve. Malgré tout, Sally continuait à trembler et son dos était mouillé de sueur.

– Raconte-moi, dit Frederick.

Il n'avait pas ouvert la bouche depuis qu'ils avaient quitté la fumerie, comme s'il sentait qu'elle aspirait au silence. « Je peux lui faire confiance », se dit-elle. Alors, elle lui raconta tout.

– Mais le plus terrible, c'était...

Sa voix se brisa.

– Tu n'as plus rien à craindre maintenant, dit-il. Qu'est-ce qui était le plus terrible ?

– Cet homme qui parlait... J'ai si souvent entendu sa voix dans mes rêves... Cette fois, je l'ai reconnue. C'était le major Marchbanks, et l'homme qui était penché au-dessus de moi... Oh, Frederick, *c'était mon père !* Qu'est-ce que ça veut dire ?

II
La troupe du répertoire stéréoscopique

Dès leur retour de Limehouse, Sally monta directement se coucher et dormit longtemps, d'un sommeil profond et sans rêves.

Elle se réveilla juste après l'aube. Le ciel était clair et bleu ; toutes les horreurs de l'opium et du meurtre semblaient s'être dissipées en même temps que la nuit, et elle se sentait le cœur léger, pleine de confiance.

Après s'être habillée rapidement et avoir allumé le poêle dans la cuisine, elle décida d'inspecter le reste de la maison. Rosa l'avait elle-même fait remarquer la veille : elle pensait qu'ils gaspillaient de la place. Peut-être y avait-il moyen de loger un locataire.

Sally constata que Rosa avait raison. La maison était bien plus grande qu'elle ne le paraissait vue de la rue. Il y avait deux étages, plus un grenier et une cave, et un grand jardin tout en longueur derrière. Deux pièces étaient encombrées de matériel photographique, en plus de la chambre noire et du laboratoire. La pièce située à côté de la boutique, au rez-de-chaussée, était équipée pour servir de studio. À l'étage, une des pièces était envahie par une collection d'objets hétéro-clites, à tel point que Sally crut avoir découvert un musée. Mais deux pièces du grenier étaient vides, et trois autres feraient des chambres très confor-tables une fois meublées décemment.

Elle dévoila le résultat de ses explorations au reste de la maisonnée durant le petit déjeuner, préparé par ses soins. Elle avait fait du porridge, et sans se vanter, elle le trouvait très bon.

– Frederick, tu es occupé ce matin ? demanda-t-elle.

– Oui, terriblement. Mais ça peut attendre.

– Et toi, Rosa, tu dois aller répéter ?

– Pas avant treize heures. Pourquoi ?

– Et toi, Trembleur, tu peux trouver un peu de temps libre ?

– Je sais pas, Miss. J'ai des tirages à faire.

– Ce ne sera pas long. Je veux juste vous expli-quer comment vous pouvez gagner un peu d'ar-gent.

– Ah ! s'exclama Rosa. Si c'est pour ça, on t'ac-corde tout le temps que tu veux. Que doit-on faire, alors ?

– C'est une idée qui m'est venue l'autre jour à Oxford. J'ai commencé à en parler à Frederick dans le train.

– Ah oui, fit-il. Les stéréoscopes.

– Pas les stéréoscopes eux-mêmes, mais les images qui vont avec. Les gens sont très demandeurs. Ce matin, j'ai inspecté toute la maison, et soudain, j'ai compris ce qu'on pouvait faire. Il y a là-haut une pièce remplie d'objets étranges : des lances, des tambours, des idoles et je ne sais quoi encore…

– C'est le cabinet de curiosités de l'oncle Webster, expliqua Rose. Il collectionne toutes ces choses depuis des années.

– C'est un premier élément, reprit Sally. L'autre concerne Rosa. Est-ce qu'on ne pourrait pas raconter une histoire en images ? En utilisant des gens, des comédiens, dans des situations dramatiques, comme au théâtre, avec des décors et tout ça ?

Il s'ensuivit un court silence.

– Tu crois que ça se vendrait ? demanda Rosa.

– Comme des petits pains ! s'exclama Trembleur. Donnez-m'en mille, je les vendrai avant le dîner. Évidemment que ça se vendrait !

– Surtout avec de la publicité, ajouta Sally. On achèterait une colonne dans tous les journaux. Cherchez un nom qui sonne bien. Je m'occuperai de cette partie, c'est très simple. Mais pour fabriquer les images ?

– Aucun problème, dit Rosa. C'est une idée formidable ! On pourrait prendre des scènes de pièces de théâtre populaires...

– Et les vendre au théâtre !

– Ou des chansons, suggéra Trembleur. Des images pour illustrer tous les nouveaux airs du music-hall.

– Avec des publicités au dos, dit Sally. Comme ça, nous toucherons un peu plus d'argent à chaque photo vendue.

– Sally, c'est une idée sensationnelle ! s'exclama Rosa. Et avec tous ces accessoires de théâtre...

– Il y a suffisamment de place dehors pour installer un véritable studio. Avec des décors et toutes sortes de choses.

Tous les regards se tournèrent vers Frederick, qui n'avait encore rien dit. Il paraissait résigné. Il écarta les bras.

– Que puis-je faire ? soupira-t-il. Adieu l'art !

– Ne sois pas bête, répliqua Rosa. À toi d'en faire un art !

Il se tourna vers sa sœur. « Ils sont comme des panthères l'un et l'autre, se dit Sally. Si pleins de vie et passionnés... »

– Tu as raison, Sally ! s'écria-t-il, et il tapa du poing sur la table.

– Je n'arrive pas à y croire, dit Rosa.

– Évidemment qu'elle a raison, idiote ! Je l'ai compris tout de suite. Nous allons suivre son idée. Mais nos dettes, dans tout ça ?

– Premièrement, personne ne réclame son argent pour l'instant. Nous devons une somme importante, mais si nous montrons que nous faisons un effort pour rembourser, je pense que ça s'arrangera. Deuxièmement, il y a tout ce qu'on nous doit. Je vais envoyer des rappels dès ce matin. Et troisièmement, Rosa a parlé de prendre des locataires, hier. Vous avez des pièces inoccupées, même avec moi. Cela nous procurera un revenu régulier, ne serait-ce que quelques shillings par semaine. Et enfin, il y a le stock. Frederick, je veux que tu fasses l'inventaire avec moi ce matin ; nous nous débarrasserons de tout ce qui est un peu démodé ou inutile. Organisons des soldes. Cela nous fera une rentrée d'argent immédiate, pour payer les publicités. Trembleur, tu peux t'occuper du jardin ? Nous aurons besoin d'un grand espace dégagé. Toi, Rosa…

Sally s'aperçut qu'ils la regardaient tous d'un air hébété. Frederick lui sourit et elle sentit ses joues s'enflammer. Gênée, elle baissa les yeux.

– Je suis désolée. Je ne voulais pas vous donner d'ordres… Je voulais… Je ne sais pas… Pardonnez-moi.

– Mais pas du tout ! C'est exactement ce qu'il nous faut ! dit Frederick. Nous avons besoin d'un manager. C'est ce que tu es.

– Je vais me mettre au travail, annonça Trembleur, et il quitta la table.

– Moi, je vais faire la vaisselle, déclara Frederick. Mais juste pour cette fois.

Il rassembla les couverts et s'en alla.

Rosa dit alors :

– Tu sais, Sally, tu as en toi deux personnes totalement différentes.

– Ah bon ?

– Quand tu prends les choses en main, tu es forte...

– Moi ?

– Et à d'autres moments, tu es si discrète que c'est comme si tu n'étais même pas là.

– C'est affreux ! Suis-je trop autoritaire ? Ce n'est pas volontaire.

– Non ! Ce n'est pas ce que je voulais dire. C'est juste que tu donnes l'impression de savoir ce qu'il faut faire, alors que Frederick et moi, nous n'en avons aucune idée... C'est formidable !

– Je sais si peu de choses, Rosa ! Je ne sais même pas parler aux gens. Et ce que je sais, c'est tellement... Je ne sais même pas comment dire... Ce ne sont pas des choses qu'une fille devrait savoir. J'adore ça, tu ne peux pas savoir combien, mais ce n'est pas... Je me sens coupable d'une certaine façon. Car je ne suis pas normale, je ne connais rien à la couture et à toutes ces choses.

Rosa éclata de rire. Elle était magnifique ; les rayons du soleil semblaient se briser dans ses cheveux comme les vagues sur les rochers, s'éparpillant en des milliers de fragments scintillants.

– Normale ? répéta-t-elle. Et moi, alors ? Que suis-je ? Une comédienne ! C'est à peine mieux qu'une fille de joie ! Mes parents m'ont mise à la porte parce que je voulais faire ce métier. Et pourtant, je n'ai jamais été aussi heureuse... comme toi.

– Ils t'ont mise dehors ? Et Frederick, et ton oncle ?

– Fred s'est violemment disputé avec eux. Ils voulaient qu'il aille à l'université et ainsi de suite. Mon père est évêque. C'était affreux. Quant à l'oncle Webster, il passe depuis longtemps pour une sorte de dépravé ; ils font comme s'il n'existait pas. Mais il s'en contrefiche. Fred travaille avec lui depuis trois ans. C'est un génie. Ce sont deux génies. Sally, as-tu déjà fait quelque chose de mal dans ta vie ?

– Euh... je ne crois pas.

– Alors, ne te sens pas coupable. D'accord ?

– D'accord… Promis !

– Si tu es douée pour quelque chose, tu dois le faire.

– Parfaitement !

Rosa se leva d'un bond.

– Allons faire le tri dans les accessoires. Je n'y ai pas fourré mon nez depuis une éternité…

Ils travaillèrent toute la matinée. Trembleur, galvanisé par l'enthousiasme général, vendit un stéréoscope à un client qui était venu simplement pour réserver une séance de pose pour un portrait. Puis, à midi, le révérend Bedwell fit son entrée.

Sally était derrière le comptoir, en train d'écrire des lettres de rappel aux gens qui leur devaient de l'argent. Levant les yeux, elle découvrit la silhouette trapue du vicaire de Saint-John et, tout d'abord, elle ne le reconnut pas, car il portait une vieille veste en tweed épais et un pantalon de velours, sans son col d'ecclésiastique. D'ailleurs, il n'avait même pas de col du tout, et il ne s'était pas rasé. La métamorphose était si complète entre le révérend aimable et ce ruffian renfrogné que Sally fut tentée de lui proposer de poser pour une scène de stéréoscope.

– Je vous demande pardon, dit-il. Ce n'est pas une tenue très correcte pour rendre visite à quelqu'un. Mes habits d'ecclésiastique sont à la consigne de la gare de Paddington. J'espère trouver un compartiment vide au retour pour me changer, je ne peux pas rentrer à la paroisse comme ça...

Rosa entra, et une fois les présentations faites, elle invita aussitôt le révérend à déjeuner. Visiblement sous le charme, il accepta sans se faire prier. Bientôt, ils furent tous assis, et pendant qu'ils mangeaient le pain, le fromage et la soupe apportés par Rosa, le révérend leur exposa son plan.

– Je prendrai un fiacre jusqu'au quai du Pendu et j'emmènerai mon frère par la peau du cou. Il n'offrira aucune résistance, mais ce ne sera peut-être pas le cas de Mme Holland... Quoi qu'il en soit, je le ramènerai ici, si vous le permettez, pour que Miss Lockhart puisse écouter ce qu'il a à dire, et ensuite, nous rentrerons tous les deux à Oxford.

– Je viens avec vous, déclara Sally.

– Non. Mon frère est en danger, et vous le serez, vous aussi, si vous approchez de cette femme.

– Je vous accompagnerai, moi, déclara Frederick.

163

– Formidable ! Avez-vous déjà pratiqué la boxe ?

– Non. Mais à l'école, je faisais de l'escrime. Pourquoi ? Vous redoutez un affrontement ?

– C'est la raison de mon accoutrement. C'est gênant de jouer des poings quand on est un homme d'Église. En fait, je ne sais pas à quoi m'attendre.

– Il y a un coutelas dans le cabinet de curiosités, dit Rosa. Voulez-vous l'emporter ? Peut-être que je devrais te déguiser en pirate, Fred. Avec un bandeau sur l'œil et une grosse moustache noire. Ensuite, on pourrait vous photographier en stéréo tous les deux.

– J'irai tel que je suis, répondit Frederick. Si je veux une moustache, je me la ferai pousser.

– Votre frère est réellement votre sosie ? demanda Rosa. J'ai déjà rencontré des vrais jumeaux, mais c'était très décevant.

– Il est absolument impossible de nous différencier, Miss Garland. À part l'opium, évidemment. Mais qui sait ? Peut-être aurais-je pu céder à la tentation, moi aussi, et sombrer comme lui. Quelle heure est-il ? Nous devons nous mettre en route. Merci pour le déjeuner. Nous serons de retour... plus tard !

Sur ce, le révérend partit avec Frederick et Rosa demeura songeuse quelques instants.

– Des jumeaux identiques, dit-elle. Quelle occasion unique… Oh, bon sang ! Il est déjà si tard ? Je vais être en retard. M. Toole sera furieux…

M. Toole était le comédien-directeur de troupe avec lequel elle répétait en ce moment, et apparemment, il était très à cheval sur le règlement. Rosa jeta sa cape sur ses épaules et sortit rapidement.

Trembleur retourna dans le jardin, laissant Sally seule. La maison était vide et silencieuse tout à coup. M. Bedwell avait oublié son journal ; elle le prit pour jeter un coup d'œil aux publicités. Elle découvrit qu'une société baptisée « La Compagnie stéréoscopique de Londres » proposait des portraits récents de M. Stanley, le célèbre explorateur, et le tout dernier portrait du Dr Livingstone. Plusieurs autres sujets étaient à vendre, mais personne n'avait pensé à photographier des scènes ou des histoires dramatiques. Ils auraient le marché pour eux tout seuls.

Soudain, son regard fut attiré par une petite annonce :

DISPARUE. Depuis le mardi 29 octobre. UNE JEUNE FILLE, âgée de 16 ans, mince, avec des cheveux blonds et des yeux marron. Elle portait une robe en mousseline noire, une cape noire, ou bien une robe en lin vert foncé, et des chaussures avec des boucles en cuivre. Elle avait avec elle un petit sac de voyage en cuir, marqué des initiales V.L. Toute information sera la bienvenue. Contactez M. Temple, du cabinet Temple & King, Lincoln's Inn.

Sally, tout à coup, se sentit exposée à tous les regards, comme si toute la population de Londres avait les yeux fixés sur elle. Il fallait qu'elle change de vêtements ! Et qu'elle évite de sortir. Mais elle ne pouvait pas rester cachée en permanence, et Londres était une ville suffisamment grande pour s'y fondre...

Le problème, c'était qu'elle ne savait pas jusqu'où elle pouvait faire confiance à M. Temple. Il lui avait fait l'impression d'être un brave homme et apparemment, son père lui avait fait confiance, sauf pour l'affaire des dix mille livres sterling qui avaient disparu (où pouvait bien être cet argent ?) ; malgré tout, elle ne pouvait pas être sûre de lui. Sans doute avait-il appris qu'elle avait quitté le domicile de Mme Rees, et dans son désir de la protéger peut-être irait-il jusqu'à la faire mettre sous tutelle. Que se passerait-il, alors ? Elle aurait encore moins de liberté qu'elle n'en avait eu jusqu'alors.

Un jour, elle irait voir M. Temple et elle lui expliquerait. Mais d'ici là, elle resterait chez les Garland et elle se cacherait.

Mais combien de temps pourrait-elle rester ici, sans argent ?

Aussi longtemps qu'elle le souhaitait, si elle travaillait pour payer sa pension.

Après avoir fait la vaisselle, elle s'installa pour rédiger une série de publicités destinées aux principaux journaux. Cette activité lui redonna un peu le moral, puis un client entra dans la boutique pour réserver une séance de pose, pour sa fiancée et lui. Sally réussit à lui vendre un stéréoscope. Bientôt, lui dit-elle, ils auraient la plus belle sélection de stéréogrammes de tout Londres. Le client repartit très impressionné.

Hélas, cela n'empêcha pas Sally de repenser au Cauchemar : la chaleur étouffante, les ténèbres, cette terreur horrible et familière... Et ces nouveaux éléments : les voix...

– Où est-il ?

– Ce n'est pas moi qui l'ai ! Par pitié, je vous en supplie. C'est un ami qui l'a...

– Ils arrivent ! Faites vite !

... des voix qu'elle comprenait, bien qu'elles ne s'expriment pas dans sa langue. C'était une

167

sensation étrange, comme de voir à travers un mur. Mais bien sûr ! C'était de l'hindoustani ! Son père et elle utilisaient cette langue comme langage secret quand elle était petite. Mais de quoi parlaient-elles ? Du Rubis ? Impossible à dire. Et le visage de son père, si jeune, si ardent. Et la voix, dont elle savait maintenant, après cette sinistre journée à Swaleness, que c'était celle du major Marchbanks...

Sally était envahie peu à peu par un frisson glacé qu'aucun feu ne pouvait combattre. Il s'était passé quelque chose durant ces quelques minutes, seize ans auparavant, qui, après tout ce temps, menaient tout droit à la traque, au danger et à la mort. À plusieurs morts peut-être. Et si elle voulait en savoir plus, elle allait devoir replonger dans le Cauchemar...

Elle frissonna et attendit le retour des autres.

Ce même jour, Jim Taylor prit un après-midi de congé, sans en demander l'autorisation. La combine était assez simple : il sortit tout simplement de l'immeuble avec un faux paquet sous le bras, comme s'il se rendait au bureau de poste, après avoir laissé derrière lui deux ou trois messages contradictoires concernant l'endroit où il se trouvait et qui l'avait envoyé là. Il avait déjà employé cette ruse, mais il ne voulait pas en abuser.

Un train qui partait de la gare de London Bridge le conduisit sur cette même portion de côte qu'avait suivie Sally pour se rendre à Swaleness. Jim voulait aller jeter un coup d'œil sur place et, surtout, il avait une idée en tête. Une idée tirée des magazines d'aventure qu'il lisait, mais une excellente idée. Elle nécessitait de la patience et une bonne dose de persuasion mais, au bout du compte, il sut qu'il avait eu raison. Dans le train qui le ramenait à Londres (il se montra plus prudent que Sally), il se demandait où tout cela pouvait conduire, mais il ne nourrissait aucun véritable doute. Ses chers magazines étaient sans équivoque sur ce sujet : l'Orient était toujours synonyme de danger.

Pour Sally, en particulier. Sally pour qui Jim avait conçu, depuis une semaine, un farouche attachement.

« Je vais garder tout ça pour moi pour l'instant, se disait-il. C'est plus prudent. J'aurai grandement le temps de tout lui avouer plus tard. »

De son côté, Mme Holland avait reçu des nouvelles. Un des agents qu'elle employait parfois, une crapule répondant au nom de Jonathan Berry, lui rendit visite à peu près au moment où le révérend Bedwell arrivait à Burton Street.

M. Berry était un colosse de presque deux mètres, avec une carrure en proportion ; il emplissait l'étroit vestibule de la Pension Holland et terrorisait Adélaïde. Il la souleva d'une seule main et la tint tout près de son oreille sale.

– Ma... ma... madame Holland est avec le gentleman, bredouilla-t-elle en se mettant à sangloter.

– Va me la chercher, grogna M. Berry. Y a pas de gentleman ici, sale petite menteuse !

Il la lâcha. Adélaïde détala comme une souris et le colosse éclata de rire : c'était un grondement sinistre, semblable à un éboulis souterrain.

Mme Holland était furieuse d'être dérangée. Plongé dans son délire, Bedwell parlait d'une personne nommée Ah Ling, dont le nom n'apparaissait jamais sans être accompagné d'un tremblement de peur. Une jonque avait fait son apparition dans l'histoire, ainsi qu'un couteau, des lumières sous l'eau, et un tas d'autres choses. Elle poussa un juron et chargea Adélaïde de prendre sa place et de tendre l'oreille. La fillette attendit que la vieille femme soit sortie, puis elle s'allongea à côté du marin qui transpirait et murmurait et laissa couler ses larmes en s'accrochant à la main indifférente de l'homme.

– Monsieur Berry, ça alors ! s'exclama Mme Holland, après avoir remis ses dents. Vous êtes sorti depuis longtemps ?

Elle faisait allusion à son séjour derrière les murs de la prison de Dartmoor.

– Depuis août, m'dame, répondit M. Berry très poliment.

Il avait même ôté sa casquette grasse qu'il tortillait nerveusement entre ses doigts, alors qu'il s'asseyait dans le petit fauteuil que lui avait désigné Mme Holland.

– Paraît que vous voulez savoir qui qu'a tué Henry Hopkins, dit-il.

– Ça se pourrait, monsieur Berry.

– Eh bien, j'ai entendu dire que Solomon Lieber…

– Le prêteur sur gages de Wormwood Street ?

– Lui-même. J'ai entendu dire qu'il avait reçu en gage une épingle de cravate en diamant, la sœur jumelle de celle que portait Hopkins.

Mme Holland se leva d'un bond.

– Vous êtes occupé, monsieur Berry ? Ça vous dirait de faire une petite promenade ?

– Rien me ferait plus plaisir, madame Holland.

– Adélaïde ! s'écria la vieille femme dans le vestibule. Je sors ! Ne laisse entrer personne !

– Une épingle à cravate en diamant, chère madame ? répéta le vieux prêteur sur gages. J'en ai une très jolie. C'est un cadeau pour votre ami, le gentleman ici présent ? demanda-t-il en coulant un regard à M. Berry.

En guise de réponse, M. Berry saisit l'écharpe en coton qui pendait autour du cou du vieil homme et le souleva par-dessus le comptoir, renversant au passage une étagère chargée de montres et un plateau de bagues.

– On veut pas en acheter une, on veut voir celle que tu as prise en gage hier.

– Certainement, monsieur ! Loin de moi l'idée de m'opposer à votre requête ! hoqueta le vieil homme, obligé de se retenir, timidement, à la veste de M. Berry pour ne pas être étranglé.

M. Berry le lâcha et il s'écroula sur le plancher.

– Je vous en supplie ! Ne me faites pas de mal ! Par pitié, monsieur ! Ne me frappez pas, je vous en supplie ! Ma vieille épouse…

Tremblant et bafouillant, il essayait de se relever en s'accrochant aux jambes de pantalon de M. Berry. Celui-ci le repoussa sans ménagement.

– Si tu appelles ton épouse, je lui arrache les deux jambes ! grogna-t-il. Trouve-nous cette épingle, et vite !

Le prêteur sur gages, les mains tremblantes, ouvrit un tiroir et en sortit une épingle à cravate.

– C'est celle-ci , m'dame ? demanda Berry en l'arrachant des mains du vieil homme.

Mme Holland l'examina de près.

– Oui, c'est bien celle-ci. Qui vous l'a apportée, monsieur Lieber ? Si vous avez oublié, M. Berry vous aidera à retrouver la mémoire.

M. Berry avança d'un pas et le vieil homme secoua vigoureusement la tête.

– Bien sûr que je m'en souviens ! Il s'appelle Ernie Blackett. C'est un jeune gars. De Seven Dials.

– Merci, monsieur Lieber, dit Mme Holland. Je vois que vous êtes un homme raisonnable. Mais faites attention à qui vous prêtez de l'argent. Ça ne vous ennuie pas si j'emporte l'épingle de cravate, hein ?

– Elle… je ne l'ai que depuis hier… je n'ai pas encore le droit de la vendre… c'est la loi, madame…

– Je ne l'achète pas, répondit-elle. Comme ça, il n'y a pas de problème, n'est-ce pas ? Bonne journée, monsieur Lieber.

Sur ce, elle sortit de la boutique et M. Berry, après avoir, d'un air absent, renversé plusieurs tiroirs sur le sol, brisé une demi-douzaine de parapluies et fait un croc-en-jambe à M. Lieber, la rejoignit dehors.

– Seven Dials, dit Mme Holland. Prenons l'omnibus. J'ai plus mes jambes de vingt ans.

– Lui non plus, répliqua M. Berry, fier de sa propre vivacité d'esprit.

173

Seven Dials était le dédale le plus surpeuplé et le plus mal famé que l'on pût trouver dans tout Londres, mais son infamie était différente de celle de Wapping. La proximité du fleuve conférait un parfum nautique aux crimes qui fleurissaient autour du quai du Pendu, alors que le quartier de Seven Dials était sordide et métropolitain. De plus, Mme Holland se trouvait hors de son territoire.

Heureusement, la présence massive de M. Berry comblait cet handicap. Grâce à son charme particulier, ils trouvèrent rapidement l'endroit qu'ils cherchaient, dans un logement où cohabitaient un Irlandais, son épouse, leurs huit enfants, un musicien aveugle, deux vendeuses de fleurs, un vendeur de ballades imprimées et de confessions de meurtriers, et un bossu. Ce fut l'épouse de l'Irlandais qui leur indiqua la pièce en question.

M. Berry enfonça la porte d'un coup de pied et, en entrant, ils découvrirent un jeune garçon trop gras qui dormait sur un lit pouilleux. Il remua, mais ne se réveilla pas.

M. Berry renifla l'air.

– Il est ivre, commenta-t-il. C'est dégoûtant.

– Réveillez-le, monsieur Berry, dit Mme Holland.

M. Berry saisit un des pieds du lit et le souleva.

Le dormeur, les couvertures, le matelas se retrouvèrent en tas sur le plancher.

– Qu'estcequis'passe ? demanda le jeune garçon, l'oreiller dans la bouche.

Pour toute réponse, M. Berry le souleva et l'envoya dinguer sur le seul meuble de la pièce, une commode branlante qui s'écroula sous le choc. Affalé au milieu des débris, le jeune garçon gémissait.

– Debout, ordonna M. Berry. Où sont tes bonnes manières ?

Le jeune garçon se releva péniblement en prenant appui sur le mur. La peur, ajoutée à ce qui devait être une sérieuse gueule de bois, donnait à son visage un ton verdâtre. Il regardait ses visiteurs d'un œil trouble.

– Z'êtes qui ? parvint-il à demander.

Mme Holland fit claquer sa langue.

– Que sais-tu sur Henry Hopkins ?

– Rien, répondit le jeune garçon. (M. Berry le frappa.) Assez ! Foutez-moi la paix !

Mme Holland sortit l'épingle de cravate.

– Et ça, alors ?

Les petits yeux du garçon se posèrent sur l'objet.

– Jamais vu ce truc d'ma vie, répondit-il et il tressaillit.

Mais M. Berry se contenta d'agiter son index.

– Réfléchis mieux que ça, dit-il. Tu nous déçois beaucoup.

Et cette fois, il le frappa. Le garçon tomba à genoux en pleurnichant.

– Ça y est, ça m'revient ! J'l'ai apportée à Solly Lieber et y m'a filé cinq livres. C'est tout, parole !

– D'où venait-elle ?

– J'l'ai trouvée !

Mme Holland poussa un soupir. Tout en secouant la tête d'un air dépité face à la perversité obstinée de la nature humaine, M. Berry le frappa de nouveau, et cette fois-ci, le jeune garçon perdit son calme. Il traversa la pièce comme un rat affolé et fourragea parmi les débris de la commode, jusqu'à ce qu'il trouve un pistolet.

Ses deux visiteurs restèrent muets.

– Si vous approchez encore, je... je tire !

– Vas-y, dit M. Berry.

– J'vais le faire ! J'vais le faire !

M. Berry s'avança et lui prit l'arme calmement, entre le pouce et l'index, comme on cueille une pomme. Le jeune garçon s'effondra.

– Je dois le frapper encore une fois, m'dame ?

– Non ! Non ! Me frappez plus ! supplia le jeune garçon d'une voix tremblante. J'vous dirai tout !

– Frappez-le quand même, dit Mme Holland, en prenant le pistolet.

176

Cette formalité accomplie, elle demanda :

– Qu'as-tu volé d'autre à Henry Hopkins ?

– L'épingle. Le flingue, dit-il en sanglotant. Quelques souverains. Une montre avec une chaîne et une flasque en argent.

– Quoi d'autre ?

– Rien, m'dame. Parole !

– Aucune feuille de papier ?

Le jeune garçon resta bouche bée.

– Ah, ah, fit la vieille femme. Allez-y, monsieur Berry. Faites-lui ce que vous voulez, mais laissez-lui sa voix.

– Non ! Non ! Pitié ! s'écria Ernie Blackett, en voyant M. Berry lever le poing. Tenez ! Prenez-les ! Allez-y !

Il fourra la main dans sa poche et jeta par terre trois ou quatre morceaux de papier, puis il se retourna en tremblant de tous ses membres. Mme Holland ramassa les feuilles et les parcourut, pendant que M. Berry attendait.

Enfin, elle releva la tête.

– C'est tout ? Rien d'autre ?

– Rien du tout, j'vous jure ! Parole d'honneur !

– Tu n'as pas d'honneur, répliqua Mme Holland d'un ton sévère. C'est ça, le problème. Venez, monsieur Berry. Nous allons emporter le pistolet, en souvenir de notre bon ami Henry Hopkins. Décédé.

Elle clopina vers la porte et attendit sur le palier malodorant, pendant que M. Berry s'adressait à leur hôte.

– J'aime pas voir un jeune de ton âge boire, lui dit-il d'un ton solennel. L'alcool, c'est le drame de la jeunesse. J'ai vu que tu étais ivre dès que je suis entré. Le moindre petit verre, c'est le premier pas sur le chemin de la folie, des hallucinations, du ramollissement du cerveau et de la déchéance morale. Ça brise le cœur de savoir combien de vies ont été détruites par la boisson. Ne touche pas à ça, c'est mon conseil. Arrête donc de boire, comme je l'ai fait. Tu seras un homme meilleur. Tiens… (Il fouilla dans une poche intérieure.) Je te laisse un tract très utile, ça t'aidera à t'améliorer. Ça s'appelle *La Lamentation de l'ivrogne*, par « Celui qui a vu la lumière sacrée ».

Il glissa le précieux document dans la main molle d'Ernie Blackett et rejoignit Mme Holland dans l'escalier.

– C'est ça, madame Holland ?

– C'est ça, monsieur Berry. Cette fille est plus maligne que je l'avais cru, la petite peste !

– Hein ?

– Non, rien. Rentrons à Wapping, monsieur Berry.

Il était heureux pour Ernie Blackett qu'il ait tout avoué et donné les feuilles à Mme Holland.

Car elle aurait demandé à M. Berry de le fouiller, et Ernie aurait rapidement rejoint Henry Hopkins dans ce recoin de l'au-delà réservé aux petits criminels, où ils auraient pu apprendre à mieux se connaître. De fait, il se sortait plutôt bien de cette transaction, avec seulement deux côtes cassées, un œil au beurre noir et un tract en faveur de la tempérance en guise de châtiment.

12
Substitution

Au moment même où Mme Holland et M. Berry montaient dans l'omnibus pour rentrer à Wapping, un fiacre atteignait le quai du Pendu. Frederick Garland demanda au cocher d'attendre et M. Bedwell alla frapper à la porte de la Pension Holland.

Frederick regarda à gauche et à droite. La petite rangée de maisons se dressait juste derrière Wapping High Street et elles paraissaient toutes si proches du fleuve qu'il aurait suffi d'une légère poussée pour les expédier dans l'eau. La Pension Holland était la plus sale, la plus étroite et la plus décrépite de toutes ces maisons.

– Pas de réponse ? demanda Frederick, alors que M. Bedwell frappait de nouveau à la porte.

– Elle fait la morte, je parie, répondit le vicaire. (Il essaya d'ouvrir la porte et constata qu'elle était verrouillée.) Que fait-on, maintenant ?

– On entre, déclara Frederick. On sait que votre frère est à l'intérieur.

En disant cela, il examinait le côté de la maison. Entre la Pension Holland et la construction voisine, il y avait un étroit passage d'environ cinquante centimètres de large qui se prolongeait jusqu'au fleuve, où l'on apercevait la forêt de mâts des bateaux. Au niveau du premier étage, une petite fenêtre donnait sur ce passage.

– Vous pensez pouvoir y arriver? demanda le révérend.

– Continuez de frapper à la porte. Faites du raffut pour détourner l'attention.

Frederick avait pratiqué l'escalade en Écosse et en Suisse et il lui suffit d'une minute pour monter jusqu'à l'ouverture, le dos plaqué contre un mur et les pieds appuyés sur celui d'en face. Ouvrir la fenêtre lui prit un peu plus de temps et s'y glisser encore un peu plus, mais finalement, il se retrouva sur l'étroit palier du premier étage et tendit l'oreille.

Le révérend continuait de frapper violemment à la porte, mais tout le reste de la maison était silencieux. Frederick descendit précipitamment pour déverrouiller la porte de l'intérieur.

– Bien joué! dit M. Bedwell en s'engouffrant dans la maison.

– Je n'ai entendu personne. Il va falloir fouiller toutes les pièces. Apparemment, Mme Holland est sortie.

Après avoir inspecté rapidement tout le rez-de-chaussée, ils fouillèrent le premier étage. Rien, là non plus. Ils s'apprêtaient à monter à l'étage du dessus quand quelqu'un frappa à la porte d'entrée.

Ils se regardèrent.

– Attendez-moi ici, dit le révérend.

Il redescendit rapidement. Plaqué contre le mur, Frederick tendit l'oreille.

– Dites, vous allez me faire attendre encore longtemps ? demanda le cocher du fiacre. Dans ce cas, faut me donner un acompte, si ça vous ennuie pas. Je suis pas trop rassuré dans ce quartier !

– Tenez, lui dit Bedwell. Prenez ça et allez nous attendre de l'autre côté du pont tournant qu'on a franchi tout à l'heure. Si on n'est pas revenus dans une demi-heure, vous pourrez partir.

Il referma la porte et remonta en courant. Frederick l'arrêta d'un geste.

– Écoutez…, chuchota-t-il en tendant le doigt. Dans cette pièce.

Ils avancèrent sur la pointe des pieds, en essayant de ne pas faire grincer les lattes du plancher. Une voix d'homme murmurait des paroles indistinctes derrière une des portes, et une voix d'enfant répétait des « chut… chut… » apaisants. Ils écoutèrent un instant.

Finalement, Bedwell adressa un signe de tête à Frederick et celui-ci ouvrit la porte.

L'odeur de transpiration et de fumée refroidie leur fit plisser le nez. Une fillette – ou plutôt, deux grands yeux écarquillés entourés de crasse – les regardait d'un air terrorisé. Sur le lit gisait le sosie du vicaire.

Celui-ci se précipita et se laissa tomber à genoux pour secouer son frère par les épaules. La fillette recula sans rien dire, tandis que Frederick s'émerveillait de l'extraordinaire ressemblance entre les deux hommes. C'était plus que de la ressemblance, c'était une parfaite similitude.

Nicholas essayait de soulever son frère, mais celui-ci secouait la tête et le repoussait.

– Matthew! Matthew! disait le pasteur. C'est moi, Nicky! Réveille-toi, vieux! Ouvre les yeux et regarde-moi! Regarde qui est là!

Mais Matthew était dans un autre monde. Nicholas le laissa retomber sur le matelas et releva la tête, une expression amère sur le visage.

– C'est sans espoir, dit-il. Il va falloir le porter.

– Tu es Adélaïde? demanda Frederick à la fillette.

Elle hocha la tête.

– Où est Mme Holland?

– Je sais pas, murmura-t-elle.

– Elle est dans la maison?

Adélaïde secoua la tête.

– C'est déjà ça. Écoute-moi bien, Adélaïde. Nous allons emmener M. Bedwell…

La fillette s'accrocha aussitôt à Matthew ; ses petits bras se refermèrent autour du cou de l'homme inconscient.

– Non ! s'écria-t-elle. Elle va me tuer !

En entendant la voix d'Adélaïde, Matthew Bedwell se réveilla. Il se redressa sur le lit et passa son bras autour d'elle. C'est alors qu'il aperçut son frère et se figea, en demeurant bouche bée.

– Ne t'en fais pas, mon vieux, lui dit Nicholas. Je suis venu te chercher pour te ramener à la maison…

Les yeux du marin glissèrent vers Frederick, tandis qu'Adélaïde le serrait encore plus fort, en lui murmurant :

– Ne partez pas, je vous en supplie… Elle va me tuer si vous êtes plus là…

– Adélaïde, nous devons emmener M. Bedwell, dit Frederick d'un ton doux. Il ne va pas bien ; il ne peut pas rester ici. Mme Holland le retient illégalement…

– Elle m'a dit de laisser entrer personne ! Elle va me tuer !

La fillette était visiblement folle de terreur. Matthew Bedwell lui caressait les cheveux ; il essayait visiblement de comprendre ce qui se passait.

Soudain, le pasteur leva la main pour réclamer le silence.

Des bruits de pas et des voix leur parvinrent d'en bas, puis une vieille voix fêlée lança :

– Adélaïde !

La fillette laissa échapper un gémissement et recula vers le mur. Frederick lui prit le bras et demanda d'une voix douce :

– Y a-t-il un autre escalier ?

Elle hocha la tête. Frederick se tourna vers Nicholas Bedwell et vit que le pasteur s'était déjà relevé.

– Je vais me faire passer pour lui, déclara-t-il. Je vais l'occuper pendant que vous emmenez mon frère par derrière. Ne t'inquiète pas, petite, dit-il à Adélaïde. Elle ne verra pas la différence.

– Mais elle est…

Adélaïde voulut ajouter quelque chose au sujet de M. Berry, mais la vieille femme cria de nouveau et la fillette se réfugia dans le silence.

Le pasteur sortit rapidement de la chambre. Ils l'entendirent courir sur le palier, puis dévaler l'escalier. Frederick tira Matthew Bedwell par le bras. Le marin se leva en tremblant sur ses jambes faibles.

– Venez, dit Frederick. On va vous faire sortir d'ici. Mais vous devez presser le pas et ne pas faire de bruit.

Le marin acquiesça.

– Viens, Adélaïde, marmonna-t-il. Montre-nous le chemin, ma petite.

– J'ose pas, murmura-t-elle.

– Il le faut, dit Bedwell. Sinon, je vais me fâcher. Allez, en avant !

Elle se redressa et sortit de la chambre en courant. Bedwell la suivit, attrapant au passage un sac en toile, et Frederick les suivit. Il s'arrêta pour tendre l'oreille une fois de plus. Il entendit la voix du pasteur et le croassement de Mme Holland. Pourquoi avaient-ils tous peur d'elle à ce point ?

Adélaïde les précéda dans un escalier encore plus étroit et sale que l'autre. Ils s'arrêtèrent dans le couloir du rez-de-chaussée. La voix du révérend, indistincte et rugueuse, résonnait quelque part près de la porte d'entrée, et Frederick glissa à l'oreille de la fillette :

– Montre-nous l'autre sortie.

Tremblant comme une feuille, elle ouvrit la porte de la cuisine. Et ils se retrouvèrent nez à nez avec M. Berry.

Celui-ci s'apprêtait à poser une bouilloire sur le feu. Il leva la tête et les dévisagea ; un léger froncement de sourcils creusa avec difficulté son front accidenté.

Frederick réfléchit à toute vitesse.

– Salut, dit-il gaiement avec un petit signe du menton. C'est par où le jardin, l'ami ?

– Par là, répondit le colosse en penchant la tête.

Frederick donna un coup de coude à Bedwell, qui se mit en marche avec lui, et il prit Adélaïde par la main. La fillette le suivit à contrecœur. L'air hébété, M. Berry les regarda traverser la cuisine et sortir de l'autre côté, et il s'assit pour allumer une pipe.

Ils se retrouvèrent dans un petit jardin sans lumière. Adélaïde s'accrochait à la main de Frederick et il constata qu'elle tremblait violemment. Elle était devenue blême.

– Qu'y a-t-il ?

Elle ne pouvait même pas parler. Elle était terrorisée. Frederick regarda autour de lui. Sur un côté, il y avait un mur de briques d'environ deux mètres de haut, avec ce qui ressemblait à une ruelle derrière.

– Bedwell, dit-il, escaladez ce mur et récupérez la fille. Adélaïde, tu vas venir avec nous. Tu ne peux pas continuer à vivre ici, dans la terreur.

Pendant que Bedwell gravissait le mur, Frederick remarqua que la frayeur de la fillette semblait focalisée sur un carré de terre nue, au pied du mur. Il la souleva par la taille et la tendit à Bedwell juché sur le mur, avant de le franchir à son tour.

188

Le marin avançait d'un pas chancelant ; il semblait mal en point. Frederick jeta un coup d'œil par-dessus son épaule ; il était inquiet au sujet du révérend, il redoutait ce qui arriverait quand Mme Holland découvrirait le subterfuge. Mais, dans l'immédiat, il devait s'occuper d'un homme malade et d'une enfant terrorisée ; sans compter qu'ils risquaient d'être pris en chasse à tout moment.

– Venez, dit-il. Un fiacre nous attend de l'autre côté du pont. Dépêchons-nous...

Il les entraîna dans la ruelle, vers la liberté.

Occupée à rédiger le texte d'une publicité, Sally leva la tête avec étonnement lorsque Frederick entra dans la boutique d'un pas chancelant, car il était obligé de soutenir Bedwell, qui avait perdu connaissance en chemin. Elle ne remarqua pas immédiatement la fillette qui les accompagnait.

– Monsieur Bedwell ! s'exclama-t-elle. Que s'est-il passé ? À moins qu'il s'agisse...

– C'est son frère, Sally. Écoute... Il faut que j'y retourne immédiatement. L'autre moitié de la famille est restée là-bas pour tenter un coup de bluff, mais il y a un gros malabar dans la maison, et j'ai dû prendre le fiacre pour ramener ces deux-là... Oh, au fait, je te présente Adélaïde. Elle va vivre avec nous.

Il allongea le marin sur le sol et repartit en courant. Le fiacre l'emporta aussitôt.

Il revint beaucoup plus tard, accompagné du révérend Nicholas, qui arborait un magnifique œil au beurre noir.

– Ah, quelle bagarre ! s'exclama Frederick. Tu aurais dû voir ça, Sally ! Je suis arrivé juste à temps...

– C'est juste, confirma le pasteur. Mais comment va Matthew ?

– Il est couché, il dort. Mais...

– Adélaïde va bien ? s'enquit Frederick. Je ne pouvais pas la laisser là-bas. Elle était terrorisée.

– Elle est avec Trembleur. Votre œil, monsieur Bedwell ! Il est tout violet. Venez donc vous asseoir. Laissez-moi regarder ça. Que vous est-il arrivé, nom d'une pipe ?

Ils se rendirent tous les trois dans la cuisine, où Adélaïde et Trembleur étaient en train de boire du thé. Trembleur en versa une tasse aux deux hommes, pendant que le vicaire faisait le récit des événements.

– J'ai occupé Mme Holland pendant que les autres s'enfuyaient. Ensuite, je l'ai laissée me remettre au lit ; je faisais semblant d'avoir des pensées incohérentes. Lorsqu'elle est partie à la recherche d'Adélaïde, je me suis levé et j'ai essayé de m'échapper, et c'est à ce moment-là qu'elle a lâché le colosse sur moi.

– Un vrai monstre, commenta Frederick. Mais vous l'avez tenu en respect. J'ai entendu le chahut de la rue, et je suis entré dans la maison en enfonçant la porte d'un coup de pied. Quelle bagarre !

– Il était fort, mais c'est tout. Aucune vitesse, aucune science du combat. Dans la rue, ou sur un ring, je lui aurais donné une correction, mais il n'y avait pas assez de place à l'intérieur ; s'il avait réussi à m'acculer dans un coin, je n'en serais pas ressorti vivant.

– Et Mme Holland ? demanda Sally.

Les deux hommes se regardèrent.

– Elle avait une arme à feu, dit Frederick.

– Garland a assommé le malabar avec un bout de bois provenant de la rampe d'escalier brisée, et il s'est écroulé comme un bœuf. C'est alors que Mme Holland a sorti son pistolet. Elle m'aurait tiré dessus si vous ne l'aviez pas désarmée avec votre bâton, ajouta le révérend en s'adressant à Frederick.

– Un petit pistolet à crosse de nacre, précisa celui-ci. Mme Holland a-t-elle toujours un pistolet sur elle ? demanda-t-il à Adélaïde.

– Je sais pas, murmura la fillette.

– En tout cas, elle a dit… (Frederick s'interrompit en faisant une grimace, mais il poursuivit

malgré tout, s'adressant à Sally) elle a dit qu'elle
te retrouverait, où que tu sois, et qu'elle te tuerait.
Elle m'a chargé de te le dire. J'ignore si elle sait
où tu es ou si elle bluffe. En tout cas, elle ne sait
pas qui je suis, ni où je vis, c'est impossible. Tu es
en sécurité ici, et Adélaïde aussi. Elle ne vous
retrouvera jamais, ni l'une ni l'autre.

– Si, répondit Adélaïde dans un souffle.

– Comment qu'elle ferait, hein ? dit Trembleur.
Ici, ma petite, tu es aussi protégée qu'un lingot à
la Banque d'Angleterre. Je vais te dire une bonne
chose : moi aussi je suis en fuite, exactement
comme Miss Sally et toi, et on m'a jamais
retrouvé. Tant que tu restes ici avec nous, t'as rien
à craindre.

– Vous êtes Miss Lockhart ? demanda Adélaïde.

– En effet, répondit Sally.

– Elle me retrouvera, murmura Adélaïde.
Même si j'allais au fond de la mer, elle me retrouverait et elle me ramènerait à la surface. J'en suis
sûre !

– On ne la laissera pas faire, déclara Sally.

– Elle vous poursuit, vous aussi, hein ? Elle a dit
qu'elle allait vous tuer. Elle a envoyé Henry Hopkins pour faire croire à un accident, mais il s'est
fait tuer.

– Henry Hopkins ?

– Elle lui a demandé de vous voler un morceau de papier. Et il devait causer un accident pour vous éliminer.

– Voilà comment elle a eu ce pistolet, soupira Sally. Mon pistolet…

– C'est pas grave, assura Trembleur de manière peu convaincante. Elle vous trouvera jamais ici, miss.

– Si, répéta Adélaïde. Elle sait tout ! Elle connaît tout le monde. Elle a un couteau dans son sac, et elle a découpé en morceaux la petite fille qui était là avant moi. Elle me l'a montré ! Tout ce qui se passe, elle le sait. Elle connaît toutes les rues de Londres, tous les bateaux sur les quais. Et maintenant que je me suis enfuie, elle va aiguiser son couteau. Elle me l'a dit. Elle a une pierre exprès pour ça, et une boîte pour me mettre dedans après, et aussi un endroit dans le jardin pour m'enterrer. Elle m'a montré où elle me mettrait après m'avoir découpée. La petite fille d'avant, elle est enterrée dans le jardin. Je déteste y aller.

Les autres restaient muets. La petite voix fluette d'Adélaïde, semblable à un papillon de nuit, se tut et la fillette resta immobile, le dos voûté, les yeux fixés sur le sol. Trembleur lui prit la main par-dessus la table.

– Allons, allons. Tiens, mange ton petit pain… Voilà, c'est bien.

Adélaïde grignota en silence pendant une minute.

– Je vais monter voir mon frère, déclara Bedwell, si vous le permettez.

Sally se leva d'un bond.

– Je vais vous montrer sa chambre.

Elle le conduisit à l'étage.

– Il dort à poings fermés, déclara-t-il en redescendant quelques instants plus tard. Je l'ai déjà vu dans cet état ; il va sans doute dormir pendant vingt-quatre heures d'affilée.

– Nous vous l'enverrons dès qu'il sera réveillé, dit Frederick. Au moins, vous savez où il est. Voulez-vous passer la nuit ici ? Parfait. Ma parole, je meurs de faim ! Trembleur, si tu nous servais des harengs fumés ? Adélaïde, tu vas vivre avec nous, désormais. Tu peux te rendre utile en trouvant quelques verres, des assiettes et ainsi de suite. Sally, il faudra lui trouver quelque chose à se mettre. Il y a une boutique de vêtements d'occasion au coin de la rue ; Trembleur te montrera.

Le week-end se déroula sans incident. Remise de sa surprise initiale en découvrant la maison pleine de nouveaux occupants, Rosa se prit aussitôt d'affection pour la petite Adélaïde, et elle semblait savoir un tas de choses que Sally ignorait : par exemple, comment obliger Adélaïde à se laver, à quelle heure elle devait se coucher, comment se couper les cheveux et choisir des vêtements. Sally avait envie de participer, elle débordait d'impulsions de tendresse, mais elle ne savait pas comment les exprimer, alors que Rosa n'hésitait pas à serrer la fillette dans ses bras et à l'embrasser quand l'envie la prenait, ou à lui ébouriffer les cheveux et à lui parler du théâtre. De son côté, Trembleur lui racontait des blagues et lui apprenait à jouer aux cartes.

Résultat, alors qu'Adélaïde devenait de plus en plus confiante avec Rosa et Trembleur, elle demeurait mal à l'aise avec Sally, et quand elles se retrouvaient seules toutes les deux, elle ne lui parlait pas. Sally en aurait été meurtrie si Rosa l'avait exclue, mais celle-ci prenait soin de la faire participer à toutes leurs conversations et de la consulter au sujet de l'avenir d'Adélaïde.

– Figure-toi qu'elle ne sait rien de rien ! lui dit-elle le dimanche soir. Elle ne connaît pas les noms des quartiers de Londres, à part Wapping et Shadwell. Et elle ne connaissait même pas le nom de la Reine ! Pourquoi tu ne lui apprendrais pas à lire et à écrire, Sally ?

– Oh, je ne pense pas que je pourrais...

– Bien sûr que si ! Tu serais parfaite dans ce rôle.

– Elle a peur de moi.

– Elle s'inquiète pour toi, à cause des menaces de Mme Holland. Et aussi à cause de son marin. Elle est montée le voir une dizaine de fois. Elle s'assoit à côté du lit, elle lui tient la main et puis elle repart...

Matthew Bedwell ne s'était réveillé que le dimanche matin, et c'était Adélaïde qui l'avait tiré des bras de Morphée. Mais il était totalement désorienté, il n'arrivait pas à savoir où il était ni ce qui s'était passé. Sally monta le voir après qu'il eut bu un peu de thé, mais il ne lui parla pas. À part pour dire « Je ne sais pas », « Je ne me souviens plus » ou « J'ai perdu la mémoire » et, en dépit des efforts de Sally pour réveiller ses souvenirs en lui répétant le nom de son père, celui de la société, du bateau, de l'agent de la compagnie, M. Van Eeden, Matthew demeura muet. Seule l'expression « les Sept Bénédictions » provoqua en lui une réaction, et celle-ci n'avait rien d'encourageant : le peu de couleur qui restait sur son visage s'effaça aussitôt, il se mit à transpirer et à trembler. Frederick conseilla alors à Sally de ne pas insister davantage, au moins pendant un jour ou deux.

Le samedi après-midi, elle alla retrouver Jim à leur point de rendez-vous et elle lui expliqua où elle vivait désormais, et pourquoi. Quand elle lui raconta l'évasion de Bedwell et d'Adélaïde, il faillit pleurer de frustration tant il regrettait d'avoir manqué ça. Il promit à Sally de venir la voir dès que possible, pour vérifier que ses nouveaux amis étaient dignes de confiance.

– On ne sait jamais à qui on peut se fier, lui dit-il.

Il semblait sur le point d'ajouter autre chose. Deux ou trois fois, il commença une phrase, mais il s'interrompit, en secouant la tête et en disant que ça pouvait attendre. À tel point que Sally finit par lui demander :

– Qu'y a-t-il, Jim ? As-tu appris quelque chose ? Parle-moi, pour l'amour du ciel !

Mais il ne voulait rien dire de plus.

– Ça peut attendre, dit-il.

Ce fut également ce week-end-là que furent pris les premiers stéréogrammes artistiques et dramatiques. C'était beaucoup plus facile que Sally ne l'avait imaginé. Un appareil photo stéréo ressemblait à un appareil ordinaire, si ce n'est qu'il possédait deux objectifs, avec le même écartement que les yeux d'une personne, et chacun prenait une image différente. Quand les deux images étaient imprimées côte à côte et vues à travers un stéréoscope, un simple instrument muni de deux lentilles orientées selon un angle précis afin de mélanger les deux images en une seule, le spectateur découvrait une image en trois dimensions. L'effet produit était quasiment magique.

Frederick commença par des images comiques, faites pour être regardées séparément. Sur l'une d'elles, intitulée *Horrible découverte dans la cuisine*, Rosa s'évanouissait, tandis que son mari, interprété par Trembleur, regardait d'un air effaré ce que Sally, la cuisinière, lui montrait : un placard d'où sortait une douzaine de gros insectes noirs, de la taille d'une oie. Adélaïde avait découpé les insectes dans du carton et les avait ensuite peints en noir.

Trembleur voulait une photo d'Adélaïde ; ils le mirent donc sur son trente et un, installèrent la fillette sur ses genoux et prirent une photo pour illustrer une chanson sentimentale.

– Très joli, commenta Frederick.

Voilà comment se passa leur week-end.

Quelque part, dans un autre quartier de Londres, l'existence n'était pas aussi paisible.

M. Berry passait un sale quart d'heure. Mme Holland l'obligea à nettoyer les dégâts causés par la bagarre dans le couloir et à réparer la rampe d'escalier, et lorsqu'il osa se plaindre, elle lui cracha ses quatre vérités au visage.

– Un grand costaud comme vous ! Se laisser dominer par un petit freluquet ! À moitié imbibé d'opium, par-dessus le marché ! Ma parole, je ne voudrais pas vous voir affronter une créature féroce, comme un cafard !

– Oh, arrêtez, madame Holland, gémit le colosse, tout en clouant une planche en travers de la porte brisée. Ce type, ça devait être un professionnel. Y a pas de honte à être vaincu scientifiquement. Je parie qu'il s'est battu avec les meilleurs !

– Et avec le plus mauvais aussi ! Même la petite Adélaïde aurait mieux résisté ! Oh, monsieur Berry, vous avez beaucoup à vous faire pardonner. Dépêchez-vous de finir de réparer cette porte. Il y a un gros tas de patates à éplucher.

M. Berry marmonna dans sa barbe. Il n'avait pas osé avouer à Mme Holland ce qui s'était passé dans la cuisine. Pour elle, Adélaïde avait tout simplement disparu, mais l'apparition soudaine du jeune photographe rencontré à Swaleness avait ranimé en elle le souvenir de Sally. Ainsi, elle s'intéressait à Bedwell également ? Et puis, il y avait ce que Mme Holland prenait pour une ruse de la part de Sally : elle avait échangé les informations concernant l'emplacement du Rubis contre un tissu d'incohérences. Sally avait certainement mis la main sur le Rubis à l'heure qu'il est. Eh bien, elle la retrouverait. Et là où était Sally, il y aurait également le photographe, et Bedwell, et une fortune.

Sa colère enflait, tout comme les tâches qu'elle imposait à M. Berry. Celui-ci passa un week-end fort déplaisant.

Mais l'homme le plus angoissé de tout Londres, ce week-end-là, était peut-être Samuel Selby. Ayant dû se débarrasser de cinquante livres sterling, avec pour seule récompense la promesse de Mme Holland qu'elle reviendrait bientôt pour traiter de nouveau avec lui, il se sentait mortifié. C'est pourquoi il houspilla son épouse et sa fille, aboya après les domestiques, donna un coup de pied au chat et s'isola le samedi soir dans la salle de billard de Laburnum Lodge, sa maison du Dalston. Là, il enfila une veste d'intérieur en velours pourpre, se servit un grand verre de brandy et tapa dans quelques billes, tout en réfléchissant au moyen de réduire le maître chanteur au silence.

Mais il avait beau se creuser la tête, il n'arrivait pas à comprendre comment cette femme était entrée en possession de ces informations. Et il n'arrivait pas à deviner ce qu'elle savait au juste. La disparition du *Lavinia* et l'escroquerie à l'assurance, c'était déjà assez grave ; mais elle n'avait pas parlé de l'autre affaire, celle qui était au centre de tout, celle que Lockhart était sur le point de découvrir.

Serait-ce parce qu'elle n'était pas au courant ?

Cinquante livres, c'était une somme dérisoire, finalement, comparée aux montants qui étaient en jeu...

Ou bien réservait-elle cela pour une prochaine visite ?

Son informateur gardait-il le secret, pour une raison personnelle ?

Que le diable les emporte !

Il visa une bille blanche, mais manqua son coup et déchira le tapis. Il cassa la queue de billard en deux sur son genou, sauvagement, et jeta les morceaux sur un fauteuil.

La fille... La fille de Lockhart. Avait-elle quelque chose à voir dans cette histoire ?

Impossible à dire.

Le garçon de courses ? Le concierge ? Non, c'était absurde. La seule personne de la compagnie à être au courant était Higgs, et Higgs...

Higgs était mort. Pendant que la fille Lockhart lui parlait. Mort de peur, d'après le premier clerc, qui avait espionné les commentaires du médecin. Elle avait dû dire une chose qui avait terrassé Higgs, une chose qu'elle tenait de son père. Et Higgs, au lieu de s'en sortir par le bluff, avait choisi de mourir.

M. Selby renifla avec mépris. C'était une spéculation intéressante, néanmoins, et peut-être qu'après tout, Mme Holland n'était pas sa principale ennemie.

Peut-être serait-il plus avisé de l'enrôler dans son camp que de la combattre. Aussi repoussante soit-elle, elle possédait une certaine élégance, et M. Selby savait reconnaître une personne coriace.

Oui ! Plus il y pensait, plus cette idée lui plaisait. Il se frotta les mains et arracha avec ses dents l'extrémité d'un havane. Il enfila ensuite un bonnet orné de glands pour protéger ses cheveux de la fumée du cigare, avant de l'allumer, et il s'installa pour rédiger une lettre destinée à Mme Holland.

Pour une personne au moins, le week-end se déroula conformément aux plans de la Compagnie de navigation à vapeur péninsulaire et orientale (rien que ça). Il s'agissait d'un passager embarqué à bord du *Drummond Castle*, venant de Hankow. La traversée avait été mouvementée dans la baie de Biscaye, mais ce passager n'en avait pas souffert. Il semblait indifférent à la plupart des désagréments du voyage, et alors que le vapeur remontait la Manche à une vitesse de dix nœuds, on pouvait le trouver sur le pont supérieur, à l'endroit qu'il avait fait sien depuis Singapour, en train de lire les œuvres de Thomas De Quincey.

Le vent froid et le crachin ne le gênaient nullement. À vrai dire, à mesure que l'air devenait plus mordant et le ciel plus gris, son humeur semblait s'améliorer. Il mangeait et buvait avec davantage d'entrain, alors que le bateau était de plus en plus ballotté par la houle, et il tirait sans discontinuer sur de petits cigares noirs malodorants. Le dimanche soir, le vapeur doubla la pointe de North Foreland et entama la dernière partie de son voyage en pénétrant dans l'estuaire de la Tamise. Le bateau avançait lentement dans ces eaux encombrées et, alors que le jour déclinait, le passager vint s'accouder au bastingage pour observer avec attention les lumières des côtes du Kent, douces et chaleureuses, l'écume mousseuse et spectrale projetée par la proue du bateau, et la myriade de lumières clignotantes des bouées et des phares qui guidaient les voyageurs innocents, tels que lui, à travers les bancs de sable et les dangers de la mer.

Frappé par cette pensée, le passager éclata de rire.

13
Les lumières sous l'eau

Les bureaux de la compagnie Lockhart & Selby avaient été envahis par les décorateurs. Des seaux de chaux et de détrempe encombraient le hall, des pinceaux et des échelles obstruaient les couloirs. Peu de temps avant la fermeture, le lundi soir, le concierge sonna Jim.

– C'est pourquoi ? demanda Jim, qui aperçut au même instant un jeune messager debout à côté de la cheminée.

Jim observa le garçon d'un œil soupçonneux, en s'attardant sur sa petite toque posée au sommet de son crâne.

– Une lettre pour M. Selby, dit le concierge. Apporte-la-lui, et essaie de prendre un air intelligent.

– Qu'est-ce qu'il attend, lui ? demanda Jim en montrant le messager. Il attend son maître avec l'orgue de barbarie, c'est ça ?

– Ça ne te regarde pas ! répliqua le messager.

205

– Parfaitement ! dit le concierge. C'est un garçon intelligent, lui. Il ira loin.

– Alors, peut-être qu'il devrait partir dès maintenant.

– Il attend une réponse.

Le messager sourit d'un air suffisant et Jim repartit en serrant les dents.

– Il veut une réponse, monsieur Selby, dit-il dans le bureau. Il attend en bas.

M. Selby déchira l'enveloppe. Ses joues étaient empourprées et ses yeux injectés de sang ; Jim l'observait avec intérêt et se demandait si son patron n'allait pas mourir d'apoplexie. C'est ainsi qu'il assista à un étrange phénomène. L'apparence de M. Selby subit une soudaine altération, semblable à un changement de marée : le teint rougeaud reflua d'un seul coup, laissant derrière lui une étendue grisâtre bordée de moustaches rousses. Il s'assit lourdement dans son fauteuil.

– Qui attend en bas ? demanda-t-il d'une voix enrouée. L'auteur de cette lettre ?

– Un messager, monsieur Selby.

– Oh. Cours donc à cette fenêtre et jette un coup d'œil dehors.

Jim s'exécuta. La rue était sombre ; les lumières des fenêtres du bureau et les lanternes des fiacres et des omnibus projetaient des halos chaleureux dans la nuit.

– Est-ce que tu aperçois un individu rasé de près, plutôt trapu, avec des cheveux blonds et une peau tannée par le soleil ?

– Y a des centaines de personnes dehors, monsieur Selby. Comment qu'il est habillé ?

– Comment diable veux-tu que je le sache, mon garçon ! Vois-tu un homme immobile, qui semble attendre ?

– Non, personne.

– Hmmm. Dans ce cas, je ferais aussi bien d'écrire une réponse.

Il griffonna en hâte quelques mots sur une feuille qu'il glissa ensuite dans une enveloppe.

– Tiens, tu lui remettras ça.

– Vous n'écrivez pas l'adresse, monsieur Selby ?

– Pourquoi faire ? Ce garçon sait bien où il doit aller.

– Au cas où il tomberait raide mort dans la rue. C'est un garçon qui ne m'a pas l'air très bien portant. J'serais pas étonné qu'il casse sa pipe avant la fin de la semaine…

– Allez, ouste, fiche-moi le camp !

Ainsi empêché de connaître le nom de l'homme qui plongeait M. Selby dans une telle angoisse, Jim essaya une autre tactique avec le messager.

– Je me disais que ça t'intéressait peut-être, lui dit-il d'un ton mielleux. Si ça te plaît, tu peux le prendre.

Il lui tendit un vieil exemplaire d'un de ses magazines d'aventure, tout corné. Le messager y jeta un regard indifférent, le prit sans un mot et le glissa sous sa veste.

– Où est la réponse que j'attends ? demanda-t-il.

– Oh, oui, quel idiot je fais ! Tiens, la voilà. Seulement, M. Selby a oublié de noter le nom du monsieur sur l'enveloppe. Je peux le faire à ta place si tu me dis comment il s'appelle, proposa Jim en trempant une plume dans l'encrier du concierge.

– Va te faire voir, répondit le messager. Donne-moi cette lettre. Je sais très bien où je dois la porter.

– Évidemment, dit Jim en lui remettant l'enveloppe. Je trouvais simplement que ce serait plus professionnel.

– Mon cul ! répliqua le messager, et il s'éloigna de la cheminée.

Jim lui tint la porte de la loge ouverte. Tout à coup, il se pencha, comme pour écarter un objet qui se serait trouvé dans le passage, pendant que le concierge complimentait le messager pour son bel uniforme.

– Savoir porter le vêtement est un art, comme je le dis toujours, répondit le visiteur. Si vous savez rester élégant, vous ferez votre chemin.

– Y a du vrai là-dedans, pour sûr, dit le concierge. Tu entends ça, Jim ? Voilà un jeune garçon qui a la tête sur les épaules.

– Oui, monsieur Buxton, répondit Jim, très respectueusement. Je saurai m'en souvenir. Viens, je te raccompagne à la sortie.

Avec une tape amicale dans le dos du messager, Jim ouvrit la porte et le poussa dans la rue. Le garçon s'éloigna à grands pas, mais à peine avait-il parcouru cinq mètres que Jim le rappela :

– Hé ! T'oublies pas quelque chose ?

– Quoi donc ? demanda le jeune garçon en se retournant.

– Ça !

Avec son élastique, Jim lui décocha une grosse boulette imbibée d'encre. Elle atteignit le messager entre les deux yeux, et déversa son contenu sur son nez, ses joues et son front. Il poussa des hurlements de rage. Campé sur le pas de la porte, Jim secouait la tête.

– Tsst, tsst, fit-il. Tu ne devrais pas employer un tel langage. Que dirait ta mère si elle t'entendait ? Arrête ou je vais rougir.

Le messager serra les dents et les poings, mais en voyant le regard pétillant et le corps tendu de Jim, visiblement prêt à en découdre, il se fit cette prudente réflexion que la vengeance serait indigne de lui, pivota sur ses talons et repartit sans un mot. Jim éprouva une intense satisfaction en regardant disparaître dans la foule la jolie petite veste bordeaux, décorée dans le dos d'une empreinte de main à la chaux, toute fraîche et collante…

– L'Hôtel Warwick, dit Jim à Sally deux heures plus tard. C'était marqué sur sa toque, à cet idiot. Et sur tous ses boutons dorés. Ah, je paierais cher pour voir ce qui va se passer quand il va revenir à l'hôtel avec de l'encre et de la chaux partout ! Au fait, Adélaïde, ajouta-t-il, j'suis allé à Wapping.

– Tu as vu Mme Holland ? demanda la fillette.

– Juste une fois. Il y a un grand type costaud chez elle ; c'est lui qui se tape toutes les corvées à ta place. Hé ! Il est chouette, celui-là !

Ils se trouvaient dans la cuisine de Burton Street et Jim regardait les stéréogrammes fraîchement tirés.

– Lequel ? demanda Sally, curieuse de savoir lequel des clichés était le plus apprécié.

– Celui avec ces gros insectes. C'est marrant. Vous devriez photographier des scènes de meurtres aussi. Genre Sweeney Todd, ou La Grange rouge.

– On le fera, répondit Sally.

– Ou alors Jack l'Homme-Ressort en train de voler dans les airs.

– Qui ça ? demanda Frederick.

– Tiens, dit Jim en lui tendant un exemplaire de *Boys of England*.

Frederick posa les pieds sur le seau à charbon et se renversa confortablement sur sa chaise pour lire.

– Et votre gars, là-haut ? reprit Jim. Comment il va ?

– Il parle à peine, répondit Sally.

– Qu'est-ce qu'il a ? Il a peur ou quoi ? Pourtant, on pourrait croire qu'il est à l'abri ici.

– Peut-être a-t-il besoin de se remettre des effets de l'opium. Ou peut-être qu'il faudrait lui en redonner, dit Sally.

Elle n'oubliait pas la petite boule de résine marron rangée dans le placard de la cuisine. Car son Cauchemar y était emprisonné comme un mauvais génie dans une lampe, et il suffisait d'approcher la flamme d'une allumette pour le libérer.

– À ton avis, que voulait l'homme de l'Hôtel Warwick ? demanda-t-elle pour changer de sujet.

– Le vieux Selby est très nerveux ces temps-ci. J'ai cru qu'il allait passer l'arme à gauche quand il a lu la lettre. Il a roulé ses complices et les autres, ils ont pigé le coup, c'est pas plus compliqué que ça.

– Mais comment ? demanda Sally. Frederick, de quelle manière des agents maritimes peuvent-ils enfreindre la loi ? Quels crimes peuvent-ils commettre ?

– La contrebande, répondit-il. Qu'en penses-tu, Jim ?

– Possible. Ou les escroqueries. Ils coulent des bateaux et ils se font rembourser par l'assurance.

– Non, non, dit Sally. La compagnie ne possédait que ce bateau. Ce ne sont pas des armateurs, mais des agents maritimes. De plus, ce genre de combine, c'est trop facile à repérer, non ?

– Ça arrive tout le temps, dit Jim.

– Tu crois que le bateau a été coulé volontairement ? demanda Frederick.

– Évidemment !

– Pour quelle raison ?

– Je peux vous l'expliquer, déclara la voix de Matthew Bedwell.

Il se tenait sur le seuil de la cuisine, pâle et tremblant. Adélaïde laissa échapper un petit cri et Frederick se leva d'un bond pour aider Bedwell à s'asseoir sur une chaise près du poêle.

– Où suis-je ? demanda-t-il. Combien de temps suis-je resté inconscient ?

– Vous êtes à Bloomsbury, dit Frederick. Votre frère vous a amené ici, il y a trois jours.

Nous sommes tous vos amis, vous n'avez rien à craindre.

Bedwell regarda Adélaïde, qui ne disait rien.

– Adélaïde s'est enfuie, expliqua Sally. M. Garland nous accueille chez lui, car nous n'avons nulle part où aller. Sauf Jim, évidemment.

Les yeux du marin passèrent difficilement d'une personne à l'autre.

– Vous parliez du *Lavinia,* dit-il. C'est bien cela ?

– Oui, dit Sally. Que pouvez-vous nous en dire ?

Il fixa son regard sur elle.

– Vous êtes la fille de M. Lockhart ?

Elle hocha la tête.

– Il m'a chargé… il m'a chargé de vous transmettre un message, dit-il. Je crains qu'il… Je crains qu'il… Ce que je veux vous dire, c'est qu'il est mort, miss. Je suis navré. Mais je suppose que vous le saviez déjà.

Sally hocha la tête de nouveau ; elle était incapable de parler.

Bedwell se tourna vers Frederick.

– Mon frère est-il ici ?

– Non, il est retourné à Oxford. Il attend que vous soyez rétabli. Il doit venir mercredi, mais peut-être que vous pourrez vos rendre là-bas avant.

Bedwell se renversa contre le dossier de la chaise et ferma les yeux.

– Peut-être, dit-il.

– Vous avez faim ? demanda Sally. Ça fait plusieurs jours que vous n'avez rien mangé.

– Si vous aviez une petite goutte de brandy, je vous serais très reconnaissant. Mais je ne pourrais rien avaler pour le moment. Pas même ta soupe, ma petite Adélaïde.

– C'était pas la mienne ! s'écria la fillette avec véhémence.

Frederick servit à Bedwell un petit verre de brandy.

– À votre santé, dit le marin, et il but la moitié du verre. Ah, oui, le *Lavinia*... Je vais vous raconter ce que je sais au sujet de ce bateau.

– Et le message ? demanda Sally.

– Ça fait partie de l'histoire. Je commencerai à Singapour, là où votre père a rejoint le bateau.

J'étais second à bord du *Lavinia*. Ce n'était pas un poste très glorieux, car ce bateau n'était qu'un petit tramp miteux qui chargeait son fret de port en port et transportait toutes sortes de marchandises entre Yokohama et Calcutta, en faisant escale quasiment n'importe où en chemin. Mais j'avais connu quelques revers. Le *Lavinia* avait besoin d'un second, et moi j'avais besoin d'un emploi... J'ai travaillé à bord pendant deux mois, avant le naufrage.

Il avait une drôle de réputation, ce rafiot. Ou ses propriétaires, plutôt. Ce ne sont pourtant pas les bandits qui manquent en mer de Chine, Dieu m'en est témoin : contrebandiers, pirates en tout genre… Mais Lockhart & Selby faisaient partie d'une étrange espèce d'escrocs. Plus redoutables, peut-être.

– Pas mon père ! s'exclama Sally avec fougue.

– Je vous l'accorde, dit Bedwell. Votre père était un homme bon ; je m'en suis aperçu moins de deux jours après son arrivée à bord. Mais d'autres se servaient de son nom et de celui de sa compagnie, ce qui avait valu à celle-ci cette triste réputation.

– De quelle réputation parlez-vous ? demanda Frederick.

Bedwell regarda son verre vide et Sally le remplit.

– J'ignore ce que vous savez sur les Chinois des Indes orientales. Il existe là-bas toutes sortes de réseaux d'influence : politiques, commerciaux, criminels… Et surtout, il y a les sociétés secrètes. Elles ont été créées, dit-on, pour lutter contre la dynastie mandchoue qui gouverne la Chine. Et je dois avouer que certaines de ces sociétés secrètes sont relativement inoffensives ; c'est juste un moyen de veiller sur ses semblables ou ses proches, le tout saupoudré d'une petite dose de rituel. Mais il en existe de bien plus sinistres. On les appelle les triades…

– Je les connais ! s'exclama Jim. La Société du Dragon Noir ! Et Les Frères de la Main Écarlate ! Il y avait une histoire sur eux dans un de mes magazines !

– Tais-toi donc, Jim, dit Sally. C'est sérieux. Continuez, monsieur Bedwell.

– Je suppose que ceux qui écrivent dans tes magazines ignorent de quoi ils parlent, mon garçon. Je parle de meurtres, de tortures… Je préférerais encore tomber entre les mains de l'Inquisition espagnole que de me mettre à dos les triades.

– Mais quel rapport avec Lockhart & Selby ? demanda Sally.

– On racontait que la compagnie – ses agents et ses directeurs – était liée à une de ces sociétés. Sous les ordres de ses chefs.

– Hein ? s'exclama Frederick.

– Tous ? demanda Sally. Même un certain Hendrik Van Eeden ? Mon père disait qu'on pouvait lui faire confiance.

– Je ne connais pas cet homme, Miss Lockhart. Mais il y avait des dizaines d'agents, et ce n'était qu'une rumeur. Votre père avait très certainement raison.

– Que s'est-il passé quand il a rejoint le bateau ?

– Tout d'abord, nous avons perdu une cargaison. M. Lockhart est monté à bord de manière inattendue. Il était accompagné d'un domestique,

216

un Malais nommé Perak qui ne le quittait jamais. Bref, nous devions prendre livraison d'un chargement de tissu, mais cela a été annulé subitement. À la place, on nous a ordonné de lever l'ancre à vide, puis cet ordre a été annulé à son tour. Finalement, nous avons changé de mouillage et nous avons pris un chargement de manganèse. Nous sommes restés au port une semaine.

– Qui donnait ces ordres ? demanda Frederick. M. Lockhart ?

– Non. L'agent local. M. Lockhart était furieux ; il a fait l'aller et retour je ne sais combien de fois entre le port et les bureaux. Je ne pouvais pas le lui reprocher, car je n'aimais pas cette façon de procéder ; c'était faire preuve d'amateurisme et de négligence. M. Lockhart partageait ce point de vue, et je crois qu'il a senti mon agacement. C'est durant cette semaine-là que nous avons lié connaissance. Perak, le domestique, prenait des notes pendant ce temps ; il avait été clerc, m'expliqua M. Lockhart.

Bref, nous avons finalement quitté Singapour le 28 juin, dans le but de rallier Shanghai avec cette cargaison de manganèse. C'est au cours du premier après-midi en mer que nous avons aperçu la jonque noire. Ces mers sont très fréquentées, évidemment, et il n'est pas surprenant de croiser une jonque dans cette partie du monde, mais je n'aimais pas l'aspect de celle-ci. Haute sur l'eau, avec une coque et des voiles noires, elle donnait l'impression de nous observer. Elle est restée à notre hauteur pendant deux jours et deux nuits, et pourtant, nous aurions pu aisément la distancer ; à cause de cette coque haute, ils offraient trop de prise au vent et ils ne pouvaient pas rivaliser avec un schooner. Nous aurions dû la planter là et filer vers le nord-est, mais nous ne l'avons pas fait.

À vrai dire, le capitaine semblait lambiner volontairement. M. Lockhart n'était pas un marin, sinon il aurait compris immédiatement que nous n'avancions pas aussi vite que nous le pouvions. En outre, le capitaine, un certain Cartwright, faisait tout son possible pour me tenir à l'écart de M. Lockhart. De toute façon, celui-ci passait le plus clair de son temps dans sa cabine à rédiger ses notes.

Ce furent des heures étranges. Nous dérivions presque, en nous éloignant de plus en plus des voies maritimes. Je harcelais le capitaine, mais il repoussait mes questions avec mépris. Les hommes d'équipage, désœuvrés, restaient allongés sur le pont, à l'ombre, et cette horrible coque noire n'était jamais très loin à l'horizon. J'avais l'impression que nous rampions sur l'eau... Je commençais à devenir fou.

C'est la deuxième nuit que ça s'est produit. J'étais de quart; il devait être une heure du matin. Un marin nommé Harding tenait la barre et cette maudite jonque noire était toujours tapie dans l'obscurité, à bâbord. La nuit était claire. Il n'y avait pas de lune, mais les étoiles... Si vous n'avez vu les étoiles qu'en Angleterre, vous n'avez jamais vu d'étoiles. Sous les tropiques, elles ne luisent pas faiblement comme ici, elles étincellent! Dans notre sillage, les gerbes d'écume se composaient de milliards de lumières blanches, et des deux côtés du bateau, la mer était remplie de mouvements vifs et brillants: des poissons qui filaient dans les profondeurs, de grands nuages scintillants et des voiles de couleurs indistinctes, des petites houles et des tourbillons de lumière tout en bas. Une nuit comme celle-ci, vous n'en voyez qu'une ou deux fois seulement dans votre vie; c'est un spectacle à vous couper le souffle. La jonque était l'unique forme noire dans ce décor lumineux. Seule une petite lanterne jaune se balançait à la tête du mât; tout le reste n'était que noirceur compacte, comme une silhouette en papier, une marionnette dans un de leurs spectacles d'ombres chinoises.

Soudain, Harding, l'homme de barre, me dit: «Monsieur Bedwell, je vois un homme bouger au milieu du navire. » Je me suis approché du bastingage, en veillant à ne pas faire de bruit, et effectivement, j'ai aperçu une silhouette à tribord, en train de passer par-dessus bord pour descendre dans une embarcation qui ballottait le long de la coque. J'étais sur le point de donner l'alerte, quand soudain, dans cette cascade de lumière, j'ai reconnu le visage de l'homme. C'était le capitaine ! J'ai dit à Harding de ne pas bouger et j'ai dévalé la passerelle pour me rendre dans la cabine de M. Lockhart. La porte était verrouillée et personne n'a répondu quand j'ai frappé, alors je l'ai enfoncée d'un coup de pied. Et là...

Bedwell s'interrompit et regarda Sally.

– Je suis navré, miss. Votre père avait été poignardé.

Sally sentit une vague de douleur l'envahir ; des larmes montèrent à ses yeux et la petite pièce devint floue autour d'elle. Elle secoua la tête avec rage.

– Continuez, dit-elle. Ne vous arrêtez pas.

– La cabine était sens dessus dessous. Tous les papiers étaient éparpillés sur le sol, la couchette avait été éventrée, la malle renversée. C'était le chaos. J'ai repensé au capitaine qui quittait le bateau et à la jonque toute proche... Je m'apprêtais à ressortir de la cabine pour alerter l'équipage, quand j'ai entendu un grognement sur la couchette. M. Lockhart était vivant ! Oh, à peine, mais il bougeait. J'ai voulu le soulever, mais il a secoué la tête. « Qui a fait ça, monsieur Lockhart ? » ai-je demandé. Il m'a répondu quelque chose que je n'ai pas compris, puis il a ajouté deux mots qui m'ont glacé le sang : « Ah Ling. La jonque noire... c'est son bateau. Le capitaine... » Il était trop faible pour continuer. Mon esprit s'emballait. Ah Ling ! Si cette jonque était réellement la sienne, nous étions fichus. Ah Ling était le pirate le plus sauvage, le plus assoiffé de sang de toute la mer de Chine. J'avais entendu prononcer son nom des dizaines de fois, et jamais sans être parcouru d'un frisson.

Puis M. Lockhart s'est remis à parler. « Trouvez ma fille, Bedwell. Ma fille Sally. Racontez-lui ce qui s'est passé... » Je suis navré, Miss Lockhart, il a dit d'autres choses, mais ses paroles étaient embrouillées, ou je n'entendais pas bien ce qu'il disait... Je ne sais pas. Mais il a conclu en disant : « Dites-lui de garder sa poudre au sec. » C'est la seule chose dont je me souvienne clairement. Il a prononcé ces mots et il est mort.

Le visage de Sally était humide de larmes. Ces paroles : « Garde ta poudre a sec », il les lui disait toujours quand il partait en voyage. Et maintenant, il était parti pour toujours.

– Continuez, dit-elle. Je vous écoute. Vous devez me dire tout ce que vous savez. Si je pleure, n'y faites pas attention.

– J'ai cru comprendre qu'il avait dicté une lettre à son domestique. Mais je suppose qu'elle ne vous est jamais parvenue.

– Si, dit Sally. C'est même elle qui a tout déclenché.

Bedwell se massa le front. Constatant que le verre du marin était vide et qu'il se fatiguait rapidement, Frederick y versa la fin de la bouteille de brandy.

– Merci. Où en étais-je... ? Ah oui. Il y a eu ensuite un étrange crépitement qui venait d'en haut, on aurait dit d'énormes gouttes de pluie qui éclataient. Seulement, ce n'était pas la pluie, c'étaient des pieds nus qui couraient sur le pont, et soudain, ce pauvre Harding qui tenait la barre a poussé un long cri sauvage. Puis il y a eu un grand fracas, comme du bois qui se brise. J'ai gravi la passerelle en courant et je me suis caché dans l'ombre, en haut. Le bateau était en train de couler ! Six ou sept diables chinois fracassaient les canots de sauvetage, et deux ou trois membres de notre équipage gisaient sur le pont, dans leur sang. Le *Lavinia* penchait déjà tellement que je vis un des corps bouger, comme s'il était vivant, et glisser lentement dans l'eau qui semblait escalader le pont pour venir à sa rencontre... Même si je vis cent ans, jamais je n'oublierai le spectacle de ce bateau en train de sombrer. Cette vision est gravée en moi, plus nette que cette pièce ; il me suffit de fermer les yeux et elle surgit devant moi... La mer pleine de lumière, scintillant de toutes les couleurs de l'arc-en-ciel, tel un gigantesque feu d'artifice au ralenti, avec de courtes salves de clarté là où quelque chose tombait dans l'eau, une ligne de feu blanc tremblotant tout autour du bateau, et toujours la silhouette noire et immobile de la jonque un peu plus loin. Et au-dessus de nos têtes, les étoiles – de toutes les couleurs, elles aussi, rouges, jaunes, bleutées – et les hommes morts qui baignaient dans leur sang sur le pont, les pirates qui détruisaient les canots à coups de hache, la sensation de couler, de plonger lentement dans ce grand bain de lumière... Je suis l'esclave d'une terrible drogue, Miss Lockhart, j'ai passé tant de jours et nuits dans d'étranges rêves que je ne veux plus y penser, mais rien de tout ce que j'ai vu dans la fumée ne dépasse dans l'étrangeté et l'horreur ces quelques minutes passées sur le pont du *Lavinia* en train de couler.

Soudain, j'ai senti une main qui me tirait par la manche. Je me suis retourné... et j'ai vu Perak, le domestique, qui mettait son doigt sur ses lèvres. « Venez avec moi, Bedwell *tuan* », a-t-il murmuré et je l'ai suivi, docile comme un bébé. Dieu seul sait comment il avait fait, mais il avait réussi à mettre à l'eau la yole du capitaine. Elle dansait sur les flots, près de la poupe. Nous sommes montés dedans et nous avons ramé, pas très loin. Aurais-je dû rester à bord? Aurais-je dû essayer de combattre ces pirates, à mains nues, alors qu'ils étaient armés de coutelas? Je ne sais pas, Miss Lockhart. Je ne sais pas...

Puis les pirates sont remontés dans leur embarcation et ils sont repartis à la rame. Le *Lavinia* était sur le point de sombrer, et le reste de l'équipage, les marins qui n'avaient pas été massacrés sur le pont, luttaient pour détacher les canots, pleurant de rage et de terreur en découvrant qu'ils étaient détruits. L'instant suivant, le schooner coula à pic, avec une rapidité effrayante, comme si une main gigantesque l'avait attiré sous l'eau. Il y eut un énorme tourbillon, accompagné des hurlements des marins aspirés au fond de la mer. La yole était une petite embarcation; elle ne pouvait contenir plus de sept ou huit personnes, mais au moins nous pourrions sauver certains marins. Je fis demi-tour et ramai dans leur direction.

Alors que nous étions encore à une cinquantaine de mètres, les requins firent leur apparition. Les pauvres diables n'avaient aucune chance.

C'était une bande de paresseux, mais ils n'avaient jamais fait de mal à personne ; et ils étaient condamnés avant même le début du voyage…

Très vite, nous nous retrouvâmes seuls, Perak et moi. La mer était jonchée de morceaux d'épave ; des rames, des mâts brisés et ainsi de suite. Nous dérivions au milieu de ces vestiges, avec un sentiment… de néant. Nous étions anesthésiés. Je crois même que je me suis endormi !

J'ignore comment se déroula cette nuit, et pourquoi la chance resta de mon côté ; toujours est-il qu'un bateau de pêche malais nous récupéra le lendemain. Nous n'avions ni vivres ni eau, nous n'aurions pas tenu vingt-quatre heures. Ils nous ont débarqués dans leur village et nous avons réussi à rejoindre Singapour. Et là…

Bedwell s'interrompit et se frotta les yeux d'un air las. Il ferma les paupières et se prit la tête à deux mains. Frederick demanda, d'une voix douce :

– L'opium ?

Bedwell opina.

– Je me suis traîné jusqu'à une fumerie et je me suis perdu dans la fumée. Une semaine, deux semaines… Qui sait ? J'ai perdu Perak également. J'ai tout perdu. Quand j'ai repris mes esprits, j'ai trouvé une place de matelot breveté sur un vapeur à destination de Londres… La suite, vous la connaissez. Vous savez maintenant dans quelles conditions le *Lavinia* a sombré. Ce n'est pas à cause d'un récif, ni d'un typhon, ni pour toucher l'argent de l'assurance.

Voici comment je vois les choses. La nouvelle s'est répandue que M. Lockhart était à bord et qu'il fourrait son nez partout. Quelqu'un a donné l'ordre de semer la pagaille dans les cargaisons à Singapour pour immobiliser le bateau au port pendant une semaine, le temps qu'Ah Ling et sa bande de malfaiteurs puisse nous rejoindre. Couler le bateau n'était qu'un moyen de masquer le meurtre de votre père. Un seul mort, cela aurait paru suspect, mais un mort dans un naufrage, surtout s'il n'y avait aucun corps à autopsier... cela ressemblait davantage à un malheureux hasard.

Pourquoi avons-nous navigué deux jours pleins après avoir quitté Singapour ? Je ne peux l'expliquer. Mais j'ai appris une chose en Orient : rien ne se fait jamais sans raison. Quelque chose a obligé les pirates à attendre la nuit du 30, alors qu'ils auraient pu nous attaquer bien avant, à tout moment... Mais je suppose qu'ils voulaient nous éloigner des routes maritimes. Quelqu'un a organisé tout ça. Un individu puissant et impitoyable. Je suis prêt à parier que la société secrète dont je vous ai parlé se cache derrière tout ça. Ils réservent les châtiments les plus terribles à leurs ennemis, ou à ceux qui les trahissent. Quant à savoir ce qu'ils cachent...

Il y eut un long silence. Sally se leva et se dirigea vers le poêle pour ajouter une pelletée de charbon sur les braises, qu'elle attisa pour faire jaillir des flammes vives.

– Monsieur Bedwell... Est-il possible que... quand vous prenez de l'opium, je veux dire... est-il possible que vous vous remémoriez des choses que vous avez oubliées ?

– Ça s'est produit très souvent. C'est comme si je revivais ces choses. Mais je n'ai pas besoin de l'opium pour me souvenir de la nuit où le *Lavinia* a coulé... Pourquoi cette question ?

– Oh... c'est une chose que j'ai entendue. Mais j'ai une autre question. Ces sociétés secrètes... des triades, dites-vous ?

– Exact.

– Vous pensez que les agents de la compagnie faisaient partie de l'une d'elles ?

– C'est ce que disait la rumeur.

– Savez-vous laquelle ?

– Oui. Et c'est à cette occasion que j'avais entendu prononcer le nom d'Ah Ling le Pirate. On disait qu'il était le chef de cette société secrète. Elle s'appelait la Société Fan Lin, Miss Lockhart. Les Sept Bénédictions.

14
Une arme et une fille

Le lendemain matin, Sally alla faire une promenade pour réfléchir à tout ce que lui avait dit Matthew Bedwell. Le temps était humide et froid, et le brouillard qui flottait dans l'air semblait étouffer les bruits de la circulation. D'un pas lent, elle se dirigea vers le British Museum. Ainsi, son père avait été assassiné… Elle s'en doutait, évidemment. Le récit de Bedwell n'avait fait que confirmer ses craintes. Mais, curieusement, il lui était encore plus difficile de s'y retrouver maintenant, car même le rôle des Sept Bénédictions n'était pas très clair : quel besoin avait cette société secrète de s'intéresser à une compagnie maritime ? Détenait-elle un secret, si précieux que ses membres n'hésitaient pas à tuer plusieurs hommes pour le protéger ? M. Higgs le savait. Et M. Selby ? Qui était cet étranger, cet homme de l'Hôtel Warwick dont la lettre l'avait effrayé à ce point ? Sans oublier le dernier message de son père : « Garde ta poudre au sec. » Cela voulait dire : « Tiens-toi prête, reste sur tes gardes. »

Elle n'avait jamais cessé de l'être, et elle continuerait, mais cela n'expliquait rien. Dommage que M. Bedwell ne se souvienne pas des autres choses qu'avait dites son père ; le moindre indice aurait été le bienvenu. Peut-être que cela lui reviendrait une fois qu'il serait rétabli, grâce aux soins prodigués par son frère. Elle l'espérait, profondément.

En arrivant devant le British Museum, elle s'approcha du grand escalier de pierre. Des pigeons picoraient entre les colonnes ; trois filles un peu plus jeunes qu'elle, accompagnées d'une gouvernante, montaient les marches en bavardant gaiement. Avec ses idées de mort violente et d'armes à feu, Sally se sentait déplacée dans ce lieu calme et civilisé.

Elle fit demi-tour et repartit vers Burton Street ; elle avait un service à demander à Trembleur.

Elle le trouva dans la boutique, en train de disposer des cadres sur une étagère. Elle entendit le rire de Rosa dans la cuisine, et Trembleur l'informa que le révérend Nicholas était arrivé.

– Je savais bien que j'l'avais déjà vu ! dit-il. Y a deux ou trois ans de ça, au gymnase de Sleeper que c'était. Juste au moment où ils venaient d'introduire les règles du marquis de Queensberry. Il avait fait un pari avec Bonny Jack Foggon, un gars qui se battait encore à l'ancienne, poings nus. Ils ont disputé quinze rounds, Bedwell avec des gants et Foggon sans. Bedwell a gagné, mais il était sacrément amoché.

– L'autre homme boxait poings nus ?

– Ouais, et c'est ça qui l'a perdu. Car voyez-vous, miss, les gants, ça vous protège les mains autant que le visage du gars d'en face, et au bout de quinze rounds, il cognait vachement plus fort que Foggon, malgré que Bonny Jack, il se servait de ses poings depuis des années. J'me souviens encore du coup qui l'a expédié au tapis : un joli crochet du droit. Et de ce jour-là, c'était terminé, c'était le triomphe des règles de Queensberry. Évidemment, M. Bedwell était pas encore révérend en c'temps-là. Z'aviez un truc à me demander, miss ?

– Oui... Sais-tu... où je pourrais me procurer une arme ? Un pistolet ?

Trembleur souffla dans sa moustache. Un tic qu'il avait quand il était surpris.

– Ça dépend quelle sorte d'arme, répondit-il. Je suppose que vous voulez parler d'une arme bon marché ?

– Oui. Je n'ai que quelques livres. Et je ne peux pas aller dans une armurerie ; ils refuseraient certainement de m'en vendre une. Pourrais-tu l'acheter à ma place ?

— Vous savez vous servir d'un pistolet ?

— Oui. J'en avais un, mais on me l'a volé. Je vous l'ai dit.

— En effet. Bon, j'verrai ce que j'peux faire.

— Si ça t'ennuie, je peux demander à Frederick. Mais je pensais que tu connaîtrais quelqu'un qui...

— Qui fréquente les criminels, vous voulez dire ? Sally hocha la tête.

— Ça se pourrait, répondit Trembleur. Je verrai.

La porte du studio s'ouvrit et Adélaïde entra dans la boutique avec des stéréogrammes qui venaient d'être tirés. L'expression de Trembleur se modifia : un immense sourire édenté apparut sous sa moustache.

— Voilà ma petite chérie ! s'exclama-t-il. Où t'étais donc passée ?

— J'étais avec M. Garland, répondit la fillette, avant d'apercevoir Sally. Bonjour, miss, murmura-t-elle.

Sally lui sourit et alla rejoindre les autres.

Le mercredi après-midi, deux jours après que l'étranger eut débarqué du bateau, Mme Holland reçut la visite de M. Selby. C'était tout à fait inattendu, et elle ne savait pas quelles étaient les règles de la bienséance pour recevoir la victime d'un chantage, mais elle fit de son mieux.

— Entrez, monsieur Selby ! dit-elle avec un sourire crispé. Une tasse de thé ?

— Volontiers, murmura le gentleman. Merci.

Ils échangèrent des politesses pendant quelques minutes, jusqu'à ce que Mme Holland commence à perdre patience.

— Eh bien, dit-elle. Crachez le morceau. Je vois bien que vous brûlez d'impatience de m'annoncer une bonne nouvelle.

— Vous êtes une femme intelligente, madame Holland. Je vous connais depuis peu, mais j'ai conçu pour vous une vive admiration. Vous détenez quelque chose qui me concerne, je ne le nie pas...

— Vous ne pouvez pas, souligna Mme Holland.

— Je ne le ferais pas, même si je pouvais. Mais il y a des gens qui pourraient vous rapporter plus que moi. Vous avez mis le doigt sur quelque chose. Aimeriez-vous mettre la main entière dessus ?

— Moi ? fit la vieille femme avec un étonnement feint. Je ne suis pas la partie concernée, monsieur Selby. Je ne suis qu'une intermédiaire. Je dois soumettre toute proposition à mon gentleman.

— Bien entendu, répondit M. Selby, qui s'impatientait, lui aussi. Il faut consulter le gentleman, puisque vous y tenez. Mais je ne vois pas ce qui vous empêche de le laisser tomber et de traiter directement... À vous de décider.

– C'est juste, dit la vieille femme. Alors, vous allez tout me dire ?

– Pas de but en blanc. Pour qui me prenez-vous ? Moi aussi, il me faut des garanties.

– Que voulez-vous, alors ?

– La protection. Et soixante-quinze pour cent.

– La protection, vous pouvez l'avoir. Soixante-quinze pour cent, non. Quarante pour cent, oui.

– Oh, allons ! quarante ? Au moins soixante...

Ils tombèrent d'accord sur cinquante pour cent, comme ils l'avaient prévu dès le début, l'un et l'autre, et M. Selby commença son récit. Il parla pendant un certain temps, et quand il eut terminé, Mme Holland demeura muette, les yeux fixés sur l'âtre vide.

– Eh bien ? demanda-t-il.

– Oh, monsieur Selby. Vous êtes un cas, vous. On dirait que vous vous retrouvez pris dans quelque chose qui vous dépasse.

– Non, non, répondit-il, de manière peu convaincante. Seulement, je suis un peu las de ce commerce. Le marché n'est plus ce qu'il était.

– Et vous voulez vous retirer pendant que vous êtes encore en vie, c'est ça ?

– Non, voyons... Je pensais seulement que nous avions tout intérêt à joindre nos forces. Comme deux associés.

Elle tapota contre ses dents avec la fourchette à griller le pain.

– Vous savez quoi ? dit-elle. Si vous me rendez un service, j'accepte cette association.

– Quel service ?

– Votre associé, Lockhart, avait une fille. Elle doit avoir... seize ou dix-sept ans maintenant.

– Que savez-vous sur Lockhart ? J'ai l'impression que vous en savez beaucoup trop, sur tout.

Mme Holland se leva.

– Au revoir, dit-elle. Je vous enverrai la prochaine facture de mon gentleman dès demain matin.

– Non, non ! s'exclama-t-il. Je vous demande pardon. Je ne voulais pas vous froisser, madame Holland.

Elle remarqua avec intérêt que M. Selby transpirait ; il faisait pourtant froid. Faisant mine de se laisser amadouer, elle se rassit.

– Vu que c'est vous, reprit-elle, je veux bien vous avouer que les Lockhart et moi, on est de vieux amis. Je connais la fille depuis des années. Malheureusement, je l'ai perdue de vue. Si vous pouvez me dire où elle vit maintenant, vous n'aurez pas à le regretter.

– Mais comment pourrais-je le savoir ?

– C'est votre affaire, et c'est le prix à payer. En plus des cinquante pour cent.

M. Selby fronça les sourcils en grommelant ; il tortillait ses gants et donnait de petits coups de chapeau à sa jambe, mais il était coincé. C'est alors qu'une autre idée lui vint.

– Je vous ai révélé pas mal de choses, dit-il. Si vous jouiez cartes sur table, vous aussi ? Qui est votre fameux gentleman ? Et où avez-vous entendu parler de tout ça, d'abord ?

La lèvre supérieure de la vieille femme se retroussa, comme un rictus de reptile. M. Selby tressaillit, avant de s'apercevoir qu'elle souriait.

– Trop tard pour poser la question, dit-elle. Nous avons conclu un marché, et je ne me souviens pas que la réponse en faisait partie.

M. Selby ne put que soupirer. Avec le sentiment désagréable d'avoir commis une erreur, il se leva pour prendre congé ; Mme Holland lui souriait tendrement, comme un crocodile face à un nouveau-né.

Dix minutes plus tard, M. Berry lui demanda :

– Qui était cet homme qui vient de partir, madame Holland ?

– Pourquoi ? demanda-t-elle. Vous le connaissez ?

– Non, m'dame. Seulement, y a quelqu'un qui l'espionnait. Un gars costaud, avec des cheveux blonds, qui rôdait autour du cimetière. Il a attendu que vot'monsieur sorte et il a noté un truc dans un petit carnet. Et après ça, il l'a suivi sans se faire repérer.

Mme Holland écarquilla ses yeux chassieux, puis ses paupières se baissèrent à nouveau.

– Nous jouons à un jeu très intéressant, monsieur Berry. Je ne voudrais louper ça pour rien au monde.

Il ne fallut pas longtemps à Trembleur pour dénicher une arme. Le lendemain, alors qu'Adélaïde aidait Rosa à faire de la couture, il fit signe à Sally de le rejoindre dans la boutique et posa sur le comptoir un paquet enveloppé de papier d'emballage.

– Il m'a coûté quatre livres, dit-il. Avec la poudre et les balles.

– La poudre et les balles ? répéta Sally, dépitée. J'espérais quelque chose de plus moderne...

Elle donna l'argent à Trembleur et ouvrit le paquet. Le petit pistolet qui se trouvait à l'intérieur ne mesurait pas plus d'une quinzaine de centimètres, avec un canon court et un gros chien de forme incurvée. La crosse en chêne était parfaitement adaptée à sa paume ; il semblait assez bien équilibré et elle connaissait cette marque : Stocker de Yeovil. Les poinçons du gouvernement étaient frappés sous le canon comme il convenait, mais l'extrémité du canon, là où l'amorce fulminante explosait, était profondément grêlée et usée. Il y avait aussi un paquet de poudre, un petit sachet de balles en plomb et une boîte d'amorces.

– Ça ne convient pas ? demanda Trembleur. Moi, les armes à feu, ça me rend nerveux.

– Merci, Trembleur. Il va falloir que je m'exerce, mais c'est mieux que rien.

Elle arma le chien pour tester la résistance du ressort et examina l'étroit tube de métal où l'étincelle de l'amorce fulminante entrait en contact avec la poudre. Il avait besoin d'un bon nettoyage, car le pistolet n'avait pas servi depuis longtemps. Et le canon lui paraissait bien fragile.

– Bon, dit Trembleur, je vais faire le ménage dans le studio, on a une séance de pose ce matin.

Le studio était une pièce où l'on avait suspendu des tentures de velours devant lesquelles les sujets posaient, assis de manière inconfortable dans un fauteuil rembourré de crin de cheval, ou debout, bras dessus bras dessous et raides comme des parapluies, à côté d'un aspidistra. Ce matin, le sujet était une jeune femme qui voulait une photo pour son fiancé, qui travaillait comme bûcheron du côté de la Baltique et rentrait chez lui deux fois par an seulement. C'était Rosa qui avait appris tout cela, et bien d'autres choses, car elle aimait papoter.

La cliente arriva (accompagnée de sa mère en guise de chaperon) à onze heures. Sally les introduisit dans le studio, où Frederick était en train d'installer son gros appareil photo; elle lui emprunta du pétrole à lampe et s'installa dans la cuisine pour nettoyer son pistolet. Adélaïde rejoignit Trembleur dans la boutique, mais Sally remarqua à peine son départ. L'odeur du pétrole, le contact du métal sous ses doigts, la sensation de faire disparaître peu à peu tout ce qui faisait obstacle au bon fonctionnement d'une mécanique, tout cela lui procurait un sentiment de calme, de bonheur impersonnel. Quand elle eut terminé, elle reposa le pistolet et s'essuya les mains.

Et maintenant, il fallait l'essayer. Elle inspira profondément et souffla lentement. Ce canon corrodé lui faisait peur. Le mécanisme était en état de marche; la détente était souple, le chien retombait au bon endroit, rien n'était tordu, ni fêlé. Mais si le canon ne parvenait pas à contenir la force de l'explosion, elle perdrait le bras droit.

Elle versa une petite quantité de poudre noire et granuleuse dans le canon et la tassa fermement. Ensuite, elle arracha un petit carré de tissu bleu de l'ourlet de la robe modifiée par Rosa, l'entoura autour d'une des balles de plomb afin qu'il n'y ait pas de jeu, et la balle rejoignit la poudre au fond du canon, avec un peu de bourre par-dessus. Elle bourra le tout et sortit une amorce fulminante de la boîte : un petit cylindre en cuivre, fermé à une extrémité, contenant une certaine quantité de fulminate, un composé chimique qui explosait quand le chien retombait. Elle releva le chien jusqu'à ce qu'elle entende deux déclics, puis elle plaça la cartouche au bon endroit et, avec un soin extrême, elle retint le chien en pressant la détente, tout doucement, afin de le bloquer à mi-course.

Trembleur et Adélaïde étaient dans la boutique, Frederick dans le studio, Rosa partie au théâtre ; il n'y avait donc personne pour la regarder et la distraire. Elle sortit dans le jardin. Il y avait là une petite cabane en bois avec une porte à la peinture écaillée qui lui servirait de cible. Après avoir vérifié qu'il n'y avait rien dans la cabane, à part des pots de fleurs brisés et des sacs vides, elle compta dix pas et se retourna.

L'air était vif et elle était légèrement vêtue ; des images de bras en charpie, de sang jaillissant d'un petit tas de chairs et d'os en bouillie, assaillaient son esprit. Mais lorsqu'elle leva le bras pour viser, sa main ne tremblait pas. Elle s'en réjouit. Elle souleva le chien d'un cran pour le débloquer et visa le centre de la porte. Puis elle pressa la détente.

Le pistolet se cabra dans sa main, mais elle s'y attendait. L'énorme détonation et l'odeur de poudre étaient différentes de celles auxquelles elle était habituée, mais suffisamment familières néanmoins pour satisfaire ses sens et, dans la même fraction de seconde, elle constata que le canon avait tenu le coup. Elle avait toujours son bras et sa main… tout était comme avant.

Y compris la porte de la cabane.

Il n'y avait aucun impact de balle nulle part. Intriguée, Sally examina le pistolet : le canon était vide. Avait-elle oublié de mettre une balle ? Non, elle se souvenait du carré de tissu découpé dans la robe bleue. Alors, que s'était-il passé ? Où était la balle ? La porte était suffisamment grande, pourtant ; à cette distance, elle aurait pu atteindre une carte de visite.

Et soudain, elle vit le trou. À une cinquantaine de centimètres à gauche de la porte, et à trente centimètres au-dessus du sol. Pourtant, elle avait visé à hauteur de sa tête. Heureusement que son père n'était pas là pour voir ça. Ce n'était quand même pas le recul qui avait faussé son tir ! Elle rejeta immédiatement cette hypothèse. Elle avait tiré des centaines de fois, elle savait manier un pistolet.

Ce devait être l'arme elle-même, conclut-elle. Un canon court et large, usé par-dessus le marché, ce n'était pas ce qu'on faisait de mieux question précision. Elle soupira. Au moins, elle avait quelque chose qui faisait du bruit et qui sentait la poudre, de quoi effrayer quiconque voulait l'attaquer, mais elle ne pourrait tirer qu'une seule balle…

La porte de la cuisine s'ouvrit et Frederick sortit en courant.

– Qu'est-ce que… ?

– Ce n'est rien, dit-elle. Rien de cassé. Vous avez entendu le bruit à l'intérieur ?

– Et comment ! Ma cliente a fait un bond dans son fauteuil. Elle a failli sortir du cadre ! Qu'est-ce que tu fabriques ?

– Je teste un pistolet. Désolée.

– En plein Londres ? Tu es une sauvage, Lockhart. J'ignore quel effet tu produiras sur Mme Holland, mais bon sang, tu me terrorises ! C'est ainsi que le duc de Wellington s'adressait à ses soldats, ajouta-t-il d'un ton plus doux. Tu n'es pas blessée, au moins ?

Il s'approcha d'elle et posa sa main sur son épaule. Sally tremblait de tous ses membres ; elle avait froid, elle avait honte et elle était en colère contre elle-même.

– Regarde-toi, dit-il. Tu trembles comme une feuille. Comment diable veux-tu tirer droit si tu trembles de cette façon ? Allez, viens te réchauffer à l'intérieur.

– Je ne tremble plus quand je tire, murmura-t-elle.

Elle se laissa entraîner dans la maison comme une invalide. « Comment peut-il être aussi stupide ? Comment peut-il être aussi aveugle ? » se disait-elle. Et en même temps, elle pensait : « Comment puis-je être aussi faible ? »

Sans un mot, elle s'assit et recommença à nettoyer son pistolet.

15
La Tête de Turc

Conformément à l'accord conclu avec M. Selby, Mme Holland chargea quelqu'un de veiller sur lui. Assis dans le bureau de M. Selby, le jeune homme en question se curait les ongles et sifflotait; il accompagnait M. Selby partout, provoquant l'exaspération de toutes les personnes qu'ils rencontraient, car il insistait pour les fouiller, au cas où elles seraient armées. Cela amusait énormément Jim, qui obligeait le garde du corps à le fouiller à chaque fois qu'il entrait dans le bureau, ce qu'il faisait le plus souvent possible, jusqu'à ce que M. Selby finisse par perdre patience et lui ordonne de déguerpir.

Mais tourmenter M. Selby n'était pas l'unique préoccupation de Jim. Au cours des jours suivants, il passa pas mal de temps à Wapping. Il fit la connaissance d'un veilleur de nuit sur la jetée, près du quai d'Aberdeen, qui lui fournit des renseignements sur Mme Holland en échange de

245

vieux numéros de ses magazines. Ces renseignements n'étaient pas très intéressants, mais c'était
mieux que rien, tout comme les bribes d'informations qu'il récolta auprès des « mudéjars »,
comme on les appelait, ces jeunes garçons et
filles qui gagnaient leur vie en ramassant des
morceaux de charbon et d'autres déchets dans la
vase du port, à marée basse. Parfois, ils s'intéres-
saient également à des bateaux sans surveillance,
mais ils s'aventuraient rarement au large. Ils
connaissaient Mme Holland, bien évidemment,
et ils suivaient ses faits et gestes avec beaucoup
d'attention. Par exemple, ils purent dire à Jim
que le lendemain du jour où Sally avait testé son
nouveau pistolet, Mme Holland et M. Berry
étaient sortis le matin ; ils étaient partis vers
l'ouest, chaudement vêtus, et ils n'étaient pas
encore rentrés.

L'origine de cette expédition insolite se trouvait
dans les feuilles de papier que Mme Holland avait
récupérées chez Ernie Blackett. Tout d'abord,
elle avait cru que Sally avait falsifié le message,
mais plus elle essayait de déchiffrer ces mots, plus
il lui semblait qu'ils possédaient un sens. Hélas,
elle était bien incapable de dire lequel.

Finalement, elle perdit patience.

– Venez, monsieur Berry, dit-elle. Allons à Swaleness.

– Pour quoi faire, madame ?

– Fortune.

– Où est-elle ?

– J'aimerais bien le savoir.

– Dans ce cas, pourquoi aller là-bas ?

– Vous voulez que je vous dise, Jonathan Berry ? s'exclama-t-elle avec fougue. Vous êtes un idiot. Henry Hopkins aimait le clinquant et il n'était pas fiable, mais au moins ce n'était pas un idiot. Je ne supporte pas les idiots.

– Désolé, m'dame, dit M. Berry, qui se sentait honteux sans savoir pourquoi.

Le plan de Mme Holland consistait à se rendre à Foreland House pour interroger la domestique alcoolique, si elle y était toujours, dans l'espoir de tirer d'elle quelque chose d'intéressant. Mais après une marche peu agréable dans la boue et le vent cinglant, ils tombèrent sur une maison vide et fermée à clé. Mme Holland débita un flot d'injures ininterrompu pendant dix minutes, sans répéter deux fois la même, puis elle plongea dans un silence morose, tandis qu'ils revenaient vers la ville d'un pas traînant.

À mi-chemin, elle s'arrêta brusquement.

– Comment s'appelle ce pub près du port, déjà ?

– Le pub ? Je me souviens pas d'en avoir vu un, répondit M. Berry avec courtoisie.

247

– Non, évidemment, espèce de buveur d'eau au cerveau ramolli. Mais s'il s'agit bien de *La Tête de Turc*, comme je le pense…

C'était la première fois aujourd'hui qu'il n'y avait aucune trace de venin dans sa voix et Berry reprit espoir. Mme Holland étudia une fois de plus la feuille de papier qu'elle tenait à la main.

– Allons-y, dit-elle. Monsieur Berry, je crois que j'ai compris.

Fourrant le papier dans son sac, elle repartit en accélérant le pas. M. Berry la suivit fidèlement.

– Si je vous ordonne de boire une pinte de bière, vous la boirez, nom d'un chien ! dit-elle beaucoup plus tard. Je ne veux pas vous voir assis là, comme dans une fichue réunion du comité antialcoolique, à siroter de la limonade. Un grand gaillard comme vous ! Ça risque d'attirer l'attention. Faites ce que je vous dis.

Ils étaient devant le pub. Il faisait nuit, car Mme Holland avait insisté pour qu'ils attendent le coucher du soleil. Elle avait passé le restant de la journée à traîner sur le port, où les bateaux de pêche se soulevaient lentement sous l'effet de la marée qui s'engouffrait jusque dans la rivière. M. Berry, intrigué, l'avait regardée discuter avec les vieux pêcheurs, l'un après l'autre, et leur poser des questions sans queue ni tête sur les lumières, les marées et ainsi de suite. Aucun doute, se disait-il, cette femme était vraiment étonnante.

Malgré tout, il n'était pas décidé à boire de la bière sans résister.

– J'ai des principes, déclara-t-il avec détermination. J'ai prêté serment et je tiendrai parole. Je boirai pas de bière.

Mme Holland lui rappela, dans un langage fort coloré, qu'il était un escroc, un voleur et un meurtrier. Elle n'avait qu'à claquer des doigts et à le dénoncer ; il serait pendu dans moins d'un mois. Mais M. Berry demeura intraitable. Finalement, elle dut céder.

– Très bien, dit-elle. Allons-y pour une limonade. J'espère que cette petite chose ridicule qui vous sert de conscience est satisfaite. Entrons, et ne dites pas un mot.

Habité par le bonheur paisible de l'homme vertueux, M. Berry la suivit à l'intérieur de *La Tête de Turc*.

– Une goutte de gin pour moi, dit-elle au patron, et un verre de limonade pour mon fils qui a l'estomac fragile.

Le patron leur apporta leurs verres, et pendant que M. Berry sirotait sa limonade, Mme Holland engagea la conversation avec cet homme.

C'était un bien bel emplacement qu'il avait là, lui dit-elle, juste en face de la mer. C'était un vieux pub, non ? Avec une vieille cave, certainement ?

249

Oui, elle avait vu le soupirail près des marches en entrant, au niveau du sol, et d'ailleurs, elle avait fait un pari avec son fils : elle était persuadée qu'on pouvait voir la mer de la cave. Avait-elle raison ? Seulement à marée haute ? Tiens donc. Ah, quel dommage qu'il fasse nuit, elle ne pouvait pas prouver à son fils qu'elle avait raison. La tournée du patron ? Allons-y, il fait froid dehors. Oui, dommage qu'il fasse nuit, d'autant qu'ils allaient bientôt repartir. Elle aurait bien aimé gagner son pari. C'était possible ? Comment ça ? Il y avait une bouée sur l'eau – on la voyait à marée haute –, et il y avait des lumières sur cette bouée ? Tu vois, Alfred ! (Elle s'adressa à M. Berry qui la regardait d'un air hébété.) Ça te suffit comme preuve ?

Ayant reçu un discret coup de pied, il hocha la tête vigoureusement, en se massant le tibia.

Après avoir échangé un clin d'œil avec Mme Holland, le patron du pub souleva l'abattant du comptoir et ouvrit le chemin.

– Attention aux marches, dit-il. Jetez un coup d'œil par le soupirail et vous verrez la bouée. Je vous laisse.

La porte de la cave se découpait dans un petit passage derrière le bar et l'escalier était plongé dans l'obscurité. Mme Holland gratta une allumette et regarda autour d'elle.

– Fermez la porte, murmura-t-elle à M. Berry.

Il repoussa le battant et rejoignit Mme Holland, manquant de dévaler les marches.

– Attention !

Elle souffla l'allumette et ils restèrent immobiles dans le noir.

– Qu'est-ce qu'on cherche ? demanda-t-il à voix basse.

– « Un lieu de ténèbres », murmura-t-elle. C'est cette cave. « Sous une corde à nœuds » : c'est ici, *La Tête de Turc*.

– Hein ?

– Une « tête de Turc », c'est une sorte de nœud de marin. Vous ne le saviez pas ? Non, évidemment ! Et les « trois lumières rouges »... il y a une bouée sur l'eau qui clignote trois fois « quand la lune apparaît au-dessus de l'eau ». À marée haute, autrement dit. Vous comprenez ? Tout concorde. Il nous reste plus qu'à chercher la lumière...

– C'est ça, madame Holland ?

M. Berry montrait un petit carré qui brillait d'un faible éclat dans le noir.

– Où ça ? Je ne vois rien ! Poussez-vous de là, nom d'une pipe !

Il remonta d'une marche et elle prit sa place pour regarder à travers la minuscule ouverture.

– Oui, c'est ça ! s'exclama-t-elle. C'est ça ! Dépêchons-nous : « Trois lumières rouges brillent avec éclat à cet endroit... »

Elle se retourna. Par un étrange phénomène d'optique, le verre déformant d'un des carreaux de la fenêtre faisait office de lentille et projetait les flashs lointains de la bouée sur un point précis du mur. À cet endroit, une pierre était mal scellée, comme le découvrit Mme Holland en plongeant ses ongles avides dans le ciment friable qui l'entourait.

Elle délogea la pierre, la tendit à M. Berry et glissa la main à l'intérieur du trou.

– Je sens une boîte, dit-elle d'une voix tremblante. Frottez une allumette, vite ! *Vite !*

M. Berry posa la pierre et s'exécuta. La faible lueur lui révéla que la vieille femme était en train de sortir du mur une petite boîte ornée de clous en cuivre.

– Restez tranquilles, nom d'un chien ! grogna-t-elle.

C'étaient ses mains qu'elle injuriait ainsi. Ses doigts fébriles s'attaquèrent à la fermeture du couvercle, mais l'allumette s'éteignit.

– Une autre, vite ! rugit-elle. Cet enquiquineur de patron va descendre d'une minute à l'autre...

La lumière jaillit de nouveau entre les doigts de M. Berry. Il approcha l'allumette de la boîte, pendant que Mme Holland tordait le loquet dans tous les sens ; enfin, elle réussit à le soulever.

La boîte était vide.

– Il a disparu, dit-elle.

Sa voix était étrangement calme, à cause du choc.

– Qui a disparu, madame Holland ?

– Le Rubis, espèce de crapaud hébété ! Il était là, dans cette boîte, et quelqu'un l'a pris.

Amère, elle replaça la boîte dans le mur après avoir vérifié si le trou ne contenait rien d'autre et remettait la pierre à sa place quand la porte de la cave s'ouvrit : la lumière d'une bougie se déversa sur les marches.

– Tout va bien ? demanda le patron du pub.

– Oui, merci bien. J'ai vu la lumière, et mon fils aussi. Pas vrai, Alfred ?

– Oui, maman. Je l'ai bien vue.

– Je vous suis très reconnaissante, dit Mme Holland. Vous n'avez fait descendre personne d'autre ici récemment, hein ?

– Non, pas depuis la visite du major March-banks, y a de ça un mois ou deux. Il cherchait les fondations de style Tudor, qu'il disait. Un vieil homme charmant. Il s'est suicidé la semaine dernière, paraît-il.

– Tiens donc ! Personne d'autre, alors ?

– Peut-être que ma serveuse a fait descendre quelqu'un, mais elle est pas là pour le moment. Pourquoi ?

– Comme ça, répondit Mme Holland. C'est un endroit pittoresque, voilà tout.

– En effet, dit-il. Alors, satisfaite ?

Mme Holland fut bien obligée de se contenter de cette réponse. Mais, plus tard, alors qu'ils attendaient leur train, elle dit à M. Berry :

– Il n'y a qu'une seule personne qui savait où était le Rubis, c'est cette fille. Hopkins est mort et Ernie Blackett ne compte pas... C'est elle, j'en suis sûre. Je la retrouverai, monsieur Berry. Je la retrouverai et je lui ferai la peau ! Je suis en colère et je la tuerai, vous pouvez me croire !

16
Obsessions

Le vendredi 8 novembre, M. Selby effectua une sortie sur le fleuve. De temps à autre, son métier l'obligeait à aller inspecter des navires à quai ou des cargaisons stockées dans des entrepôts, et à rédiger des certificats et des déclarations de marchandises. Jadis, il avait été un bon agent maritime. Homme vif et vigoureux, il s'y entendait pour juger de la valeur des marchandises, que ce soit à Londres ou sur les marchés étrangers. De même, il avait l'œil pour évaluer l'état d'un bateau, et rares étaient ceux qui pouvaient se vanter de l'avoir roulé lors d'une transaction.

Aussi, quand l'occasion se présenta d'inspecter un schooner pour remplacer le *Lavinia* disparu dans les profondeurs de l'océan, M. Selby sauta dessus avec une sorte de soulagement. Voilà une tâche qui n'impliquait rien de désagréable : il ne risquait pas de se retrouver mêlé à une sombre affaire ou à une sale histoire de Chinois. C'était un simple travail d'agent

255

maritime. Et donc, le vendredi après-midi, il se rendit à la gare de Blackwall, bien emmitouflé, une flasque de brandy glissée dans sa poche intérieure au cas où il aurait besoin de s'éclaircir les idées.

Il était accompagné de M. Berry. Le premier garde du corps avait connu une fâcheuse mésaventure mettant en scène un policier, un pub et une montre volée et, comme elle n'avait personne d'autre sous la main, Mme Holland avait envoyé M. Berry à Cheapside.

– Où on va, monsieur Selby? demanda M. Berry, alors qu'ils descendaient du train.

– Sur le fleuve, répondit sèchement M. Selby.

– Oh.

Ils marchèrent jusqu'à la jetée de Brunswick, où M. Selby avait retenu une embarcation qui devait les conduire au chantier naval situé à l'embouchure de Bow Creek, là où le schooner avait jeté l'ancre. La jetée était déserte, à l'exception d'un skiff solitaire qui se balançait au pied des marches; à bord se trouvait un individu vêtu d'un manteau vert assez miteux et coiffé d'un grand chapeau, qui tenait des rames.

En les voyant approcher, l'homme débarqua et aida M. Selby à descendre les marches raides et glissantes. Puis il se tourna vers M. Berry.

– Désolé, monsieur. Cette embarcation ne peut transporter que deux personnes.

– Je suis censé rester avec lui, répondit M. Berry. Il le faut ! C'est ce qu'on m'a demandé.

– Désolé, monsieur. Il n'y a pas de place pour trois.

– Que se passe-t-il ? s'écria M. Selby. Dépêchez-vous, voyons ! Je suis un homme très occupé.

– Il dit qu'il y a de la place pour deux seulement, monsieur Selby !

– Dans ce cas, prenez les rames et emmenez-nous ! Arrêtons de perdre du temps.

– Vraiment désolé, répondit le batelier. Le règlement de la société interdit de louer un bateau sans la présence d'un employé à bord. Je ne peux rien faire, monsieur.

M. Selby laissa échapper un grognement d'impatience.

– Soit ! Restez ici, vous, euh… machin. Surtout, ne vous éloignez pas de cette jetée.

– Entendu, monsieur Selby, dit le garde du corps.

Il s'assit sur un rouleau de cordages, alluma son brûle-gueule et regarda d'un air placide M. Selby s'éloigner sur l'eau boueuse. C'est seulement quand les employés du port vinrent fermer la jetée à six heures du soir et qu'ils le trouvèrent toujours assis au même endroit que M. Berry comprit qu'il se passait chose d'anormal.

257

– Espèce de triple buse ! lui lança Mme Holland, exaspérée.

– Mais… c'est lui-même qui m'a demandé de l'attendre ! protesta-t-il.

– Vous ne comprenez pas ce qui se passe, hein ? Vous ne comprenez pas ce que vous avez fait, hein, espèce d'andouille ?

– C'est parce que vous voulez rien me dire, marmonna le colosse, sans oser répondre à voix haute.

Mme Holland était tellement obsédée par le Rubis, désormais, qu'elle ne pouvait plus s'intéresser à rien d'autre. M. Selby lui avait paru prometteur au début, mais il ne provoquait pas en elle la même fascination que la pierre mystérieuse. Elle avait chassé ses rares locataires, accroché un écriteau COMPLET sur la porte et envoyé des espions dans tout Londres dans le but de retrouver Sally et Adélaïde, et aussi, éventuellement, un jeune photographe blond. Depuis, M. Berry était plongé dans un état de nervosité extrême ; chaque geste de la vieille femme le faisait tressaillir, chaque mot le faisait frémir, et quand elle apparaissait de manière subite dans une pièce, il sursautait comme un collégien pris en faute. Mme Holland arpentait la maison en grommelant et en lançant des jurons ; elle sillonnait les frontières de son territoire, des Vieux Escaliers de

Wapping au bassin de Shadwell, du quai du Pendu
à la ligne de chemin de fer de Blackwall, en fixant
son regard fiévreux sur toutes les jeunes filles
qu'elle croisait; elle ne dormait plus et restait
assise dans la cuisine à boire du thé noir comme
du goudron. Pendant ce temps, M. Berry marchait sur la pointe des pieds et parlait très poliment.

Sally, elle, se sentait perdue.

Elle avait acheté une arme, mais elle ignorait
qui était son ennemi, et elle avait appris comment
son père était mort, sans en connaître la raison.

Et les jours passaient... En se rendant pour la
première fois à Cheapside, elle avait déclenché
une chaîne de réactions qui lui échappaient totalement, se disait-elle. Des choses tournoyaient
autour d'elle de manière obscure, telles
d'énormes machines dangereuses dans une usine
sans lumière, au milieu desquelles elle avançait à
tâtons... Elle savait qu'elle pourrait en apprendre
plus, au prix d'un nouveau voyage à l'intérieur du
Cauchemar. Mais c'était un prix qu'elle ne pouvait pas payer, pas pour l'instant.

La situation était ironique. Pour la première
fois de sa vie, elle avait des amis, une maison et
un but. Chaque jour, elle se familiarisait un peu
plus avec ce commerce et de nouvelles idées de

développement lui venaient. Malheureusement, la plupart de ces idées coûtaient de l'argent et ils ne possédaient aucun capital. Elle ne pouvait utiliser le sien, car il lui faudrait alors passer par M. Temple, et si elle allait trouver l'avocat, elle perdrait immédiatement son indépendance.

C'était plus facile de penser à Frederick. Un tel mélange de désinvolture paresseuse et de colère passionnée, d'insouciance bohème et d'obsession de la perfection ! Frederick était un sujet qui aurait fasciné n'importe quel psychologue. Sally se disait : « Il faut que je lui demande de m'enseigner la photographie. Mais plus tard, pas maintenant ; quand je serai enfin débarrassée de ce mystère. »

Avec un gros effort, elle obligeait ses pensées à revenir vers les ténèbres, vers Mme Holland. Ainsi, la jeune femme et la vieille femme pensaient l'une à l'autre et, dans ces cas-là, les gens finissent toujours par se rencontrer, tôt ou tard.

De bonne heure le dimanche matin, un homme et un garçon qui se trouvaient à bord d'une barge chargée de crottin de cheval aperçurent un corps dans l'eau, dans cette partie du fleuve baptisée Erith Reach. Grâce à une gaffe, ils le hissèrent à bord et le déposèrent cérémonieusement au sommet de leur tas de fumier flottant. C'était le premier cadavre que voyait le garçon et il s'en réjouissait. D'ailleurs, il aurait voulu le garder un peu pour l'offrir aux regards admiratifs des bateliers qu'ils croisaient, mais son père arrêta la barge à Purfleet et confia la dépouille aux autorités locales. Le crottin de cheval, lui, finit sa carrière dans les fermes de l'Essex.

Jim avait pris l'habitude de passer presque tout le week-end à Burton Street. Il tomba amoureux de Rosa, qui l'avait immédiatement réquisitionné pour la troupe du répertoire stéréoscopique. Il incarnait Oliver Twist, il incarnait un Garçon sur le pont en feu, il incarnait Puck, ou bien un Prince dans un donjon. Mais quel que soit son déguisement ou la noblesse de son rôle, ses traits étaient ainsi faits que la seule expression que l'appareil photo parvenait à saisir était celle d'une joyeuse infamie.

Ce samedi-là, il s'exclama :

– Le vieux Selby a disparu ! Il est pas venu travailler ce matin. J'vous parie qu'on l'a liquidé. J'parie que c'est ce bonhomme de l'Hôtel Warwick qui lui a tranché la gorge.

– Arrête donc de bouger ! marmonna Rosa, qui avait des épingles coincées entre les lèvres.

Le studio était censé représenter la Palestine, grâce à une toile peinte, et Rosa essayait de déguiser Jim en jeune David pour une série biblique dont Trembleur pensait qu'ils pourraient la vendre aux sociétés évangélistes.

– Depuis quand tu ne t'es pas lavé les genoux ?

– J'parie qu'il se lavait jamais les genoux, lui non plus. C'est pour qui cette photo, d'abord ?

– Des cannibales, répondit Sally.

– Dans ce cas, la crasse partira dans la marmite, pas vrai ? On dirait que vous vous fichez du vieux Selby ? J'parie qu'il est mort.

– C'est fort possible, dit Rosa. Mais arrête donc de sautiller, pour l'amour du ciel. On a du travail…

Un client entra dans la boutique et Sally alla le servir. Quand elle revint, elle souriait d'une oreille à l'autre.

– Écoutez ! s'exclama-t-elle. C'est merveilleux ! C'était quelqu'un de chez Chainey, les imprimeurs. Ils veulent imprimer nos photos pour les vendre dans tout Londres. Déjà ! Que dites-vous de ça ?

– C'est extra ! répondit Frederick. Quelles photos ?

– Combien sont-ils prêts à payer ? demanda Rosa.

– Je lui ai dit de revenir lundi. Je lui ai expliqué que nous étions trop occupés pour discuter de ça pour le moment, et que nous avions reçu des propositions d'autres sociétés ; il fallait qu'on les compare. Quand il reviendra…

– Non, tu n'as pas fait ça ! s'exclama Rosa. C'est totalement faux !

– Pour le moment, peut-être. Mais ça viendra. Je ne fais qu'anticiper pour faire monter un peu le prix. Quand il reviendra, Frederick, il faudra que tu négocies avec lui. Je te soufflerai ce que tu dois dire.

– J'espère, car je n'en ai pas la moindre idée. Oh ! As-tu vu ça, au fait ? Je voulais te le montrer plus tôt, mais...

Il déplia un exemplaire du *Times*.

– Pour l'amour du ciel ! s'exclama Rosa avec colère. As-tu l'intention de prendre des photos aujourd'hui, oui ou non ?

– Évidemment. Mais cette annonce pourrait être importante. Écoutez ça : « À l'attention de Miss Sally Lockhart. Si Miss Sally Lockhart, fille de feu Matthew Lockhart, de Londres et de Singapour, demande à parler à M. Reynolds à l'Hôtel Warwick, Cavendish Place, elle apprendra une chose qui lui sera d'un grand profit. » Alors, que dites-vous de ça ?

Jim émit un sifflement.

– C'est lui ! s'exclama-t-il. C'est le gars qu'a tué Selby !

– C'est un piège, dit Sally. Je n'irai pas.

– Veux-tu que j'y aille en me faisant passer pour toi ? proposa Rosa.

– Non, n'y va pas, dit Jim. Il te tranchera la gorge comme il a fait au vieux Selby.

– Qu'en sais-tu ? demanda Frederick. Tu es obsédé par toutes ces histoires, ma parole !

– On parie ? répondit Jim aussitôt. J'te parie une demi-couronne qu'il est mort.

– Pari tenu. Sally, je t'accompagnerai si tu veux. Cet homme ne pourra rien faire si je suis là.

– Et si c'était une ruse de M. Temple ? dit-elle. Vous oubliez que je dois rester cachée. Légalement, il est responsable de moi, et il va essayer par tous les moyens de me retrouver.

– Il s'agit peut-être d'une chose qui concerne ton père, dit Rosa. D'abord, cet homme t'appelle Sally, pas Veronica.

– C'est exact. Oh, je ne sais pas quoi faire... Mais... Je ne sais pas. Il y a trop de choses à faire ici. Finissons cette photo...

Le dimanche après-midi, Adélaïde et Trembleur allèrent se promener. Ils passèrent devant le British Museum, descendirent Charing Cross Road et jetèrent un regard à Nelson sur sa colonne, puis ils déambulèrent sur le Mall et voulurent rendre une petite visite à Sa Majesté la Reine, mais elle n'était pas là, car l'Union Jack ne flottait pas au-dessus de Buckingham Palace.

– Elle doit être à Windsor, dit Trembleur. Ça lui ressemble bien, tiens ! Tant pis pour elle, allons acheter des marrons chauds à la place.

Ils se promenèrent dans le parc, gardant quelques petits bouts de marrons pour les lancer aux canards, qui s'approchèrent à toute allure et se battirent comme des navires de guerre. Adélaïde n'avait jamais rêvé de passer un après-midi pareil ; elle riait et plaisantait avec Trembleur comme si elle avait oublié ce qu'était le malheur, et lui aussi riait. Il lui apprit à faire des ricochets sur l'eau avec des pierres plates, jusqu'à ce qu'un gardien les chasse de la pelouse. Dès qu'il eut le dos tourné, Trembleur lui tira la langue et ils éclatèrent de rire.

C'est à ce moment-là qu'ils se firent repérer.

Un jeune ouvrier de la scierie située derrière Wapping High Street se promenait avec sa fiancée, une employée de maison de Fulham. Il avait fait quelques affaires douteuses (du tabac volé dans un entrepôt) avec un des locataires de Mme Holland, et il se souvint que la vieille offrait une récompense à quiconque lui indiquerait où se trouvait Adélaïde. Grâce à son regard perçant, il la reconnut immédiatement. Il entraîna sa fiancée à l'écart du chemin sur lequel ils marchaient et il commença à suivre Adélaïde et Trembleur.

– Hé ! Qu'est-ce qui te prend ? demanda l'employée de maison.

– Prends un air naturel. J'ai mes raisons.

– Oh, je les connais, tes raisons ! Je refuse d'aller dans les buissons avec toi !

– Dans ce cas, salut !

Et il la planta sur le chemin, hébétée.

Il suivit les deux promeneurs hors du parc, à travers Trafalgar Square. Il les perdit au début de St Martin's Lane et faillit leur rentrer dedans à Cecil Court, où ils s'étaient arrêtés devant la vitrine d'un magasin de jouets. Il continua à les filer jusqu'au British Museum, faillit les perdre de nouveau dans Coptic Street en essayant de garder ses distances pour ne pas se faire repérer, car la foule devenait plus clairsemée. Mais il dut se rapprocher ensuite, car la nuit tombait, et finalement, il les vit tourner au coin de Burton Street. Quand il y arriva à son tour, ils avaient disparu, mais la porte d'un studio de photographe était en train de se refermer.

« C'est déjà ça », se dit-il.

Et il s'empressa de rentrer à Wapping.

17
Les escaliers du roi James

L'homme de l'imprimerie Chainey revint le lundi, comme convenu. Frederick, à qui Sally avait fait la leçon, insista pour obtenir des droits de vingt pour cent, et de vingt-cinq pour cent à partir de dix mille photos vendues. L'imprimeur n'en revenait pas ; il s'attendait à acheter directement les photos, une bonne fois pour toutes. Mais Sally avait ordonné à Frederick de ne pas céder. L'imprimeur accepta de prendre la série historique, celle des meurtres célèbres et les scènes tirées de Shakespeare. Il accepta également que les photos portent le nom de Garland et non de Chainey, qu'elles soient vendues au prix de deux shillings et six pence, et que ce soit eux, les imprimeurs, qui paient les frais de publicité.

L'imprimeur repartit quelque peu déconcerté, mais non sans avoir signé le contrat. Frederick se frottait les yeux ; il n'arrivait pas à croire ce qu'il venait de faire.

– Tu as été parfait ! lui dit Sally. J'écoutais à travers la porte. Tu as été ferme, tu as trouvé les bons mots. Nous voilà lancés ! C'est parti !

– J'ai les nerfs en pelote, avoua Frederick. Mon âme est trop fragile pour ce genre de joute commerciale. Pourquoi tu ne t'en charges pas à ma place ?

– Je m'en chargerai, dès que j'aurai l'âge d'être prise au sérieux.

– Je te prends au sérieux, moi !

Elle le regarda. Ils étaient seuls dans la boutique ; les autres s'étaient absentés pour diverses raisons. Frederick était assis sur le comptoir ; Sally se tenait à environ un mètre de lui, les mains posées sur le présentoir en bois fabriqué par Trembleur pour exposer les stéréogrammes. Et soudain, elle prit conscience de la situation. Elle baissa les yeux.

– En tant que femme d'affaires ? demanda-t-elle, en essayant de conserver un ton léger.

– En tant que plein de choses. Sally, je…

La porte s'ouvrit et un client entra. Frederick s'empressa de sauter du comptoir pour le servir, pendant que Sally retournait dans la cuisine. Son cœur cognait dans sa poitrine. Ses sentiments pour Frederick étaient si confus et puissants qu'elle était incapable de les formuler ; elle osait à peine imaginer ce qu'il s'apprêtait à dire.

Peut-être aurait-elle pu le savoir une ou deux minutes plus tard… Mais on frappa violemment à la porte de la cuisine, et Jim fit son entrée.

– Jim ! Que fais-tu ici ? demanda Sally. Tu n'es donc pas au travail ?

– Je viens toucher mes gains, dit-il. Tu te souviens que j'avais fait un pari avec le patron ? Eh bien, j'avais raison. Le vieux Selby est mort !

– Hein ?

À cet instant, Frederick entra dans la cuisine.

– Que viens-tu faire ici, gargouille ? demanda-t-il.

– Je viens t'annoncer une nouvelle. Pour commencer, tu me dois une demi-couronne. Le vieux Selby a passé l'arme à gauche. Ils ont repêché son corps dans le fleuve samedi et un flic a débarqué ce matin ; les bureaux sont fermés. Y a une enquête. Allez, aboule mon fric.

Frederick lui jeta une pièce et s'assit sur une chaise.

– On sait ce qui s'est passé ? interrogea-t-il.

– Vendredi, il est allé examiner un schooner quelque part près de Bow Creek. Il a pris un skiff à la jetée de Brunswick, et l'embarcation est jamais revenue. Le batelier non plus. Le gros costaud de Mme Holland l'a accompagné jusqu'à la jetée, mais il est pas monté à bord du skiff. Y a un témoin qui l'a vu poireauter. Alors, qu'est-ce que tu dis de ça ?

— Nom d'une pipe ! s'exclama Frederick. Tu crois que c'est un coup de l'homme de l'Hôtel Warwick ?

— Évidemment ! C'est logique.

— Tu en as parlé à la police ?

— Pourquoi faire ? répondit Jim avec mépris. Qu'ils se débrouillent tout seuls !

— Jim, il s'agit d'un meurtre.

— Selby était une crapule. Il a provoqué la mort du père de Sally, n'oublie pas ça. Il a eu ce qu'il méritait. C'est pas un meurtre, c'est la simple justice et le bon sens.

Tous les deux se tournèrent vers Sally pour quêter son avis. Elle sentait que si elle disait : « Il faut prévenir la police », ils seraient d'accord. Mais une partie de son esprit lui répétait que s'ils alertaient les autorités, elle ne découvrirait jamais la vérité.

— Non, dit-elle. Pas pour l'instant.

— C'est dangereux ! dit Frederick.

— Pour moi, pas pour vous.

— C'est bien ce qui m'inquiète ! répliqua-t-il avec colère.

— Tu ne comprends pas. Et je ne peux pas t'expliquer. Je t'en supplie, Frederick, laisse-moi le temps de m'y retrouver dans toute cette histoire.

Il haussa les épaules.

— Qu'en penses-tu, Jim ? demanda-t-il.

– Elle est folle. Mieux vaut pas s'en occuper, peut-être que c'est contagieux.

– Très bien. Mais tu dois me promettre une chose, Sally : tu me diras toujours où tu vas et où tu es. Si tu as l'intention de te jeter dans la gueule du loup, je tiens à le savoir.

– D'accord, c'est promis.

– C'est déjà ça. Jim, que comptes-tu faire aujourd'hui ?

– Je sais pas. Je vais traîner sûrement ici pour embêter le monde.

– Veux-tu apprendre comment installer un appareil et prendre une photo ?

– Ouais, super !

– Alors, viens.

Ils se rendirent dans le studio, laissant Sally seule. Elle reporta son attention sur le journal avec l'intention de lire les informations financières. Mais son œil fut attiré par un gros titre. Moins d'une minute plus tard, elle était debout, livide et tremblante :

MYSTÉRIEUSE AGRESSION D'UN PASTEUR
MEURTRE À OXFORD

Une extraordinaire série d'événements
s'est déroulée à Oxford samedi dernier

pour s'achever finalement par le meurtre du frère d'un homme d'Église de la région.

La victime, M. Matthew Bedwell, logeait chez son frère jumeau, le révérend Nicholas Bedwell, vicaire à Saint-John à Summertown. Les événements ont débuté par une agression sauvage et imprévisible sur la personne du révérend Bedwell qui rendait visite à un de ses paroissiens, un homme âgé et malade. Alors qu'il s'engageait dans la rue conduisant au cottage de l'invalide, le vicaire a été attaqué par un homme robuste, armé d'un poignard.

Malgré des blessures aux bras et au visage, le révérend Bedwell a réussi à repousser son agresseur, qui s'est enfui à toutes jambes. M. Bedwell s'est alors rendu chez un médecin, mais entre-temps, un message était arrivé au presbytère pour demander à son frère de le rejoindre au bord de la Tamise, à Port Meadow, non loin de là.

Attiré dans ce piège, M. Matthew Bedwell a quitté le presbytère à quinze heures, et nul ne l'a revu vivant. Peu après dix-neuf heures, un batelier a *découvert son corps dans le fleuve. On lui avait tranché la gorge.*

La victime de ce meurtre abominable est un marin, rentré il y a peu d'un voyage aux Antilles. Son frère et lui étaient de parfaits jumeaux; on pense que cette similitude physique pourrait expliquer l'agression antérieure dont avait été victime le révérend Bedwell, mais les circonstances demeurent obscures.

Sally reposa le journal et courut prévenir Frederick.

Ils écrivirent immédiatement à Nicholas Bedwell et passèrent le restant de la journée à travailler en silence. Personne n'avait rien à dire, pas même Jim. Rosa partit pour le théâtre plus tôt que d'habitude.

Jim avait su se rendre si utile qu'ils l'invitèrent à dîner. Il accompagna Trembleur et Adélaïde au pub du coin de la rue pour aller chercher des bières. C'était Sally qui préparait à manger ce soir-là : du *kedgeree*, l'un des deux seuls plats qu'elle savait cuisiner.

Frederick arrivait du laboratoire et Sally allait mettre la table lorsque la porte de la cuisine s'ouvrit violemment ; Jim entra en trombe.

273

– Mme Holland ! s'écria-t-il, le souffle coupé.
Elle a enlevé Adélaïde ! Elle était cachée au coin
de la rue ! Elle lui a sauté dessus et elle l'a poussée
dans un fiacre. On n'a rien pu faire !

– Où est Trembleur ? demanda Frederick en
lâchant son couteau et sa fourchette pour saisir
son manteau.

– Le gros costaud l'a mis K.O., expliqua Jim. Il
faisait nuit, on venait juste de tourner au coin du
pub, là où que c'est pas éclairé. On n'a rien vu !
La vieille a jailli de la ruelle tout à coup pour se
jeter sur Adélaïde. Trembleur a lâché les bières
pour essayer de la retenir en la tirant par l'autre
bras, mais le colosse lui a balancé un direct qui l'a
expédié au tapis ; il y est toujours, à mon avis. Je
les ai vus pousser Adélaïde dans un fiacre et
démarrer à toute al...

– Sally, tu restes ici ! ordonna Frederick. Ne sors
pas, ne réponds pas si on frappe à la porte et ne
laisse entrer personne.

– Mais... ! s'écria-t-elle, trop tard, car Frederick
était déjà parti, et Jim l'avait suivi.

– Et Trembleur ? lança-t-elle en s'adressant à la
cuisine désertée.

Elle regarda le *kedgeree* fumant, auquel personne n'avait eu le temps de toucher, et des
larmes de frustration lui vinrent aux yeux. « Pourquoi dois-je rester ici ? se demanda-t-elle avec

colère. Est-ce que ça ne me regarde pas, moi aussi ? »

Elle se laissa tomber dans le grand fauteuil et se mordilla la lèvre, ne sachant que faire. Soudain, le bruit de la poignée de la porte lui fit dresser la tête et, stupéfaite, elle vit entrer Trembleur, pâle et secoué de frissons, une coupure sanguinolente à la joue. Elle se leva d'un bond pour le soutenir et l'aida à s'asseoir dans le fauteuil, à sa place.

– Que s'est-il passé ? interrogea-t-elle. Jim a débarqué ici comme une tornade pour nous annoncer que Mme Holland avait…

– Ils l'ont enlevée, les ordures ! (Il méritait son surnom plus que jamais, car il tremblait de tous ses membres.) Ils l'ont enlevée, la pauvre petite, et ils l'ont fait monter de force dans une saleté de fiacre ! J'ai même pas pu les arrêter ! Ce grand balèze m'a expédié au tapis et… J'ai essayé, miss, je vous le jure ! Mais il était costaud et…

– Fred et Jim se sont lancés à sa poursuite, dit Sally en essorant un linge mouillé qu'elle appuya sur le visage de Trembleur. Ils vont récupérer Adélaïde, ne t'en fais pas. Fred ne laissera personne lui faire du mal. Dans moins d'une heure, elle sera de retour ici, à l'abri.

– Que Dieu vous entende, miss. C'est ma faute. J'aurais pas dû la laisser m'accompagner. C'est une pauvre petite créature adorable…

–Tu n'y es pour rien. Ce n'est la faute de personne. Écoute… le dîner est prêt, et il n'y a plus personne pour le manger à part nous deux. Tu en veux un peu ?

– Je sais pas si je pourrai avaler quoi que ce soit. J'ai plus très faim, à vrai dire.

Sally non plus ne se sentait aucun appétit, mais elle obligea Trembleur à prendre un peu de *kedgeree* et elle se servit également. Ils mangèrent en silence. Enfin, Trembleur repoussa son assiette et déclara :

– Délicieux…

Le repas n'avait duré que cinq minutes.

– Ça va mieux, ta joue ?

Il ferma les yeux.

– Je suis un bon à rien, voilà ce que je suis, murmura-t-il, pendant que la jeune fille tamponnait délicatement sa blessure avec un morceau de flanelle humide. Je suis un incapable !

– Ne dis pas de bêtises, voyons. Cet endroit partirait à vau-l'eau sans toi, et tu le sais bien. Arrête donc de te lamenter.

Sally reposa le bout de flanelle et, soudain, elle fut assaillie par une idée. Elle dut s'asseoir, car elle s'était mise à trembler, elle aussi.

– Qu'y a-t-il ? lui demanda le petit homme.

– Trembleur, tu veux bien faire quelque chose pour moi ?

– Quoi donc ?

– Je... (Elle ne savait pas comment formuler sa demande.) Tu sais ce qui s'est passé quand je suis allée dans cette fumerie d'opium avec Fred ?

– Oui. Vous nous l'avez raconté. Pourquoi ? Vous avez l'intention de retourner là-bas ?

– Non. Ce n'est pas nécessaire. J'ai de l'opium ici... Quand M. Bedwell m'a demandé d'en trouver, je... j'en ai mis un petit morceau de côté. Car je savais que je serais obligée d'en passer par là. Je m'y suis préparée. C'est la seule façon de savoir ce que cherche Mme Holland. Tu comprends ? Je dois faire resurgir mon Cauchemar. Je voulais repousser cet instant au maximum, en espérant que cette femme disparaîtrait, mais ce n'est pas le cas. Nous en sommes arrivés au point critique et... je veux le faire maintenant. Ça ne t'ennuie pas de rester avec moi ?

– Hein ? Vous allez fumer ce machin ici ?

– C'est le seul moyen de découvrir la vérité. Je t'en supplie, Trembleur. Tu veux bien rester là pour veiller sur moi ?

Le petit homme avala sa salive avec difficulté.

– Évidemment, miss. Mais supposons que ça se passe mal, qu'est-ce que je dois faire ?

– Je ne sais pas. J'ai confiance en toi, Trembleur. Tu n'auras qu'à... me tenir, par exemple.

– D'accord, miss. Comptez sur moi.

Elle déposa un baiser sur sa joue et courut jusqu'au placard. L'opium était enveloppé dans un morceau de papier, derrière une cruche, sur l'étagère du haut, et Sally dut monter sur une chaise pour le récupérer. Elle avait conservé un morceau de la grosseur d'une noisette et elle ne savait pas du tout si c'était trop, ou pas assez, ni comment le fumer, étant donné qu'elle n'avait pas de pipe.

Elle revint s'asseoir à table et repoussa les assiettes. Trembleur tira une chaise et s'assit en face d'elle, en déplaçant la lampe de manière à ce qu'elle éclaire directement la toile cirée rouge. Le poêle tirait au maximum et il faisait bon dans la cuisine mais, pour se sentir plus en sécurité, elle alla tirer le verrou de la porte. Après quoi, elle déballa l'opium.

– La dernière fois, dit-elle, j'ai simplement respiré par hasard la fumée de la pipe d'opium de quelqu'un d'autre. Peut-être que je n'ai pas besoin de le fumer véritablement... Si je l'enflamme et si j'inspire uniquement la fumée, comme la première fois... J'espère que ça marchera, car je n'en ai pas d'autre. Qu'en penses-tu ?

Trembleur secoua la tête.

– J'en sais rien, miss. Ma mère me donnait du laudanum pour le mal de dents quand j'étais enfant. Mais c'est tout ce que je peux vous dire. Ça se fume comme du tabac ce machin, non ?

– Je ne pense pas. Les gens que j'ai vus chez Mme Chang étaient tous allongés sur des lits et un domestique leur tenait la pipe. C'est lui qui allumait l'opium. Peut-être qu'ils ne pouvaient pas la tenir tout seul. Si je le mettais dans une assiette...

Elle se releva d'un bond pour aller chercher une assiette émaillée qu'elle posa sur la table, puis elle prit les allumettes sur l'étagère au-dessus du poêle.

– Je vais juste approcher la flamme. Comme ça, si je m'endors ou... l'allumette tombera dans l'assiette.

Elle prit une fourchette propre avec laquelle elle piqua la boulette de résine et elle la tint au-dessus de l'assiette.

– C'est parti, dit-elle.

Elle frotta une allumette et tint la flamme sous l'opium. Ses mains ne tremblaient pas, constata-t-elle. La flamme enveloppa la boulette de drogue et noircit la surface, qui se mit à fumer et à grésiller. Sally se pencha en avant pour inspirer profondément et, aussitôt, fut prise de vertiges. Elle tressaillit, secoua la tête et sentit naître la nausée. L'allumette s'éteignit.

Elle la laissa tomber sur l'assiette et en prit une autre.

– Ça va, miss ? demanda Trembleur.

– Tu peux gratter l'allumette et la tenir sous l'opium ?

– Tout de suite. Vous êtes sûre de vouloir aller jusqu'au bout ?

– Oui. Il le faut.

Trembleur frotta une allumette et l'approcha de la boule d'opium. Sally se pencha de nouveau en avant en appuyant ses bras sur la table et en repoussant ses cheveux en arrière pour qu'ils ne prennent pas feu, et elle inspira profondément. La fumée avait un goût sucré, se dit-elle, et amer en même temps. Puis le Cauchemar commença .

À cette époque, Wapping ressemblait fort à une île. D'un côté, il y avait le fleuve et, de l'autre, les docks. Pour pénétrer dans Wapping, il fallait donc traverser un des ponts ; ce n'étaient pas des constructions robustes et imposantes, en pierre ou en brique, comme le pont de Londres, mais des structures plus légères, en fer ou en bois. Et tous étaient mobiles : c'étaient des ponts basculants ou des ponts hydrauliques qui pivotaient en cas de besoin pour laisser passer les bateaux qui entraient et sortaient des docks. Ils étaient au nombre de sept : sept voies d'entrée ou sept voies de sortie. C'était un jeu d'enfant de poster un homme à chacune d'elles. Nombreuses étaient les personnes redevables à Mme Holland, et plus nombreuses encore celles qui avaient peur de la vieille femme.

Le fiacre transportant Frederick et Jim, accroché au tablier et survolté, traversa avec fracas le pont basculant au-dessus de Wapping Entrance, le chenal qui conduisait au plus grand des deux docks de Londres. Ni Frederick ni Jim ne remarquèrent les deux hommes postés près du treuil, sur le côté droit.

– Où qu'on va ? cria le cocher.

– Arrêtez-vous ici, répondit Frederick. Ça ira, nous ferons le reste à pied.

Ils payèrent la course et le cocher s'empressa de faire demi-tour. Frederick aurait aimé avoir plus d'argent pour demander au cocher de les attendre, mais il avait juste de quoi payer la course.

– Comment qu'on va faire ? demanda Jim. Je sais où elle habite. Je l'ai espionnée.

– Aucune idée, répondit Frederick. Allons-y, nous aviserons sur place.

Ils remontèrent à grands pas Wapping High Street, entre les grands entrepôts sombres, sous les portiques et les poulies qui saillaient au-dessus de leurs têtes comme des échafauds dressés pour de multiples exécutions. Au bout d'une ou deux minutes, ils atteignirent le coin du quai du Pendu. Frederick leva la main pour faire signe à Jim de s'arrêter.

– Attends !

Il risqua un coup d'œil au coin et tira brusquement le jeune garçon par le bras.

– Regarde ! murmura-t-il. On arrive juste à temps ! La vieille descend du fiacre, et Adélaïde est avec elle…

– Qu'est-ce qu'on fait, alors ?

– Allons-y ! On la récupère et on fiche le camp.

Joignant le geste à la parole, Frederick s'élança, imité aussitôt par Jim. Il n'y avait qu'une vingtaine de mètres jusqu'à la pension de Mme Holland et Frederick courait vite. La vieille femme cherchait ses clés dans son sac quand il arriva derrière elle.

– Adélaïde ! cria-t-il, et Mme Holland se retourna en un éclair. Cours ! Va avec Jim !

Celui-ci était lancé à toute allure ; il saisit la fillette par la main et voulut l'entraîner, mais elle résista et demeura sur place, comme paralysée.

– *Viens !* hurla-t-il.

Il tira plus fort et elle le suivit enfin. Ils détalèrent vers le coin de la rue et disparurent. C'est alors que Frederick comprit pourquoi Mme Holland n'avait pas bougé, et pourquoi elle le regardait en souriant : derrière lui, tenant un petit bâton à la main, se tenait le colosse, Jonathan Berry. Frederick chercha désespérément une issue, mais il était pris au piège.

La rue où Jim avait tourné n'était pas celle qu'aurait choisie Adélaïde : elle se terminait en impasse. Mais la fillette était aveuglée par la panique et elle se laissa entraîner sans rien dire.

C'était un endroit baptisé Church Court. La ruelle formait un coude, Jim ne pouvait donc pas voir qu'il s'agissait d'une impasse et, de toute façon, il faisait presque nuit noire. Arrivé tout au bout, il tomba sur un amas d'ordures, promena ses mains sur le mur de briques et poussa un juron.

– Où qu'on est ? demanda-t-il. Y a quoi derrière ce mur ?

– Une église, murmura Adélaïde. Est-ce qu'elle nous suit ? Est-ce qu'elle nous suit ?

– Le patron va la retenir. Dépêchons-nous d'escalader ce foutu mur !

Son regard balaya la pénombre. Le mur n'était pas très haut, environ deux mètres, mais il était surmonté d'une rangée de pointes en fer, Jim les apercevait dans la faible lumière projetée par les fenêtres de l'église voisine, maintenant que ses yeux s'étaient habitués à la nuit. Des chants leur parvenaient et il se dit que ce serait peut-être une bonne idée de se cacher au milieu d'une assemblée de fidèles pendant un office.

Avisant un tonneau couché dans un coin, Jim le fit rouler jusqu'au mur et le redressa. Il dut ensuite aller secouer Adélaïde qui était accroupie dans un coin et marmottait à voix basse.

– Lève-toi, idiote ! Amène-toi. Il faut escalader ce mur...

– Je peux pas.

– Lève-toi donc, pour l'amour du ciel ! Debout !

Il la leva de force et la fit monter sur le tonneau. Voyant qu'elle tremblait comme un lapin terrorisé, il lui parla d'un ton plus doux.

– Si on passe de l'autre côté, on pourra s'enfuir et retourner à Burton Street. Tu reverras Trembleur. Mais pour ça, faut que tu essayes de grimper. D'accord ?

Il la rejoignit sur le tonneau et se hissa comme il put. Le mur de briques était suffisamment épais pour qu'il puisse s'y tenir debout, après avoir enjambé prudemment les pointes en fer. Il se retourna et se pencha vers l'impasse.

– Remonte ta jupe pour pas qu'elle reste accrochée.

La fillette obéit, sans cesser de trembler. Puis elle tendit ses deux mains vers Jim et il la souleva ; elle ne pesait presque rien.

Quelques secondes plus tard, ils étaient dans le cimetière, au milieu des pierres tombales, des hautes herbes et des barrières tordues, et devant eux se dressait la silhouette imposante de l'église. À l'intérieur, l'orgue jouait ; l'endroit semblait accueillant et chaleureux, et Jim était fortement tenté d'y entrer. Ils se faufilèrent entre les pierres tombales et firent le tour de l'église jusqu'à la porte principale, où une lampe à pétrole fixée dans le mur leur permit de découvrir combien ils étaient sales.

– Rabaisse donc ta jupe ! dit Jim. T'as l'air ridicule.

Adélaïde obéit. Il regarda à droite et à gauche ; la rue était déserte.

– À mon avis, mieux vaut éviter de revenir sur nos pas, commenta-t-il. Ce pont, il est tout près de chez elle. Y a pas un autre moyen de traverser ces foutus docks ?

– Près du quai du Tabac, y a un pont, dit la fillette dans un murmure. En haut d'Old Gravel Lane.

– Viens, tu vas me montrer le chemin. Mais fais bien attention de rester dans l'ombre.

Adélaïde l'entraîna vers la droite, en passant devant un entrepôt désaffecté. Ces rues étaient plus étroites que High Street, et de chaque côté, les petits cottages mitoyens remplaçaient les quais et les entrepôts. Il y avait peu de monde dehors ; ils passèrent devant un pub, et même si des lumières brillaient à travers les fenêtres embuées, tout était calme. Ils avançaient d'un bon pas, et Jim reprenait espoir. Certes, ils seraient obligés de rentrer à Burton Street à pied, mais peu importait ; une heure et demie de marche, ce n'était pas la mer à boire. Finalement, tout s'était bien passé.

Ils s'arrêtèrent au coin d'Old Gravel Lane, plus large et mieux éclairée que la ruelle d'où ils venaient de déboucher. Il commençait à pleuvoir. Jim regarda devant lui en plissant les yeux, la main en visière, et il aperçut la silhouette de deux ou trois grands entrepôts au bout de la rue, puis un pont.

– C'est là-bas ? demanda-t-il.

– Oui, le quai du Tabac.

Prudemment, ils franchirent le coin de la rue et prirent la direction du pont. Une charrette les dépassa, avec une bâche tendue sur son chargement, mais elle disparut avant que Jim puisse héler le conducteur pour lui demander de les emmener. Quelques passants jetèrent des regards intrigués à cet étrange couple – la petite fille vêtue d'une cape trop grande pour elle, et le garçon, sans veste ni couvre-chef en cette nuit pluvieuse – mais ils poursuivirent leur chemin, tête baissée.

Ils avaient presque atteint le pont sans se faire repérer.

Une cabane de veilleur de nuit était installée sur le côté droit de la route et, devant la porte, un feu brûlait dans un brasero qui sifflait et crachotait chaque fois qu'une goutte de pluie évitait l'auvent de toile qui le protégeait. Un homme... non, deux, étaient assis dans la cabane. Du coin de l'œil, Jim les vit se lever, ce qui l'intrigua ; presque aussitôt, il entendit l'un des deux hommes s'exclamer :

– C'est elle ! Oui, c'est la fille !

Il sentit Adélaïde se recroqueviller à côté de lui ; elle était de nouveau paralysée. Il la prit par la main ; au moment où les deux hommes sortaient de la cabane, ils firent demi-tour et repartirent à toute allure en sens inverse. Il n'y avait pas d'autre issue : les murs des entrepôts se dressaient de chaque côté de la rue, lisses et sombres.

– Cours, pour l'amour du ciel ! Cours, Adélaïde !

Apercevant soudain une ouverture sur la gauche, Jim s'y engouffra, tirant la fillette derrière lui, puis il tourna à gauche, puis à droite, jusqu'à ce que les deux hommes aient disparu.

– Où on va maintenant ? demanda-t-il, le souffle coupé. Vite ! J'les entends qui rappliquent !

– À Shadwell, hoqueta Adélaïde. Oh, Jim, ils vont me tuer !... Je vais mourir, Jim...

– Tais-toi donc et arrête de faire l'idiote ! Ils vont pas te tuer. Personne va te tuer. La vieille sorcière a dit ça pour te flanquer la frousse, c'est tout. C'est Sally qu'elle veut, pas toi. Alors, comment on fait pour aller à Shadwell ?

Ils avaient atterri dans un petit endroit baptisé Pearl Street, à peine plus large qu'une ruelle. Adélaïde regarda à droite et à gauche, visiblement indécise.

– Ils sont là !

Le cri avait jailli dans leurs dos et des bruits de pas précipités résonnaient entre les murs.

Les deux fuyards prirent leurs jambes à leur cou une fois de plus. Mais Adélaïde se fatiguait et Jim était essoufflé. Un nouveau coin de rue, puis encore un autre, et encore un autre, et un autre, et toujours ces bruits de pas pesants derrière eux.

En désespoir de cause, Jim plongea dans un petit passage, si étroit qu'il pouvait à peine s'y faufiler, en poussant Adélaïde devant lui. Elle trébucha. Emporté par son élan, il tomba sur elle en laissant échapper un hoquet et demeura immobile.

Quelque chose bougeait devant eux dans le passage ; on aurait dit un rat. Adélaïde tressaillit et enfouit son visage dans le cou de Jim.

– Salut, mon pote ! lança une voix dans l'obscurité.

Jim leva la tête. Une allumette s'enflamma et le garçon sourit avec soulagement.

– Dieu soit loué ! N'aie pas peur, Adélaïde ! C'est mon pote Paddy !

Adélaïde n'avait plus assez de souffle pour parler et la peur l'empêchait presque de bouger. Elle leva la tête et découvrit le visage crasseux d'un garçon à l'air rusé, à peu près de l'âge de Jim, et qui semblait vêtu de toile à sac. Incapable de dire un mot, elle reposa sa tête sur les pavés mouillés.

– C'est elle la fille que Mme Holland cherche partout ?

– T'es au courant ? répondit Jim. Faut qu'on foute le camp de Wapping. Mais la vieille a placé ses sbires sur tous les ponts.

– Vous êtes tombés sur le gars qu'il vous faut. Je connais ce coin comme ma poche. Tout ce qu'il faut savoir, j'le sais !

Paddy était le chef d'une bande de gamins des rues. Il avait fait la connaissance de Jim le jour où, avec ses copains, ils avaient commis l'erreur de le canarder avec des pierres, puis avec des insultes quand il avait riposté. Jim visait mieux qu'eux et son vocabulaire était bien plus étendu. C'était ainsi qu'il avait gagné leur respect.

– Qu'est-ce que tu fiches par ici ? lui demanda Jim à voix basse. J'croyais que tu quittais jamais la rive du fleuve.

– Je prépare un coup, mon pote. J'ai repéré une péniche avec du charbon. Coup de bol pour toi, hein ? Tu sais nager ?

– Non. Tu sais nager, Adélaïde ?

La fillette secoua la tête. Elle était toujours couchée par terre, le visage tourné vers le mur. La partie du passage où ils se trouvaient était couverte, ce qui les protégeait de la pluie battante qui martelait le pavé derrière eux, mais le filet d'eau glacée qui tombait de la gouttière trempait la robe d'Adélaïde.

– C'est le changement de marée, dit Paddy. Allons-y.

– Viens, dit Jim en relevant Adélaïde.

À tâtons, ils suivirent le garçon vers le fond du passage.

– Où c'est qu'on est, là ? murmura Jim.

– C'est une usine de charbon animal, répondit la voix devant lui. Y a une porte juste là.

Paddy s'arrêta. Jim entendit une clé tourner dans une serrure et la porte s'ouvrit en grinçant. Ils pénétrèrent dans une vaste pièce caverneuse, dont seul un coin était éclairé par la flamme vacillante d'une bougie. Une douzaine d'enfants, au moins, vêtus de haillons, dormaient sur des sacs en toile empilés ; une fillette aux yeux sauvages, à peine plus âgée qu'Adélaïde, tenait la bougie. Une odeur nauséabonde flottait dans l'air.

– Bonsoir, Alice, dit Paddy. J'ai deux visiteurs.

Elle les regarda sans rien dire. Adélaïde s'accrochait à Jim, qui soutenait le regard d'Alice, nullement honteux.

– Faut les faire sortir de Wapping, dit Paddy. Dermot est sur la barge ?

Alice secoua la tête.

– Envoie Charlie le prévenir. Tu vois ce que je veux dire.

Elle adressa un signe de tête à un jeune garçon, qui partit aussitôt.

– Vous vivez tous ici ? demanda Jim.

– Oui. On fait la chasse aux rats pour payer le loyer et on les vend au pub d'à côté, le *Fox and Goose*.

Jim regarda autour de lui et découvrit un amas d'os d'animaux dans un coin ; quelque chose remuait au-dessus. Ce quelque chose fit un bond et se transforma en garçon de cinq ou six ans, presque nu, qui se dirigea vers Alice d'un pas mal assuré. Il serrait dans ses mains un rat qui couinait et se débattait. Sans dire un mot, Alice prit le rongeur et le jeta dans une cage.

– Vous pouvez rester ici si vous voulez, dit Paddy. C'est douillet comme hôtel.

– Non, impossible. Viens, Adélaïde.

Jim la tira par la main. Il était inquiet, car elle lui semblait trop passive, trop immobile. Il aurait aimé la voir plus combative.

– Suivez-moi, alors, dit Paddy, et il les entraîna dans une pièce encore plus grande, où l'odeur était encore plus nauséabonde. Faut faire gaffe par ici. On n'est pas censés avoir une clé. Les fourneaux fonctionnent toute la nuit ; il y a un gardien quelque part.

Ils traversèrent une succession de salles et de passages, en s'arrêtant parfois pour tendre l'oreille et guetter des bruits de pas. Finalement, ils atteignirent une cave dans laquelle se trouvait l'arrivée d'une glissière servant visiblement à déverser les os, les cornes et les sabots des bêtes. La glissière était luisante de graisse et elle empestait le sang séché.

– Comment tu veux qu'on remonte par là ? demanda Jim.

– Où est le problème ? répondit Paddy. C'est appétissant.

Il confia sa bougie à Adélaïde et leur montra comment remonter à l'intérieur de la glissière en se plaquant contre les côtés. Jim prit la bougie et poussa la fillette devant lui, sans se soucier de ses protestations. Au bout d'une minute, ils débouchèrent à l'air libre, sous la pluie. Ils étaient dans une cour pavée, entourée d'un grillage, et qui s'ouvrait sur une ruelle derrière un pub.

Paddy regarda à travers le grillage.

– La voie est libre, annonça-t-il.

Les obstacles semblaient ne pas exister pour lui. Le grillage paraissait solide, mais il connaissait un endroit où un cavalier s'était décroché d'un piquet, ce qui permettait d'écarter les mailles de fer. Les deux fugitifs s'engouffrèrent par l'interstice.

– C'est la cour du *Fox and Goose*, dit Paddy. Le patron nous achète les rats qu'on attrape. Y a plus qu'à traverser Wapping Wall et on sera au fleuve. C'est tout près d'ici.

Contrairement à ce qu'indiquait son nom, Wapping Wall n'était pas un mur, mais une rue, qu'ils traversèrent rapidement ; presque en face d'eux se trouvait l'entrée des escaliers du roi James. Jim aperçut un entrelacs de mâts et de gréements, et le scintillement de l'eau.

– On peut trouver un skiff par ici, dit Paddy. Sans problème. Suffit de ramer pour rentrer chez vous. Allez-y, moi je monte la garde ici.

Jim et Adélaïde empruntèrent le passage obscur entre les bâtiments et se retrouvèrent sur une jetée étroite. En contrebas, des embarcations étaient couchées sur le flanc dans la vase, attachées par des cordes reliées à des bollards sur la jetée. La volée de marches descendait directement jusqu'au rivage.

– On va où maintenant, Paddy ? demanda Jim, en se retournant.

Il se figea.

Mme Holland se tenait en haut des marches, Paddy à ses côtés.

Jim tira Adélaïde vers lui et la serra dans ses bras. Ses pensées se bousculaient. Mais il ne

293

trouva qu'un mot à dire, et ce mot fut pour Paddy :

– Pourquoi ?

– L'argent, mon pote. Faut bien vivre.

– Voilà un brave garçon, dit Mme Holland.

– Tu me paieras ça, cracha Jim. Je te retrouverai.

– Quand tu veux, répondit Paddy en empochant la pièce que lui donna Mme Holland.

Et il disparut.

– Eh bien, dit Mme Holland en s'adressant à Adélaïde. J'ai l'impression que je t'ai eue, sale petite peste. Tu ne peux plus t'enfuir. M. Berry est en bas des marches, prêt à t'arracher la tête. Il s'entraîne avec des poulets pour ne pas perdre la main. Ils continuent à courir pendant cinq bonnes minutes sans leur tête, en battant des ailes. J'ai fait un pari avec lui pour savoir combien de temps tu courrais, et il a très envie de gagner. Alors, si j'étais toi, je ne descendrais pas. Je te tiens, Adélaïde.

Jim sentait les petits mouvements convulsifs de la fillette entre ses bras.

– Qu'est-ce que vous lui voulez ? demanda-t-il.

Un frisson glacé le traversa, car Mme Holland le regardait droit dans les yeux pour la première fois, et il comprit qu'elle était tout à fait capable de faire arracher la tête d'un enfant pour voir s'il continuait à courir. Elle était capable de tout.

– Je veux la punir de s'être enfuie. Et de beaucoup d'autres choses aussi. Oui, monsieur Berry, venez donc !

Jim se retourna et vit le colosse gravir les marches de pierre. La faible lumière n'atteignait pas son visage et on aurait dit qu'il n'en avait pas, rien qu'une masse informe pétrie de cruauté. Adélaïde se blottit contre Jim et celui-ci chercha désespérément du regard une issue, mais il n'y en avait pas.

– C'est Miss Lockhart que vous voulez, pas Adélaïde, dit-il. C'est le Rubis que vous cherchez, pas vrai ? Adélaïde sait pas où il est ! Laissez-la partir !

L'unique source de lumière sur la jetée inondée provenait de la faible lueur projetée par une fenêtre lointaine mais, pendant une seconde, une autre lumière sembla s'allumer dans les yeux de la vieille femme qui regardait M. Berry, derrière Jim. Celui-ci se retourna juste à temps pour voir le colosse lever son bâton. Instinctivement, Jim fit passer Adélaïde dans son dos.

– Vas-y, essaie pour voir ! lança-t-il en foudroyant M. Berry du regard.

Le bâton s'abattit. Jim leva le bras et ce fut son coude qui reçut toute la violence du coup. Il faillit s'évanouir de douleur. Il entendit Adélaïde pousser un cri et vit le bâton se lever de nouveau. Alors, il baissa la tête et chargea.

M. Berry l'écarta comme on chasse une mouche et lui asséna un autre coup de son redoutable bâton, sur l'épaule cette fois. Jim se sentit entraîné dans un tourbillon de douleur, mais il eut à peine conscience de tomber.

Il avait un goût de sang dans la bouche et il entendit un cri d'enfant. Il savait qu'il devait voler au secours d'Adélaïde, il était venu pour ça. Il s'obligea à tourner la tête et s'aperçut qu'il était incapable de se relever ; ses membres ne lui obéissaient plus. Alors qu'il luttait contre la douleur, il se surprit à pleurer, à sa grande honte. Adélaïde s'accrochait à lui, à sa chemise, à sa main, à ses cheveux... elle l'agrippait de toutes ses forces, mais il ne pouvait pas lever les bras pour l'aider. M. Berry la tenait par le cou, d'une main ; et de l'autre, il essayait de l'arracher à Jim. La fillette suffoquait, ses yeux se révulsaient, elle haletait ; le colosse grognait comme un ours, ses lèvres retroussées dévoilaient ses dents cassées, ses yeux rouges enflammés se rapprochaient. Il avait réussi à s'emparer d'Adélaïde et il la soulevait dans les airs...

– Posez-la ! s'écria Frederick Garland. Posez-la immédiatement ou je vous tue.

M. Berry s'immobilisa. Jim tourna vivement la tête. Frederick semblait avoir du mal à tenir debout ; il devait s'appuyer d'une main contre le mur. Son visage était affreusement marqué : il avait un œil fermé, la bouche enflée, une joue noircie et entaillée, et il tremblait comme une feuille. Mme Holland l'observait sans manifester la moindre inquiétude.

– Et comment tu vas me tuer ? demanda M. Berry.

– Si vous ne la posez pas, vous allez le savoir.

– Je croyais pourtant t'avoir éliminé, dit le colosse.

– Vous perdez la main, monsieur Berry, dit Mme Holland. C'est un coriace, celui-ci. Cela fait quatre fois qu'il croise mon chemin. Je veux le voir mourir, monsieur Berry. Passez-moi la fille.

Adélaïde était aussi molle qu'une poupée de chiffons. M. Berry la lâcha et Mme Holland la rattrapa aussitôt.

– Il va te tuer, Fred ! s'exclama Jim d'une voix cassée.

– Non, répondit Frederick.

M. Berry se précipita vers lui et Frederick esquiva son attaque. « Il n'a aucune chance, se dit Jim. Aucune. Mais il est courageux. »

Frederick reçut un coup de poing au visage et il tomba, mais il parvint à échapper aux bottes de M. Berry en roulant sur lui-même. « Il n'a plus son bâton, se dit Jim, il a dû le lâcher pour s'emparer d'Adélaïde ». Frederick fit un bond sur le côté, tout en balayant le sol avec sa jambe pour faire un croc-en-jambe au colosse.

M. Berry tomba comme un arbre qu'on abat et Frederick se jeta immédiatement sur lui pour le rouer de coups, le griffer, le pincer…, mais il était si léger et si affaibli que ses coups semblaient ceux d'un enfant. M. Berry leva son bras, épais et dur comme une poutre en chêne, et envoya dinguer Frederick d'un revers. De son côté, Jim luttait farouchement pour se relever et, l'espace d'un instant, il dut prendre appui sur son bras blessé, qui céda sous son poids. Il s'écroula, traversé par un éclair de douleur d'une intensité qu'il n'aurait pu imaginer. Sa tête heurta quelque chose qui traînait sur le sol – « le bâton », se dit-il – avant de s'évanouir.

Une seconde plus tard, il reprit connaissance et découvrit Frederick à genoux sur les pavés quelques mètres plus loin, les bras levés pour tenter de se protéger de la grêle de coups qui s'abattait sur ses épaules et sur sa tête. Il essayait de riposter, mais la plupart de ses attaques manquaient leur cible, et de toute façon, il était si faible que ses coups n'auraient même pas fait mal à Adélaïde. Jim se contorsionna. « La douleur va me tuer, se disait-il, je ne peux plus la supporter… mais regarde Fred, il n'abandonne pas, lui… rien ne peut l'arrêter, il est comme moi, c'est un… un gars bien… »

– Attrape, Fred ! cria-t-il en lui lançant le bâton.

Frederick sentit l'arme dans ses mains avant que M. Berry ait compris ce qui se passait, et cette sensation sembla lui redonner des forces. Tenant fermement le bâton à deux mains, il l'enfonça d'un coup sec dans l'estomac du colosse. M. Berry laissa échapper un hoquet et Frederick le frappa à nouveau, avant de se relever péniblement.

Ils n'étaient qu'à un mètre environ du bord de la jetée. Frederick comprit que c'était sa dernière chance. Rassemblant les vestiges de ses lointains cours d'escrime, il assura son équilibre et s'élança. Il ne voyait presque plus rien, ses yeux étaient pleins de sang, mais il sentit le bâton atteindre sa cible et il entendit le cri de Jim :

– Par ici ! Par ici, Fred !

Il frappa de nouveau et s'essuya les yeux. Jim se jeta alors dans les jambes du colosse. M. Berry tomba juste au bord de la jetée. Frederick frappa encore une fois ; M. Berry parvint malgré tout à se redresser à genoux et il balança son poing vers le garçon, l'atteignant à l'oreille. Jim tomba à son tour, mais le colosse fut déséquilibré. Saisissant cette occasion, Frederick rassembla ses forces pour lui asséner un dernier coup de bâton.

Et M. Berry disparut.

Jim gisait, immobile, sur le sol. Frederick se laissa tomber à genoux et fut pris de vomissements.

Jim se traîna jusqu'au bord de la jetée et regarda dans le vide. Tout était silencieux.

– Où est-il ? demanda Frederick à travers ses lèvres enflées et ses dents cassées.

– Tout en bas.

Frederick rampa à son tour jusqu'au bord de la jetée. Il y avait une plate-forme en pierre d'environ un mètre de large au pied du mur. M. Berry gisait là, dans la boue, la nuque brisée.

– Tu l'as fait, dit Jim. On a réussi. On l'a tué.

– Où est Adélaïde ?

Ils regardèrent autour d'eux. La jetée était déserte. La pluie avait cessé et les flaques d'eau scintillaient dans la faible lumière. En contrebas, dans la boue, les bateaux plats commençaient à remuer et à se redresser lentement, comme s'ils sortaient de leurs tombes, mais ce n'était que la marée qui montait. Jim et Frederick étaient seuls. Adélaïde avait disparu.

18
Le pont de Londres

Bien plus tard, Sally se réveilla. Les aiguilles de la pendule de la cuisine avaient atteint minuit et le poêle était presque éteint. Trembleur dormait dans le fauteuil. Tout paraissait familier, sauf elle, car elle avait changé, et le monde aussi. Elle avait du mal à croire à ce qui s'était passé… Mais cela expliquait tout.

Trembleur se réveilla en sursaut.

– Mon Dieu, miss ! Il est quelle heure ?

– Minuit.

– Vous avez… Oh, zut ! Je me suis endormi, hein ?

Elle hocha la tête.

– Peu importe.

– Tout va bien, miss ? Je suis terriblement navré…

– C'est inutile, je vais bien.

– Vous avez l'air toute chamboulée, comme si que vous aviez vu un fantôme. J'vais vous préparer

301

une bonne tasse de thé. Ah, j'avais pourtant promis de rester éveillé… Quel bon à rien je fais !

Sally ne l'écoutait plus. Trembleur se leva et posa sa main sur son épaule.

– Miss ?

– Je dois retrouver le Rubis. Il me le faut.

Elle se leva et marcha vers la fenêtre ; elle semblait avoir la tête ailleurs et tapait doucement dans ses mains. Trembleur s'écarta de son chemin, inquiet, en mordillant sa moustache.

– Miss, attendez donc le retour de M. Frederick…

Au même moment, on secoua brutalement la porte. Trembleur se précipita pour tirer le verrou, et Rosa fit son entrée dans la cuisine, frigorifiée, mouillée et visiblement furieuse.

– Pourquoi diable vous êtes-vous enfermés ? Ah, quelle soirée ! La salle était à moitié vide, et quel public… Qu'y a-t-il, Sally ? Que se passe-t-il ici ? Quelle est cette odeur ?

Rosa plissa son nez mouillé et frotta ses yeux pour chasser les gouttes de pluie en regardant autour d'elle ; elle aperçut les cendres et les allumettes sur la table.

– C'est quoi, ça ? De l'opium ?

Trembleur s'empressa de répondre :

– C'est ma faute, miss Rosa. Je l'ai laissée faire.

– Et toi, que t'est-il arrivé ?

Elle laissa tomber sa cape par terre et examina l'œil et la joue tuméfiés du vieil homme.

– Que s'est-il passé, nom d'un chien ? Où est Fred ?

– Adélaïde a disparu, expliqua le petit homme. Mme Holland a débarqué avec une sorte de brute épaisse et ils l'ont enlevée. M. Fred et le jeune Jim se sont lancés à leur poursuite.

– Quand ?

– Il y a déjà plusieurs heures.

– Oh, mon Dieu... Sally, pourquoi avoir utilisé l'opium ?

– Il le fallait. Maintenant, je dois retrouver le Rubis, car j'ai tout compris. Oh, Rosa, je...

Sa voix se brisa ; elle enlaça Rosa et éclata en sanglots. La jeune femme la serra dans ses bras et l'aida à s'asseoir.

– Qu'y a-t-il, ma jolie ? Quel est le problème ?

Ses mains froides et humides rafraîchissaient les joues en feu de Sally. Au bout de quelques instants, la jeune fille secoua la tête et se redressa sur sa chaise en essuyant rageusement ses larmes.

– Il faut que je retrouve ce Rubis. C'est la seule façon de mettre fin à toute cette histoire. Il *faut* que je comprenne comment...

– Attends ici, dit Rosa.

Elle monta à l'étage en courant et revint moins d'une minute plus tard. Elle laissa tomber quelque chose sur la table, un objet pesant, enveloppé dans un mouchoir, et qui scintillait à travers les plis du tissu.

– J'en crois pas mes yeux, dit Trembleur.

Sally regardait Rosa avec une expression de total hébétement.

– C'est Jim, expliqua Rosa. Il a… Tu sais qu'il passe son temps à lire des histoires rocambolesques dans des magazines… À force, il raisonne comme un romancier, je suppose. Il a tout compris depuis un certain temps déjà. La pierre était dans un pub à Swaleness, apparemment. Je ne me souviens plus des détails mais je sais qu'il t'a caché la vérité car il pensait qu'il y avait une histoire de malédiction là-dessous, et il voulait te protéger. Il t'idolâtre, Sally ! Mais il m'a apporté cette… chose aujourd'hui, en pensant que je saurais quoi en faire. Il m'a raconté toute l'affaire juste avant que je parte au théâtre, c'est pourquoi je n'ai pas eu le temps de t'en parler. C'est Jim qu'il faut remercier. Bref… le voici.

Sally déplia le mouchoir. Sur la blancheur du tissu apparut un dôme de sang : une pierre de la taille d'un pouce d'homme, contenant tout le rouge du monde. Elle semblait attirer la lumière de la lampe la plus proche et l'amplifier, la modifier, avant de la renvoyer comme une chaleur visible ; et à l'intérieur s'étendait ce paysage scintillant et irréel de cavernes, de ravins, d'abîmes, qui avait tant fasciné le major Marchbanks. Sally sentit sa tête tournoyer et ses paupières devenir lourdes... Elle referma la main autour du Rubis. Il était dur, petit et froid. Elle se leva.

– Trembleur, dit-elle, saute dans un fiacre et fonce au quai du Pendu. Dis à Mme Holland que j'ai le Rubis et que je lui donne rendez-vous au milieu du pont de Londres dans une heure. C'est tout.

– Mais...

– Je te donnerai l'argent. Fais-le, Trembleur. Tu... tu t'es endormi pendant que j'étais dans mon Cauchemar, alors je t'en prie, fais ce que je te demande.

Un spasme crispa le visage de Sally alors qu'elle prononçait ces mots, car elle s'en voulait d'insister sur la faute de Trembleur. Celui-ci baissa la tête et enfila son pardessus.

Rosa se redressa vivement.

– Sally, tu ne peux pas faire ça ! Tu ne dois pas ! Où as-tu la tête, voyons ?

– Je ne peux pas t'expliquer pour le moment, Rosa. Mais je le ferai bientôt. Et tu comprendras pourquoi je dois la rencontrer.

– Mais...

– Je t'en supplie, Rosa, fais-moi confiance.

C'est la chose la plus importante, la *seule* chose... Tu ne peux pas comprendre... Moi non plus, je ne comprenais pas avant...

Elle montra les cendres de la boule d'opium et frissonna.

– Laisse-moi au moins venir avec toi. Tu ne peux pas y aller seule. Tu me raconteras tout en chemin.

– Non. Je veux la rencontrer en tête à tête. Trembleur, tu n'accompagneras pas Mme Holland. Envoie-la simplement au rendez-vous.

Le petit homme leva les yeux d'un air contrit, hocha la tête et s'en alla.

Rosa insista :

– Je te laisserai aller seule sur le pont, mais je tiens à t'accompagner jusque-là. Je pense que c'est de la folie, Sally.

– Tu ne sais pas ce... (Sally n'acheva pas sa phrase.) Bon, d'accord. Merci, Rosa. Mais promets-moi de me laisser lui parler seule à seule. Promets-moi de ne pas intervenir, quoi qu'il arrive.

Rosa hocha la tête.

– Entendu, dit-elle. Je meurs de faim. Je mangerai un sandwich en chemin.

Elle coupa une tranche de pain dans la miche qui était posée sur le buffet et la couvrit d'une épaisse couche de beurre et de confiture.

– Me voilà parée, déclara-t-elle. Et trempée comme une soupe. Tu es folle, Sally. Bonne pour l'asile. Allons-y, la route est longue.

Sally entendit les horloges de la ville sonner la demi-heure : il était une heure et demie du matin. Elle faisait lentement les cent pas, ignorant les rares passants et les fiacres encore plus rares. Un policier s'arrêta pour lui demander si tout allait bien ; sans doute pensait-il avoir affaire à l'une de ces pauvres malheureuses qui choisissent le fleuve comme solution à toutes leurs peines, mais Sally lui adressa un sourire et le rassura, et le policier repartit d'un bon pas.

Un quart d'heure s'écoula. Un fiacre s'arrêta le long du trottoir, à l'extrémité nord du pont, mais personne n'en descendit. Le cocher remonta le col de son manteau et s'assoupit. Le fleuve coulait en contrebas ; elle contemplait le courant qui soulevait les bateaux amarrés sur chaque rive, avec leurs lanternes rouges allumées. Soudain, elle entendit le crachotement d'un bateau à vapeur de la police qui descendait de Southward Bridge. Elle le regarda approcher, puis disparaître sous ses pieds et elle traversa la largeur du pont pour le voir ressortir de l'autre côté et passer lentement devant la masse sombre de la Tour, avant de bifurquer vers la droite. Elle se demandait si cette berge encombrée de maisons, sur la gauche, était le quartier de Wapping et, dans ce cas, derrière lequel de ces quais noirs se cachait la Pension Holland.

Le temps passa ; Sally commençait à avoir froid. L'horloge sonna de nouveau.

Et soudain, une silhouette apparut sous le lampadaire, à l'extrémité nord du pont : une forme ramassée et courtaude, vêtue de noir.

Sally se redressa instinctivement et un début de bâillement mourut dans sa gorge. Elle se tenait au milieu du trottoir, à l'écart du parapet, bien en vue, et la silhouette s'avança immédiatement vers elle. C'était Mme Holland. Même à cette distance, les yeux de la vieille femme semblaient étinceler. Elle traversait alternativement des zones d'ombre et de lumière, en boitant légèrement, le souffle court, se tenant le flanc, mais sans s'arrêter.

Arrivée à moins de trois mètres de Sally, elle s'immobilisa. Le vieux bonnet qu'elle portait de travers masquait le haut de son visage, si bien qu'on ne distinguait que sa bouche et son menton. Sa bouche remuait sans cesse, comme si elle mâchait quelque chose de résistant, mais ses yeux brillants continuaient de percer l'obscurité.

– Eh bien, ma petite ? dit-elle enfin.

– Vous avez tué mon père.

La bouche de Mme Holland s'entrouvrit, laissant apparaître un grand rideau de dents. Une petite langue pointue et parcheminée glissa lentement sur l'ivoire, avant de disparaître.

– Tu ne peux pas lancer ce genre d'accusations, ma petite.

– Je sais tout ! Je sais que le major Marchbanks... que le major Marchbanks était mon père. N'est-ce pas ?

Silence de Mme Holland.

– Et il m'a vendue, n'est-ce pas ? Il m'a vendue au capitaine Lockhart, l'homme que je prenais pour mon père, que je croyais être mon père. Il m'a vendue en échange du Rubis !

Mme Holland demeurait aussi immobile que muette.

– Parce que le Maharadjah avait offert le Rubis à mon... au capitaine Lockhart pour le remercier de l'avoir protégé durant la Mutinerie. C'est cela ?

La vieille femme hocha lentement la tête.

– Les rebelles indiens pensaient que le Maharadjah aidait les Britanniques. Et mon p... le capitaine Lockhart a chargé le major Marchbanks de protéger le Maharadjah... quelque part dans un endroit secret.

– Dans les caves de la Résidence, dit Mme Holland. Avec les femmes, certaines d'entre elles du moins. Et les enfants... certains.

– Mais le major Marchbanks avait fumé de l'opium et il avait peur, alors il s'est enfui et les rebelles ont tué le Maharadjah. Et quand il est revenu avec mon... avec le capitaine Lockhart... ils se sont disputés. Le major Marchbanks l'a supplié de lui donner le Rubis. Il était criblé de dettes qu'il ne pouvait pas payer...

– L'opium... C'est pitoyable. C'est l'opium qui l'a tué.

– Non, c'est *vous* !

– Allons, allons. Je veux ce Rubis. Je suis venue pour ça. Il me revient.

– Vous l'aurez... quand vous m'aurez raconté la suite.

– Qu'est-ce qui me prouve que c'est toi qui l'as ?

En guise de réponse, Sally sortit le mouchoir de son sac et le posa sur le parapet, dans la lumière du bec de gaz. Elle déplia le mouchoir pour faire apparaître le Rubis qui trônait majestueusement, rouge sur blanc, au centre de l'épaisse rambarde de pierre. Mme Holland avança d'un pas, par pur réflexe.

– Un pas de plus et je le lance dans l'eau, dit Sally. Je veux la vérité. J'en sais déjà suffisamment pour deviner si vous mentez. Je veux tout entendre.

Mme Holland lui fit face.

310

– Très bien, dit-elle. Tu avais raison. En revenant, les soldats ont découvert le Maharadjah
mort, et Lockhart a accusé Marchbanks d'être un
lâche. C'est alors qu'il a entendu l'enfant pleurer.
C'est de toi dont il s'agit. La femme de Marchbanks était morte ; elle était d'une santé fragile.
Lockhart a dit : « Est-ce que cette pauvre enfant va
grandir avec un lâche en guise de père ? Un lâche
et un fumeur d'opium ? Prends le Rubis. Prends-le
et va au diable, mais donne-moi l'enfant… »

La vieille femme s'interrompit. Sally entendit le
pas lourd du policier qui revenait. Les deux
femmes restèrent immobiles ; le Rubis était posé
sur le parapet, bien en évidence. Le policier s'arrêta.

– Tout va bien, mesdames ?

– Oui, merci, répondit Sally.

– Sale temps. Ça m'étonnerait pas qu'il se
remette à pleuvoir.

– Oui, vous avez raison, dit Mme Holland.

– Si j'étais vous, je rentrerais me mettre à l'abri.
Personnellement, je traînerais pas dehors si j'étais
pas obligé. Bon, faut que je continue ma ronde.

Il les salua en portant la main à son casque et
repartit.

– Continuez, dit Sally.

– Alors, Marchbanks a pris l'enfant – c'est-à-
dire toi – dans le berceau et il l'a donné à Lockhart.

Il avait l'esprit dérangé par l'opium et les dettes.
Il a empoché le Rubis et… c'est tout.

– Non, ce n'est pas tout. Qu'a dit la femme du
capitaine Lockhart ?

– Sa femme ? Il n'a jamais eu d'épouse. Il était
célibataire.

Et voilà, la mère de Sally venait de disparaître.
Balayée d'un seul coup. Découvrir que cette
femme merveilleuse n'avait jamais existé, c'était
presque ce qu'il y avait de plus douloureux.

D'une voix mal assurée, Sally dit :

– Mais cette cicatrice sur mon bras. C'est une
balle qui a…

– Ce n'était pas une balle, c'était un coup de
couteau. Le même couteau qui a tué le Maharadjah, maudit soit-il ! Ils voulaient te tuer toi aussi,
mais ils ont été dérangés.

Sally se sentit défaillir.

– Continuez, dit-elle. Et vous, dans tout ça ?
Comment avez-vous été mêlée à cette affaire ?
N'oubliez pas que je sais certaines choses, et si
vous ne me dites pas la vérité…

Elle saisit un coin du mouchoir. C'était un mensonge, elle n'avait pas la moindre idée du rôle
joué par Mme Holland, mais à en juger par l'expression horrifiée de la vieille femme quand elle
l'avait vue tendre la main vers le Rubis, Sally
savait qu'elle lui dirait la vérité.

– C'est à cause de mon mari, répondit Mme Holland d'une voix enrouée. Horatio. Il était soldat dans le régiment, et il a eu vent de cette histoire.

– Comment ? demanda Sally en poussant un peu plus le Rubis vers le bord du parapet.

– Il était sur place quand tout ça est arrivé, répondit aussitôt Mme Holland en se tordant nerveusement les mains. Il a tout vu et tout entendu. Et plus tard, en rentrant à la maison...

– Vous l'avez fait chanter ! Le major Marchbanks, mon vrai père. Vous l'avez dépouillé de tout ce qu'il possédait. N'est-ce pas ?

– Il avait honte. Il était amer et honteux. Il ne voulait pas qu'on sache ce qu'il avait fait, évidemment. Vendre son enfant contre une pierre précieuse !

– Mais pourquoi haïssiez-vous mon... le capitaine Lockhart ? Que vous avait-il fait ? Pourquoi vouliez-vous le tuer ?

Mme Holland parvint à détacher ses yeux du Rubis.

– Il a rétrogradé mon Horatio au grade de soldat de deuxième classe. Alors qu'il était sergent. J'étais fière de lui. Redevenir un simple deuxième classe... c'était cruel.

Le souvenir de l'injustice faisait trembler sa voix.

– Mais pourquoi dites-vous que le Rubis vous appartient ? Si le Maharadjah l'a donné au capitaine Lockhart, et si celui-ci l'a donné au major Marchbanks, de quel droit le réclamez-vous ?

– Il me revient plus qu'à n'importe qui ! Il me l'avait promis en personne vingt ans plus tôt, ce sale menteur ! Il avait promis !

– Qui ? Mon père ?

– Non ! Le Maharadjah !

– Hein ? Pourquoi ? Pour quelle raison ?

– Il était amoureux de moi.

Sally ne put s'empêcher de rire. Cette idée lui semblait grotesque, la vieille femme racontait des histoires. Mais Mme Holland secoua le poing avec fureur et cracha :

– C'est la vérité ! J'ai conclu un marché avec toi, ma petite : la vérité contre le Rubis, et c'est la pure vérité ! Tu me regardes et tu te dis que je suis vieille et laide mais, vingt ans avant la Mutinerie, avant de me marier, j'étais la plus jolie fille de tout le nord de l'Inde ! La belle Molly Edwards, on m'appelait. Mon père était le maréchal-ferrant du régiment à Aghrapur ; ce n'était qu'un modeste civil, mais tous les officiers venaient lui rendre visite pour me faire les yeux doux. Et pas seulement les officiers. Le Maharadjah lui-même est tombé sous mon charme, maudit soit-il ! Tu sais ce qu'il voulait... Il était amoureux fou de moi, et moi, je le regardais de haut, en agitant mes boucles brunes…. Tu te crois jolie, mais tu n'es qu'une petite chose misérable et sans intérêt à côté de la fille que j'étais. Tu n'es rien du tout. Tu ne soutiendrais pas la comparaison. Bref, le Maharadjah m'a promis le Rubis. Alors, j'ai cédé à ses avances. Et ensuite, il a éclaté de rire et il m'a chassée de son palais. Je n'ai plus jamais revu le Rubis, jusqu'à cette nuit-là dans les caves de la Résidence…

– C'est donc vous qui avez tout vu ! Pas votre mari !

– Quelle importance ? Oui, j'ai tout vu. Et plus que ça : j'ai laissé entrer les rebelles qui l'ont tué ! Et pendant qu'il agonisait, j'ai ri…

Ce sinistre souvenir lui arracha un sourire. Sally ne voyait aucune trace de cette beauté que la vieille femme prétendait avoir possédée jadis. Il n'en restait plus rien ; il n'y avait plus que la vieillesse et la cruauté. Et pourtant, Sally la croyait, et elle éprouva un fugitif sentiment de pitié… jusqu'à ce que lui revienne le souvenir du major Marchbanks et de son étrange et timide douceur le jour où ils s'étaient rencontrés, la manière dont il avait regardé cette jeune fille qui était son enfant… Non, elle n'éprouvait aucune pitié pour Mme Holland.

Elle prit le Rubis dans sa main.

– C'est toute la vérité ?

– C'est tout ce qui compte. Allez... il est à moi.
Il me revient. Avant toi, avant ton père, avant
Lockhart. Cette pierre a servi à m'acheter...
comme toi. Toi et moi, on a été achetées pour un
Rubis. Allez, donne-le-moi maintenant.

– Je n'en veux pas, dit Sally. Il n'a toujours
apporté que la mort et le malheur. Mon père voulait qu'il me revienne, à moi et pas à vous, mais je
n'en veux pas. Je renonce à tous mes droits sur
cette pierre. Et si vous la voulez... (elle leva le
Rubis)... allez donc la chercher.

Et elle le lança par-dessus le parapet.

Mme Holland demeura figée. Elles entendirent
l'une et l'autre le « plouf » tout en bas, lorsque la
pierre tomba dans l'eau. C'est alors que Mme
Holland devint folle.

D'abord, elle éclata de rire en rejetant la tête en
arrière à la manière d'une jeune fille, et elle se
tapota le crâne avec fierté, comme si elle avait sur
la tête une masse de boucles brunes soyeuses et
non un vieux bonnet sale.

– Ma beauté ! Ma jolie Molly ! Je te donnerai un
Rubis pour tes bras magnifiques, pour tes yeux
bleus, pour tes lèvres rouges...

Son dentier se détacha. Elle ne s'en aperçut
même pas, mais ses paroles devinrent incompré-
hensibles, et son bonnet glissa, masquant la moi-

tié de son visage. Elle écarta brutalement la jeune fille pour grimper sur le parapet. Pendant un instant, elle vacilla. Horrifiée, Sally tendit le bras pour la retenir, mais sa main se referma sur le vide. La vieille femme venait de sauter.

Elle tomba sans un cri. Sally plaqua ses mains sur ses oreilles ; elle sentit plus qu'elle n'entendit l'impact.

Mme Holland était morte.

Sally se laissa tomber à genoux et éclata en sanglots.

À l'extrémité du pont, le cocher du fiacre fit claquer doucement son fouet et secoua les rênes ; le véhicule se mit en marche.

Il avança sur le pont, au pas, et s'arrêta à la hauteur de Sally, qui pleurait toujours. Elle leva les yeux, à travers un brouillard de larmes. Le visage du cocher était masqué ; le passager, s'il y en avait un, était invisible.

La portière s'ouvrit. Une main apparut : une main épaisse et burinée, couverte de poils blonds sur le dessus. Une voix qu'elle ne connaissait pas dit :

– Veuillez monter, Miss Lockhart. Nous avons à parler.

Elle se leva, muette. Elle était encore secouée de sanglots, mais c'était un réflexe, car la stupéfaction avait pris le dessus.

– Qui êtes-vous ? parvint-elle à articuler.

– J'ai de nombreux noms. Récemment, je me suis rendu à Oxford sous le nom d'Eliot. L'autre jour, j'avais rendez-vous avec M. Selby et je me suis fait appeler Todd. En Orient, on m'appelle parfois Ah Ling, mais mon vrai nom est Hendrik Van Eeden. Montez, Miss Lockhart.

Impuissante, Sally obéit. L'homme referma la portière et le fiacre démarra.

19
Le quai des Indes-Orientales

Sally tenait fermement son sac sur ses genoux. À l'intérieur se trouvait l'arme qu'elle avait achetée pour se protéger de son ennemi invisible. Et maintenant, il était là... Elle sentit le fiacre tourner à droite en quittant le pont et descendre Lower Thames Street en direction de la Tour. Assise dans le coin, tremblante et terrifiée, elle avait du mal à respirer.

L'homme ne disait rien, ne bougeait pas. Sally sentait ses yeux posés sur elle, et elle en avait la chair de poule. Au bout d'un moment, le fiacre tourna à gauche pour s'engager dans un dédale de rues plus étroites et mal éclairées.

– Où allons-nous ? demanda-t-elle d'une voix fêlée.

– Sur le quai des Indes-Orientales, répondit l'homme. Ensuite, vous pourrez continuer, ou bien rester.

Sa voix était douce et chevrotante. Il parlait sans la moindre trace d'accent, mais il formait chaque mot avec soin, comme s'il devait se souvenir de quelle façon on le prononçait.

– Je ne comprends pas, dit-elle.

Il sourit.

Elle distinguait faiblement son visage dans la lumière qui éclairait par intervalles l'intérieur de la voiture, quand ils passaient devant les becs de gaz. C'était un visage large et affable, mais ses yeux, qui brillaient d'une lueur sombre, semblaient la transpercer. Sally avait l'impression que l'homme la touchait, et elle se recroquevilla dans le coin de la banquette en fermant les yeux.

Le fiacre tourna à droite cette fois, dans Commercial Road. L'homme alluma un petit cigare noir et la fumée qui envahit l'espace confiné donna la nausée à Sally et lui fit tourner la tête.

– Est-ce que je peux ouvrir la fenêtre, s'il vous plaît ?

– Oh, je vous demande pardon. Quel manque de tact de ma part !

Il abaissa la fenêtre de son côté et jeta le cigare. Pendant ce temps, Sally glissa la main à l'intérieur de son sac, mais l'homme se retourna avant qu'elle pût retrouver le pistolet. Ils replongèrent dans le silence ; on n'entendait que le bruit des roues sur les pavés et le martèlement des sabots du cheval.

Plusieurs minutes s'écoulèrent. Sally regardait par la portière. Ils passaient maintenant devant le bassin de Regent's Canal ; elle aperçut les mâts des bateaux et la lueur du feu allumé par un veilleur de nuit. Puis ils tournèrent dans la rue menant au quai des Indes-Orientales. Quelque part dans la nuit, pas très loin d'ici, se trouvait Madame Chang... Lui offrirait-elle son aide, si Sally parvenait jusqu'à elle ? Mais elle ne se souviendrait pas du chemin.

Petit à petit, sa main s'introduisait discrètement dans son sac et se rapprochait de l'arme. Mais ses espoirs retombèrent soudain, car il avait beaucoup plu pendant qu'elle se rendait à pied au pont de Londres et son sac était trempé. « Oh, mon Dieu, faites que la poudre soit restée sèche... » pria-t-elle.

Dix autres minutes s'écoulèrent dans le silence, puis le fiacre s'engagea dans une ruelle bordée d'un côté par une usine et de l'autre par un grand mur aveugle. L'unique source de lumière provenait d'un bec de gaz installé au coin. Le fiacre s'arrêta le long du trottoir. Van Eeden se pencha par la fenêtre pour payer le cocher. Sans un mot, celui-ci descendit de son siège et détela le cheval. Sally sentit le fiacre tanguer quand il sauta à terre, elle entendit le tintement du harnais et elle ressentit une petite secousse quand les brancards heurtèrent le sol. Puis elle entendit s'éloigner le léger « clop » des sabots du cheval que le cocher emmenait. Le silence retomba.

Sally avait posé la main sur son arme. Le pistolet était pointé dans la mauvaise direction. Faisant mine de changer de position, elle retourna le sac sur ses genoux et referma la main sur la crosse. Tout était humide...

– Nous n'avons qu'une demi-heure, déclara Van Eeden. Derrière ce mur, il y a un bateau qui va lever l'ancre avec la marée. Je vais le prendre. Vous pouvez venir avec moi, vivante, ou bien rester ici, morte.

– Que me voulez-vous ?

– Allons, je n'ai pas besoin de vous l'expliquer ! Vous n'êtes plus une enfant.

Sally frissonna.

– Pourquoi avez-vous tué mon père ?

– Parce qu'il représentait une gêne pour les affaires de ma société.

– Les Sept Bénédictions ?

– Exact.

– Mais comment pouvez-vous appartenir à une société secrète chinoise ? N'êtes-vous pas hollandais ?

– Oh, en partie seulement. Le destin a voulu que je ressemble plus à mon père qu'à ma mère, mais mes origines ne peuvent être mises en question. Ma mère, voyez-vous, était la fille de Ling Chi, qui gagnait sa vie de manière traditionnelle et digne d'éloge ; vous, vous parleriez de piraterie. Quoi de plus naturel que de suivre l'exemple de mon illustre grand-père ? J'ai bénéficié d'une éducation européenne qui m'a permis d'obtenir un poste d'agent au sein d'une compagnie réputée dans le domaine du commerce maritime, et d'organiser ensuite un arrangement fort lucratif pour les deux parties.

– Les deux parties ?

– La compagnie Lockhart & Selby et la Société des Sept Bénédictions. L'opium fournissait le lien. Mais votre père refusait d'entrer dans la combine ; une vision à court terme et futile, selon moi, et qui l'a mené à sa perte. J'étais très content de l'arrangement que j'avais instauré, et très en colère quand il menaça de tout détruire.

– Quel était donc cet arrangement dont vous parlez ? demanda Sally pour gagner du temps.

Son pouce était posé sur le chien du pistolet ; la chaleur de sa main suffirait-elle à sécher la poudre ? Et à supposer que le coup de feu parte, le canon supporterait-il le choc ?

– Le meilleur opium, expliqua Van Eeden, vient d'Inde, où il est cultivé sous le contrôle du gouvernement britannique. Et il existe un tampon officiel, figurez-vous, une sorte de moule, pour compresser l'opium sous forme de petits gâteaux bénéficiant de l'approbation et de la bénédiction de Sa Majesté la Reine. Tout cela est très civilisé. Ça se vend comme des petits pains, et très cher. Hélas, votre père ne voulait pas entrer dans la combine ; Lockhart & Selby n'était donc pas en position pour en bénéficier. C'est pourquoi, sous les traits d'Ah Ling, j'ai pris l'habitude d'intercepter les navires transportant de l'opium venu d'Inde. Généralement, il faut une matinée pour convaincre l'équipage de coopérer, une après-midi pour transférer la cargaison sur ma jonque, et une soirée, très agréable, pour couler leur bateau et repartir.

— Ensuite, Lockhart & Selby récupèrent l'opium volé pour le vendre, je suppose ? dit Sally. Très astucieux, il faut le reconnaître.

— Non. La combine serait trop évidente. Grâce à un coup de chance, ma société est entrée en possession d'un de ces très précieux tampons officiels du gouvernement britannique. Ainsi, avec ce tampon et une fabrique située à Penang, sans oublier une certaine quantité d'opium de médiocre qualité venant des collines, une cargaison peut être multipliée par trois ou quatre, entièrement estampillée et certifiée, et transportée par une compagnie très respectable, j'ai nommé Lockhart & Selby.

– Vous frelatez l'opium… Et qu'arrive-t-il à ceux qui le fument ?

– Ils meurent. Ceux qui fument notre opium frelaté meurent plus vite, ce qui est un bienfait pour eux. Votre père a été bien malavisé de vouloir s'en mêler ; cela m'a causé énormément de soucis. Je me trouvais à Penang, dans le rôle d'Hendrik Van Eeden ; il a fallu que je redevienne Ah Ling et que j'arrive à Singapour avant le départ de votre père… Une tâche sacrément difficile. Mais les dieux ont été bons avec moi. C'est presque terminé maintenant.

Il tira une montre de son gousset.

– Timing admirable, commenta-t-il. Eh bien, Miss Lockhart, avez-vous pris une décision ? Préférez-vous partir avec moi ou rester ici ?

Sally baissa les yeux et découvrit avec effroi la lame d'un couteau posé sur les genoux de l'homme. Elle brillait dans la faible lumière qui venait du quai. La voix de Van Eeden restait douce et suave, comme s'il parlait à travers du velours, et Sally se surprit à trembler tout à coup. « Non, non, reste calme », se dit-elle. Mais il ne s'agissait pas d'une cible fixée sur un mur : c'était un homme vivant qu'elle avait en face d'elle et ce coup de feu le tuerait…

Elle releva le chien avec son pouce. Il y eut un petit déclic.

Van Eeden se pencha vers elle et lui caressa brièvement la main. Sally la retira, mais il fut plus rapide : l'une de ses mains se plaqua sur sa bouche, tandis que l'autre appuyait la lame du couteau sur sa poitrine. La paume qui la bâillonnait dégageait une odeur douceâtre ; Sally, prise de nausées, releva son sac, à quelques centimètres seulement de la poitrine de l'homme. Elle l'entendait respirer. La peur lui faisait tourner la tête.

– Alors ? demanda-t-il de sa voix suave.

Elle pressa la détente.

La détonation sembla ébranler le fiacre. L'impact projeta Van Eeden en arrière, contre le dossier du siège ; il laissa échapper le couteau, porta sa main à sa poitrine, ouvrit une ou deux fois la bouche, comme s'il voulait dire quelque chose... puis il glissa sur le plancher et resta immobile.

Sally ouvrit la portière du fiacre et s'enfuit à toutes jambes. Elle courait droit devant elle, loin de l'acte qu'elle venait de commettre ; elle pleurait, elle tremblait, elle était folle de terreur...

Elle ne voyait même pas où elle allait. Elle entendait des bruits de pas dans son dos, des pas qui couraient, lancés à sa poursuite.

Quelqu'un l'appelait...

– Non ! Non ! hurla-t-elle, et elle continua à courir.

Soudain, elle s'aperçut qu'elle serrait toujours le pistolet dans sa main, et elle le jeta, horrifiée. L'arme ricocha sur les pavés mouillés, puis disparut dans le caniveau.

Une main lui saisit le bras.

– Sally! Arrête-toi! Écoute-moi, Sally! Regarde… c'est moi…

Elle tomba et elle eut le souffle coupé. Elle se retourna et leva la tête. C'était Rosa.

– Oh, Rosa… Rosa… Qu'ai-je donc fait… ?

S'accrochant à elle, Sally éclata en sanglots. Agenouillée dans le caniveau sale, Rosa la serrait dans ses bras, la berçant comme une enfant.

– Sally, Sally… J'ai entendu un coup de feu et… Es-tu blessée ? Qu'a-t-il fait ?

– Je… je… je l'ai tué… Je l'ai tué… C'est moi…

Ses sanglots redoublèrent de violence. Rosa la serra plus fort contre elle et lui caressa les cheveux.

– Est-ce que… Es-tu… sûre de ce que tu dis ? demanda-t-elle en regardant par-dessus l'épaule de Sally.

– Je lui ai tiré dessus, répondit Sally, le visage enfoui dans le cou de Rosa. Parce qu'il allait me… il voulait me tuer et… Il avait un couteau. Il a déjà tué tant de gens. Il a tué mon… Oh, Rosa, je ne peux pas l'appeler le capitaine Lockhart! Je l'aimais… c'était mon père, en dépit de… Mon papa…

Le torrent de chagrin qui secouait Sally était si puissant que Rosa, la gorge nouée, se surprit à pleurer elle aussi. Au bout d'un moment, elle obligea Sally, avec douceur, à se relever.

– Écoute, Sally. Il faut trouver un policier. Nous devons... Non, ne secoue pas la tête comme ça... il le faut. Cette histoire est allée trop loin. Et avec Mme Holland et tout le reste... Mais ne t'inquiète pas. Je sais ce qui s'est passé... Je pourrai témoigner. Tu n'auras pas d'ennuis.

– Je ne savais pas que tu étais là, dit Sally d'une toute petite voix en se redressant et en regardant son manteau et sa jupe crottés de boue.

– Comment aurais-je pu te laisser partir seule ? J'ai pris un autre fiacre et je t'ai suivie. Et quand j'ai entendu la détonation...

Rosa secoua la tête, et au même moment, un coup de sifflet retentit. C'était la police.

Sally la regarda.

– Ca vient du fiacre, dit Rosa. Ils ont dû découvrir le corps. Viens...

20
La tour de l'horloge

ÉTRANGES ÉVÉNEMENTS SUR LE QUAI DES INDES-ORIENTALES

LE MYSTÈRE DU FIACRE VIDE

UN COUP DE FEU DANS LA NUIT

Un fait inexpliqué et mystérieux s'est produit près du quai des Indes-Orientales, mardi dernier, aux premières heures du jour.

L'agent de police Jonas Torrance, un officier expérimenté et digne de confiance, effectuait sa patrouille dans ce secteur lorsque, vers deux heures vingt environ, il a entendu un coup de feu.

Il s'est empressé d'inspecter les parages et, moins de cinq minutes plus tard, il a découvert un fiacre abandonné. Il n'y avait aucune trace du cheval ni du cocher mais, en examinant l'intérieur du fiacre, l'agent Torrance a découvert les traces d'une lutte farouche. Sur le plancher et le siège se trouvait une importante quantité de sang, que l'agent Torrance a estimé à presque deux litres. Il est évident que nul ne peut survivre après avoir perdu une telle quantité de sang en si peu de temps ; malgré cela, la victime de cette agression sauvage est demeurée introuvable.

Un examen plus minutieux du fiacre a permis de découvrir, sous l'un des sièges, un couteau, comme ceux qu'utilisent les marins. La lame, prodigieusement aiguisée, était immaculée, sans la moindre goutte de sang. L'agent de police a appelé des renforts et les rues avoisinantes ont été passées au crible, en vain. Pour l'instant, cette affaire reste un mystère.

– On a essayé de lui expliquer, dit Sally. N'est-ce pas, Rosa ?

– On lui a raconté l'histoire quatre fois, mais il ne voulait rien entendre. Aucun mot ne parvenait à pénétrer dans son crâne épais. Pour finir, il nous a chassées, en disant qu'on l'empêchait d'accomplir son devoir.

– Il a refusé de nous croire.

– C'est un agent de police « expérimenté et digne de confiance », dit Frederick. C'est marqué là, dans le journal. Je pense qu'il avait parfaitement le droit de vous envoyer sur les roses, et je ne comprends pas de quoi vous vous plaignez. Qu'en pensez-vous, Bedwell ?

Ils étaient tous assis autour de la table dans la maison de Burton Street, trois jours plus tard. Le révérend Bedwell était venu d'Oxford pour apprendre ce qui s'était passé, et il avait accepté leur invitation à dîner. Rosa était là également, car la pièce dans laquelle elle jouait avait été retirée de l'affiche : le producteur avait perdu son sang-froid avant de rentrer dans ses fonds, et Rosa se retrouvait donc au chômage. Sally savait que la situation financière de Burton Street en pâtirait gravement, mais elle ne disait rien.

M. Bedwell prit le temps de réfléchir avant de répondre à la question de Frederick.

– Il me semble que vous avez bien fait en allant voir ce policier. C'était la réaction qui s'imposait. Et vous avez essayé de lui expliquer... Quatre fois, dites-vous ?

Rosa hocha la tête.

– Il a cru que nous disions n'importe quoi et que nous lui faisions perdre son temps.

– Dans ce cas, j'estime que vous avez fait tout ce que vous deviez faire, et sa réaction n'est rien d'autre que l'aveuglement de la justice. Car, en définitive, cet homme a été tué en état de légitime défense ; c'est un droit que nous possédons tous. Et il a disparu sans laisser de trace, c'est ça ?

– Aucune, dit Frederick. Sans doute a-t-il réussi à regagner son bateau. À cette heure, il est mort, ou en route pour l'Orient.

M. Bedwell hocha la tête.

– Eh bien, Miss Lockhart, je pense que vous avez fait tout ce que vous deviez faire ; vous pouvez être en paix avec votre conscience.

Frederick demanda alors :

– Et moi ? J'avais bien l'intention de tuer le sbire de Mme Holland. D'ailleurs, j'avais clairement menacé ce ruffian. Est-ce un meurtre ?

– Vous avez agi pour défendre quelqu'un d'autre, votre geste était donc justifié. Quant à vos intentions... je ne peux en juger. Peut-être devrez-vous vivre en sachant que vous avez voulu tuer un homme. Mais j'ai moi-même échangé quelques coups de poing avec cet individu, et je ne peux pas vous juger trop sévèrement.

Le visage de Frederick était salement amoché. Il avait le nez cassé et trois dents en moins ; ses mains le faisaient tellement souffrir qu'il avait encore du mal à tenir quoi que ce soit. En le découvrant dans cet état, Sally avait pleuré. Elle pleurait pour un rien désormais.

– Comment va le jeune garçon ? s'enquit M. Bedwell.

– Jim ? Un bras cassé et une jolie collection de coquarts et de bleus divers. Mais il faudrait l'attaquer avec un régiment de cavalerie et un ou deux obusiers pour réussir à le terrasser. Ce qui m'inquiète davantage, c'est qu'il a perdu son emploi.

– La compagnie a mis la clé sous la porte, expliqua Sally. C'est la confusion. Il y a un article dans le journal d'aujourd'hui, sur une autre page.

– Et la fillette ?

– Aucune nouvelle, dit Rosa. Rien. Pas un signe. Nous avons cherché partout, nous avons inspecté tous les orphelinats. Elle a disparu.

Elle n'osait pas formuler à voix haute ce qu'ils redoutaient tous.

– Mon pauvre frère l'aimait beaucoup, dit le pasteur. Elle lui a permis de survivre dans cet endroit infâme… Il faut garder espoir. Quant à vous, Miss Lockhart… Mais dois-je vous appeler Miss Lockhart ou Miss Marchbanks ?

– Je me suis appelée Lockhart pendant seize ans. Et quand j'entends le mot père, je pense à M. Lockhart. Je ne sais pas quel est mon statut légal, ni ce que valent les rubis devant les tribunaux… Je suis Sally Lockhart. Je travaille pour un photographe. C'est tout ce qui compte désormais.

Mais pas tout à fait. Une semaine s'écoula, et Adélaïde restait introuvable, malgré les efforts de Trembleur qui arpentait la ville et qui se renseignait dans les écoles et les maisons de correction. Rosa, elle, n'avait pas trouvé d'autre rôle, et il y avait pire encore : la pièce qu'elle avait répétée fut annulée elle aussi. Plus rien ne rentrait dans les caisses, à l'exception de ce qu'ils réussissaient à vendre dans la boutique, et c'était presque cela le pire de tout, car maintenant qu'ils avaient commencé à se faire une réputation, ils devaient absolument tirer profit de cet élan avant que le public se fût lassé, mais ils n'avaient pas d'argent pour réaliser de nouvelles photos.

Sally fit le tour de tous leurs fournisseurs, l'un après l'autre, mais aucun ne voulut leur vendre à crédit du papier ou des produits chimiques. Elle argumenta, supplia, déploya des trésors de persuasion, en vain. Seule une société leur prêta un peu de papier, mais pas suffisamment. L'éditeur qui devait produire les stéréogrammes avait refusé de payer d'avance et les royalties qu'ils pouvaient espérer toucher un jour étaient une perspective trop lointaine pour leur être d'une quelconque utilité. Sally dut empêcher Frederick de vendre l'appareil photo du studio. « Ne vends pas le matériel, lui dit-elle. Ne fais jamais ça. Comment fera-t-on pour le récupérer ? Comment fera-t-on si on doit dépenser le premier argent qu'on gagne pour racheter du matériel dont on n'aurait pas dû se séparer ? » Frederick comprit qu'elle avait raison et l'appareil resta dans le studio. Parfois, il réalisait un ou deux portraits, mais leur beau projet se mourait.

Or, Sally savait qu'elle avait assez d'argent pour le sauver. Mais elle savait aussi que si elle essayait d'utiliser cet argent, M. Temple la trouverait, l'en empêcherait, et elle perdrait tout.

Finalement, par une froide matinée de la fin novembre, une lettre arriva d'Oxford.

Chère Miss Lockhart,

Je vous prie de pardonner ma mémoire défaillante. Je peux seulement attribuer cette amnésie au choc provoqué par la mort de mon pauvre frère et les tragiques événements que nous avons tous vécus. Je sais que j'avais l'intention de vous parler de quelque chose quand nous nous sommes vus l'autre jour, mais cela m'est sorti de la tête, et j'étais déjà rentré à Oxford quand mes souvenirs se sont réveillés.

Mon frère avait reçu de la part de votre père, c'est-à-dire du capitaine Lockhart, un message qu'il devait vous transmettre. Le jour de sa mort, mon frère a noté quelques mots sur une feuille de papier, qu'il voulait vous envoyer. Il s'agissait de la dernière partie du message, qu'il avait omise dans sa grande confusion mentale. C'était très bref : « Dites-lui de regarder sous l'horloge. »

Il n'y avait pas d'explication, mais il m'a assuré que vous sauriez de quelle horloge il s'agit. J'espère que ce message signifie quelque chose pour vous. Une fois de plus, je vous demande de me pardonner cet oubli.

Très cordialement,
Bien à vous,
Nicholas   Bedwell

Sally sentit son cœur s'emballer. Elle savait de quelle horloge il s'agissait. Leur maison de Norwood possédait, au-dessus de l'écurie, une tour en bois, une toute petite folie, joliment sculptée et peinte, abritant une horloge qui sonnait les quarts d'heure et qu'il fallait remonter une fois par semaine. Un tel objet était plutôt déplacé dans une pareille villa de banlieue, mais Sally adorait grimper dans les combles, au-dessus de l'écurie, pour regarder le mécanisme battre lentement. Et sous l'horloge, dans le mur en bois des combles, il y avait une planche mal fixée que Sally avait arrachée un jour : une cachette idéale pour ses trésors.

« Regarde sous l'horloge… »

Elle se faisait peut-être des idées, mais c'était tout ce qui lui restait. Sans rien dire aux autres, elle acheta un billet de train et se rendit à Norwood.

La maison avait changé depuis quatre mois qu'elle en était partie. Les fenêtres et la porte avaient été peintes, il y avait un nouveau portail, et le massif de roses, au centre de l'allée circulaire, avait été déplanté pour être remplacé par les fondations d'une fontaine. Ce n'était plus sa maison, et Sally s'en réjouissait : elle avait tiré un trait sur le passé.

Les nouveaux locataires étaient un M. et une Mme Green et leur grande famille. M. Green était au travail – quelque part en ville – quand Sally arriva, et Mme Green était partie rendre visite à une voisine, mais une gouvernante, aimable et débordée, accueillit Sally et ne vit aucune objection à ce qu'elle visite l'écurie.

– Non, M. et Mme Green ne s'en formaliseront pas dit-elle. Ce sont des gens très gentils et… Charles ! Arrête ça tout de suite ! cria-t-elle à un jeune enfant qui démolissait le porte-parapluies. Allez-y, Miss Lockhart. Excusez-moi, mais je dois… Oh, Charles, vraiment ! Vous trouverez toute seule ? Oui, évidemment.

L'écurie n'avait pas changé ; l'odeur familière et le tic-tac de l'horloge lui firent un pincement au cœur, mais elle n'était pas venue pour céder à la nostalgie. Il ne lui fallut qu'une minute pour découvrir la boîte dans la cachette : un petit coffret en bois de rose, avec des ferrures en cuivre, qui était resté posé sur le bureau de son père pendant des années.

Elle le déposa sur le sol poussiéreux pour l'ouvrir. Il n'y avait pas de clé, juste un loquet.

Le coffret était rempli de billets de banque.

Sally mit un certain temps à comprendre ce qu'elle avait entre les mains. Elle caressait les billets d'un air songeur ; elle n'aurait même pas su dire combien il y avait d'argent. Puis elle découvrit la lettre.

22 juin 1872

Ma très chère Sally,
Si tu lis cette lettre, c'est que le pire sera arrivé ; je serai mort. Ma pauvre petite, tu devras supporter

bien des épreuves, mais tu as assez de force pour résister.

Cet argent, ma chérie, est pour toi. Il s'agit, au penny près, de la somme que j'ai investie dans Lockhart & Selby il y a quelques années, à l'époque où Selby était un homme bon et capable. La compagnie s'effondrera bientôt, j'y ai veillé. Mais j'ai récupéré cet argent, et il t'appartient.

Il ne m'aurait pas semblé juste de prendre plus. J'y aurais droit légalement, et de fait, une grande partie des activités de la compagnie a toujours été au-dessus de tout soupçon, mais ses affaires sont si inextricablement liées au Mal, depuis si longtemps, que je ne le souhaite pas.

C'est ma faute si ce trafic n'a pas été repéré plus tôt. Mais c'était Selby qui gérait les affaires avec l'Orient et, comme un imbécile, je lui faisais confiance. C'est à moi qu'il incombe désormais de remettre de l'ordre. Heureusement, nous avons un bon agent à Singapour. J'irai le voir et ensemble, nous nous attaquerons au mal qui s'est insinué dans notre entreprise.

Ce mal, Sally, c'est l'opium. Voilà un étrange scrupule pour quelqu'un qui fait commerce avec l'Orient, évidemment, car tout le commerce avec la Chine a été fondé sur l'opium. Mais j'abomine cette drogue.

Je l'abomine, car j'ai vu ce qu'elle a fait à George Marchbanks, un de mes plus proches amis.

Si tu lis cette lettre, ma chérie, tu sauras qui il est et quel marché nous avons passé. Le Rubis lui-même est souillé, car la fortune qui a permis de l'acheter provenait des champs de pavot d'Aghrapur. Ces champs sont aujourd'hui plus prospères que jamais ; le mal est toujours là. Quant à Marchbanks, je ne l'ai pas revu depuis ce jour, mais je sais qu'il vit toujours, et je sais qu'il te dira la vérité si je t'envoie à lui. Je le ferai seulement s'il ne me reste aucun espoir.

Prends cet argent, ma Sally, et pardonne-moi. Pardonne-moi de ne pas te dire tout ça en face, et pardonne-moi d'avoir inventé ta mère. Il existait une femme qui ressemblait au portrait que j'ai fait d'elle, et je l'aimais, mais elle en a épousé un autre et elle est morte depuis longtemps.

Je te donne cet argent en liquide, car je sais que, sinon, tu ne pourras jamais l'arracher aux griffes d'un avocat. Temple est un brave homme, il s'occupera loyalement et au mieux du reste de ton argent, mais il estimera que tu es incapable de le gérer toi-même, alors il utilisera toutes les méthodes offertes par les lois anglaises pour le soutirer à ton contrôle, tout ceci avec les meilleures intentions. Cet argent liquide, tu seras libre de l'utiliser comme bon te semble. Cherche une petite affaire qui a besoin de capital pour se développer. Je sais que tu réussiras. Tu sauras choisir. Moi, j'ai

*fait des choix moins heureux : mes amis, mon asso-
cié, ils m'ont tous déçu.*

*Mais, une fois dans ma vie, j'ai fait un excellent
choix. Le jour où je t'ai choisie, ma chérie, de pré-
férence à la fortune. Ce choix est ma plus grande
fierté et ma plus grande joie. Au revoir, ma Sally.
Tu comprendras ce que cela signifie quand je
signerai, avec le plus profond amour,*

> *Ton père,*
> *Matthew Lockhart.*

Sally lâcha la feuille et baissa la tête. Tout se
résumait à cela désormais : un coffret plein d'argent et une lettre. Elle pleurait. Elle l'avait tellement aimé. Et il avait tout prévu ; il y aurait un
avenir, un travail pour Jim… Ils pourraient engager un détective pour chercher Adélaïde. Ils pourraient…

– Papa ! murmura-t-elle.

Certes, il y aurait des difficultés, nombreuses.
Mais elle saurait y faire face. Garland & Lockhart !

Elle récupéra la lettre et le coffret, puis repartit
prendre son train.

TABLE DES MATIÈRES

Les Sept Bénédictions	7
La toile	29
Le gentleman du Kent	43
La Mutinerie	59
La cérémonie de la fumée	67
Messages	77
Le nerf de la guerre	91
La passion de l'art	107
Un voyage à Oxford	127
Madame Chang	143
La troupe du répertoire stéréoscopique	155
Substitution	181
Les lumières sous l'eau	205
Une arme et une fille	229
La Tête de Turc	245
Obsessions	255
Les escaliers du roi James	267
Le pont de Londres	301
Le quai des Indes-Orientales	319
La tour de l'horloge	329

PHILIP PULLMAN
L'AUTEUR

Philip Pullman est né en Angleterre, à Norwich, en 1946. Il a vécu durant son enfance en Australie et au Zimbabwe où il a effectué une partie de sa scolarité. Diplômé de l'université d'Oxford, il a longtemps enseigné dans cette ville où il vit toujours avec sa femme.

Il est, dès son plus jeune âge, passionné par les contes. Très vite, il veut devenir écrivain – terme qu'il juge cependant inapproprié. Philip Pullman adopte une position modeste par rapport à la création littéraire : pour lui, il ne fait qu'écrire des histoires.

Derrière cette modestie, se cache un homme de caractère. À travers ses personnages, on peut percevoir une vision positive de l'homme.

Philip Pullman a contruit une œuvre à son image, tout à la fois rigoureuse et fantaisiste, dynamique et originale.

La plupart des livres de Philip Pullman sont destinés à la jeunesse, mais il écrit aussi pour les adultes et signe, à l'intention des jeunes spectateurs, des adaptations théâtrales d'œuvres littéraires célèbres.

Il est l'auteur de la célèbre trilogie *À la croisée des mondes*, publiée par Gallimard Jeunesse. Le troisième tome, *Le Miroir d'Ambre*, a reçu le prix Whitbread 2001, l'une des deux plus prestigieuses récompenses anglaises, attribuée pour la première fois de l'histoire des prix littéraires à une œuvre de littérature de jeunesse.

Il a également publié aux éditions Gallimard Jeunesse *J'étais un rat !* dans la collection Folio Junior, et *La magie de Lila*, *Le Comte Karlstein* et *Le Pacte du Diable* dans la collection Folio Cadet.

Découvrez la célèbre trilogie
de **Philip Pullman**
parue chez Gallimard Jeunesse

À LA CROISÉE DES MONDES

LES ROYAUMES DU NORD

*Quand Roger, le meilleur ami de Lyra, dispa-
raît, victime des ravisseurs qui opèrent dans tout
le pays, elle n'hésite pas à se lancer sur ses traces.
Un voyage vers le Grand Nord, périlleux et exal-
tant, qui lui apportera la révélation de ses extra-
ordinaires pouvoirs et la conduira à la croisée
des mondes.*

LA TOUR DES ANGES

*Le jeune Will, à la recherche de son père dis-
paru depuis de longues années, est persuadé
d'avoir tué un homme. Dans sa fuite, il franchit
une brèche presque invisible qui lui permet de
passer dans un monde parallèle. Là, à Cittàgazze,
la ville au-delà de l'Aurore, il rencontre Lyra,
l'héroïne des Royaumes du Nord. Elle aussi
cherche à rejoindre son père, elle aussi est investie d'une mission dont elle ne connaît pas encore
toute l'importance. Ensemble, les deux enfants*

devront lutter contre les forces obscures du mal et, pour accomplir leur quête, pénétrer dans la mystérieuse tour des Anges...

LA TOUR DES ANGES

Lyra, l'héroïne des Royaumes du Nord et de La Tour des Anges, est retenue prisonnière par sa mère, l'ambitieuse et cruelle Mme Coulter qui, pour mieux s'assurer de sa docilité, l'a plongée dans un sommeil artificiel. Will, le compagnon de Lyra, armé du poignard subtil, s'est lancé à sa recherche, escorté de deux anges, Balthamos et Baruch. Avec leur aide, il parviendra à délivrer son amie. Mais, à son réveil, Lyra lui annonce qu'une mission encore plus périlleuse, presque désespérée, les attend : ils doivent descendre dans le monde des morts...

Conteur magistral, Philip Pullman conclut sa trilogie par une succession d'aventures, de batailles et d'explorations menées à un rythme effréné. Au-delà du destin de ses deux héros, il esquisse aussi un éblouissant raccourci de l'aventure humaine.

Mise en pages : Didier Gatepaille

Loi n°49-956 du 16 juillet 1949
sur les publications destinées à la jeunesse
ISBN 2-07-055303-5
Numéro d'édition : 121487
Numéro d'impression : 63941
Dépôt légal : mai 2003
Imprimé en France sur les presses de la Société Nouvelle Firmin-Didot